行者有疆

张宜春 著

中国书籍出版社
China Book Press

图书在版编目（CIP）数据

行者有疆/张宜春著.――北京：中国书籍出版社，2022.6
ISBN 978-7-5068-9027-4

Ⅰ.①行… Ⅱ.①张… Ⅲ.①散文集—中国—当代 Ⅳ.① I267

中国版本图书馆 CIP 数据核字 (2022) 第 089557 号

行者有疆

张宜春 著

图书策划	成晓春　崔付建
责任编辑	宋　然
责任印制	孙马飞　马　芝
出版发行	中国书籍出版社
地　　址	北京市丰台区三路居路 97 号（邮编：100073）
电　　话	（010）52257143（总编室）（010）52257140（发行部）
电子邮箱	eo@chinabp.com.cn
经　　销	全国新华书店
印　　刷	三河市华东印刷有限公司
开　　本	880 毫米 ×1230 毫米　1/32
字　　数	227 千字
印　　张	8.75
版　　次	2022 年 8 月第 1 版
印　　次	2022 年 8 月第 1 次印刷
书　　号	ISBN 978-7-5068-9027-4
定　　价	56.00 元

版权所有　翻印必究

序　言

李惊涛

　　一个人，从积蓄里拿出"散金碎银"，怀着一腔虔诚的激情，见缝插针地沿国境线上行走，这件事情本身确实有些匪夷所思。途中山风粗粝，江河浩荡，车轮沾满泥巴，脚趾钻出鞋子；自然，除了风景开眼，也少不了大碗酒和大块肉，引得天空飞过鹰隼，身边窜出黄鼬。对于风餐露宿中的行者，它们的眼神里也许会生出一闪而过的困惑。有一天，此人为一睹祖国最早的那一缕阳光，竟不顾涨水警示误闯景区。值班武警例行检查，他掏出一个证件，证明自己乃一行吟之人，证件上的文字显示，他是一个作家，名字叫张宜春，隶属中国作家协会。

　　行吟，作为一种行为方式，在当代中国已经日见其稀。

行者有疆

博尔赫斯在《长城和书》中曾说:"一切形式的特性存在于它们本身,而不在于猜测的'内容'。"因此,作家张宜春先生获得了边防武警的理解与尊重,使得这部非虚构的行吟作品集得以顺利出版。关于本书的写作缘起和内容,作家本人在"后记"中已经说得足够到位;特别是对行吟这种传统现象的追溯,以及对代表人物著述的价值解读,相信会让读者深受启发。按说有了这样的"后记",张宜春先生留给这篇"序言"的行文空间已经不大。但是,我依然觉得有话可说;盖因本书作者不是一般的行吟者。

在江苏作家方阵中,张宜春先生走的是严肃的现实主义路线。就是说,他根扎苏北大地,思考国计民生,针砭现实沉疴,揭示人性渊薮,著有长篇小说《乡镇党委书记指南》《叹斜阳》《掮客行》、报告文学《东方耶路撒冷——抗日山》、诗集《致高天密林的精灵》和中短篇小说《寻死之旅》《射日》《哈瑟的第一枪》《故乡密码》等逾两百万字的作品。他的作品经常入选《小说选刊》和《长篇小说选刊》。中文核心期刊《小说评论》等曾多次刊发署名文章,认为他有如河北关仁山、谈歌、何申"三驾马车"中的任意一位,运思深刻机巧,文字质实犀利,作品全是干货,却不失江苏作家的灵秀、苏北男人的幽默。读他的作品,你总能够于会心中发现智慧,从颖悟中遇到善良,在惊悚中理解真相,在联想中邂逅悲悯。张宜春先生是恢复高考初期便考入大学汉语言文学专业的人。他的文学情怀是 20 世纪 80 年代铸就的,那无疑是中国当代文学最为波澜壮阔的时代。那以后,他做过很长时间的中学教师,早已桃李满天下;他研究语言,热爱文学,对文字表达有一种令人惊讶的执着与痴迷,以致后来无论走上什么样的岗位,都须臾没有放弃过文学创作。这是说张宜春先生的为文。

张宜春先生的为人是怎样的?——他是真诚豪爽的人、言出必诺的人、快言快语的人、幽默风趣的人、气场十足的人。他有一瓶好酒,不会独自邀月;他有半只鸭蛋,你能满口余香。他的气场缘于他有一颗有趣的灵魂。很多人说,只要张宜春先生在场,你准会高兴得合不拢嘴;因为他总是段子迭出,趣话不断,令你笑得前仰后合。只是,实际情况是,他将欢乐带给亲友,将疼痛藏于心田,将思考化入文字,将品格写在人间。诗人徐明德先生曾说,江苏作家张宜春符合"二为"标准。哪"二为"?——为文、为人。人生有此评价,斯世当为不虚。

被作家兼出版家陈武先生看好的这部纪实作品《行者有疆》,便是张宜春先生"二为"极好的产物。为什么叫《行者有疆》?"无疆"岂不更为浪漫?既然选择行吟,无疆确是诱惑。但是在现实中,又有哪个行者能够做到真正"无疆"?余秋雨先生的《行者无疆》,表明他抵达过26国,已是常人极致;也不过游历了96座城市而已。在这个意义上,说"行者有疆"也许才是相对靠谱的说法。承认"有疆",不只是自谦,还说明张宜春先生是个有爱国情怀的人。他胸中的疆是边疆,是边境,是祖国的幅员。有边疆的意识,才会沿边疆城镇走一遭。他多年以前曾发下宏愿,祖国这么美,勒紧腰

行者有疆

带也要环绕看一看。

平素做事板上钉钉的张宜春先生，说了便做，或做了才说，甚至做了也不说，而是写出来；这部《行者有疆》便是明证。作家本人按游历祖国东西南北的四个向度，将全书分为四辑。书中篇什既透析了祖国边陲的千年嬗变，又描绘了边疆重镇的万种风情。如果你有幸一卷在手，一辑辑展读开来，便会看见地缘寻幽，看见文脉探源，看见人物追踪，看见历史钩沉，看见生花梦笔，看见仰天长啸，看见春风杨柳，看见挥泪泣血，看见爱恨情仇，看见家国情怀……掩卷沉思，你会感喟张宜春先生如何在栉风沐雨中走遍祖国的边陲重镇，且踏雪留痕；你会感谢作家如何在行吟中替你圆了行万里路的遥远梦想，并诉诸卷帙。最终，归结到我前面那个说法：本书作者不是一般的行吟者——他有一对坚韧的脚板，有一双敏锐的眼睛，有一颗善良的灵魂，有一副深沉的襟怀；特别是，还有一手绝佳的文字。这样的他，走着，看着，听着，寻着，想着，写着。正如有屈原必有《离骚》，有郦道元必有《水经注》，有徐霞客必有《徐霞客游记》；在这个意义上也可以说，有张宜春先生，必有《行者有疆》。

谨以为序。

2021/4/29 于中国计量大学

（作者系中国作家协会会员，中国计量大学教授，人文与外语学院中国文化研究中心主任）

目 录
Contents

序言（李惊涛）/ 1

第一章：西域辙印

落拓西北行 / 2

托里，一座英雄的边城 / 8

火车拉来的中国最小城市 / 14

布尔津河畔桑梓会 / 19

塔什库尔干的伟岸和柔美 / 25

行者有疆

第二章：南疆屐痕

空中惊魂 / 34

你有所不知的贵港 / 39

因港成市的全海景福地防城港 / 49

绿色掩映下的北仑河口 / 55

凭关而祥英雄城 / 61

大新——面纱渐揭的绝世佳丽 / 68

勐腊的望天树 / 83

去瑞丽体验"一寨两国" / 89

何人为写悲壮，吹角古城楼？
——腾冲民国元老李根源和"国殇墓园" / 95

第三章：北国杖量

锵锵北国行 / 104

鎏金秋色额济纳 / 109

阿尔山的美呀美在水 / 115

不得不说的满洲里 / 122

额尔古纳的忧伤 / 130

到北极村找"北" / 139

黑河血泪 / 146

东极抚远"落网记" / 155
爱恨情仇说虎林 / 165
去珲春"一眼望三国" / 173

第四章：东海舟楫

随帅哥胶东趣行 / 180
丹东，鲜血染红的东方热土 / 185
天下秦皇岛 / 193
北大港，候鸟的屠场与天堂 / 200
日神的故乡成山头 / 208
神话和现实的秦山岛 / 217
"北上海"的麋鹿群 / 225
沈家门的门 / 233
到平潭追风 / 243
海丰的执念 / 253

后　记 / 264

第一章

西域辙印

落拓西北行

这是我人生第一次的长途旅行。

20世纪80年代中前期,我在苏北老家做农村中学语文老师,课余时间写了一些文字散见于一些语文教学的报刊上,篇幅都不长。到了1986年,我在西宁的《青海师院学报》上连发了两篇有分量的论文,一篇叫《从"过客"看鲁迅创作的荒诞意识》,一篇是《读黄兴"蝶恋花"感受革命党人的浪漫主义情怀》。学报主编钱中立先生是江苏常州老乡,他毕业于复旦大学,对我这小老乡厚爱有加,就邀请我先后参加了由他主编或做副主编的两部书籍的编写工作,分别是明天出版社出版的《语文教法辞典》和东北师范大学出版社出版的《高中语文词语汇释》,这两本书不管发行量还是师生反响都很不错。

第一章：西域辙印

第二年暑假，全国中学语文研究会在西宁举办研讨会，钱先生也是主办方的牵头人，他就行牵头之便给我发了一个参会邀请函。钱先生告诉我，来回的路费和食宿都由会议解决，要想旅游玩耍就得自费了。我喜出望外，像我这样一个名不见经传的毛头小伙能有幸见到吕叔湘、刘国光这些语文界的大师，全部自费也是求之不得的。

于是我揣着两百元巨资（相当于我三个月的工资），踏上了人生第一次最远的旅程。

五天的研讨议程安排得满满的，我十分虔诚地聆听着来自全国各地的专家和语文教学一线的顶级名师的发言，深感受益匪浅。最后一天，主办方带领我们参观了藏传佛教格鲁派名寺塔尔寺和市区的大清真寺。钱先生忙得无暇顾及我这小字辈，就说来一次不容易，让我晚走两天，去青海湖等地看看。

从西宁去青海湖只要两块钱车票，那时的青海湖没有多少游人，湖水靛蓝，鸥鸟翔集，纯净得真像如今到处用滥的广告词——人世间仅剩的一滴仙女之泪。湖边几家小餐馆很简陋，价格也很公道，名贵湖鲜大鳇鱼也没被禁捕，到处都有卖。我看着同行的与会者在那儿饕餮湖鲜，就悄悄躲到一边吃一元一碗的兰州拉面，剩下的钱不多了。

我们坐船上了鸟岛，我还买了一把当地产的民和藏刀和几个彩绘的斑头雁鸟蛋，就随着众人匆匆返回西宁，我必须赶上明天上午八点去上海的火车，否则又得耽误一天。

列车过了兰州天就开始下起大雨，我从行李架上拿下挎包准备用餐。我在西宁买了20多包快餐面，那时的快餐面没有包装，更没有佐料，只是一块块烫发似的炸干面，5毛钱一块，可泡食，可干吃，当然要有咸菜。我刚要打开包，头一下大了，我的包被人用刀割了一个口子，赶紧打开才发现，那10张10元的人民币不见了，又赶紧看看里层，前几天花剩下的40多块钱还在。本来还想中途在西安停下看看，这下算是省心了。

雨依然哗哗不停地下着，车厢内空气污浊不堪，车窗一打开又有雨丝飘进。我一身臭汗昏昏沉沉地眯缝着眼，一任火车"哐嗤哐嗤"地喘息匍匐着。

不知走了多久，突然火车吱吱嘎嘎地停了下来，我睁开眼看，这里前不着村，后不着店的，连个乡镇小站都不是，车上开始叽叽喳喳地议论开了。这时，列车广播开始了："旅客同志们，前方就是天水车站。但我们必须抱歉地通知你，由于连续阴雨，导致前方山体滑坡，铁路中断，预计通车时间要在三天之后。我们将马上返回西宁，有想在兰州下车的旅客请提前做好下车准备。"

车上一片混乱，大家叫骂着，议论着，有同行者也在商量着下一步的行程，有的建议从兰州坐汽车转西安，有的要坐火车从兰州经北京返回，也有的要乘飞机返回，那时坐飞机需有相应的职务级别和介绍信，想必这些人大有来头。

我独自一人蜷缩在车座上，一阵阵孤独感袭来，让我第一次深深地体会到什么叫无助和无奈。

肯定不能回西宁了，我不想再给钱先生添麻烦了，再说那里离回程更远了。于是,我在冷雨飘零的午夜,满腹孤独酸楚地从兰州站下车了。

车站对面的天水路灯火明灭可睹,雨柱交织的夜空隐藏着诡秘和未知,我在这举目无亲的城市怎样度过这无眠之夜?

我想起了一个叫王川的表弟,他正在兰州大学读书,不知暑假回来了没有。

我在凌晨的雨中朝着北面的兰州大学方向走去。

兰大的西门还留着一扇小门没关,那时的社会治安很好,传达室值班的人问我找谁,我说找历史系的王川,他就指着一个方向让我自己去找。

除了雨声哗哗,校园里一片静寂,我在历史系的楼群中逡巡着,楼道都没上锁,我看到了心仪的《读者文摘》(今《读者》的前身)的编辑部居然在这黑乎乎的楼道里,《少年文史报》原来也出自这里。我毫无陌生和惶恐之感,任马由缰地走到哪儿算到哪儿。这时,走道里有一个人正揩着眼提着裤子懵懵懂懂地走着,我上前打听王川住在哪个房间。那人也没多问,就把我带到一个房间的门口,"可能不在,你敲门试试吧。"

开门的是一个精瘦的男生,听说我是王川的表哥,就很客气地让我到王川的床上睡一觉,"他到张掖去了,明天下午就能回来。"

我一觉醒来的时候已是中午时分,那个男生用煤油炉炒了两个菜,还叫来给我带路的那位。我也没客气,脸都没洗跟着饱餐起来,那是我印象中吃过的最美的校园佳肴。

王川见到我喜出望外。他兴冲冲地陪着我看了皋兰山、白塔山和黄河大铁桥,吃了正宗的兰州拉面和白兰瓜。

铁路修复还得时日,王川陪我买了从兰州去西安的汽车票,平时8元的车票一下涨到了18元。临上车,王川还塞给我十元钱,他已看出我的窘迫,但一个穷学生哪里有钱。

到定西,过陇西,汽车摇摇晃晃地在坎坷不平的土路上颠簸着,到平凉的时候天已经全黑了。

车子喘着粗气在盘山公路上游移着,远远地看到前面有片灯火,车子攀爬了很长时间终于看到了,那只是像螺旋一样盘旋,刚上了这个高坡又要下去一个谷壑,直线距离仅走了不到10里路。

到六盘山时天开始蒙蒙亮了,"六盘山上高峰,红旗漫卷西风"的豪迈被这一片险峻和荒凉掩映了,我敬佩老人家苦中作乐的革命浪漫主义。

上山,下坡,摇晃,颠簸,我们一车灰头土脑的旅客经华家岭头过彬县,终于在次日下午五点到了西安火车站。

因铁路中断造成的连日东西大阻隔给西安站滞留了大量旅客,我全无风度地从人头上爬跃到了改票窗口,终于换乘下午六点半发往上海的火车。

火炉西安下午依然炙烤,我登上火车后就没停过流汗,车厢里已人挤人地无座可歇,我只有一个小包,也无被窃之虞,就随着人流在车厢里涌动着,不一会,我就被挤搓得双脚离开地面,人与人的距离居然如此的紧密和热汗交融。我居然还能够悬在空中打起瞌睡。

　　车过了郑州我才落地，但仍然无处可坐，我就倚着椅背，看着热气腾腾的车厢里人头攒动的众生相。

　　夜深了，火车敲打着沉睡的大地，疲乏和困意袭击着我，无奈之下，我只好拱进低矮狭窄且布满灰尘、痰渍和污水的车座底下，不一会儿，我就在火车这个大摇篮里昏昏沉沉地睡着了。

　　第二天上午我从徐州换车，遇见我的一个大学同学，他一脸惊诧："你是从哪个难民营中逃出来的？"说完就把我拽到卫生间的大镜子跟前，我也一惊，镜子里一个胡须遮颜、面容憔悴的汉子，头顶白花花的硬壳，我用手去摸，原来是太多的痰渍缠绕，如今都变干发硬明光光一片了。

托里，一座英雄的边城

我们和新疆塔城地区的托里县是长期的协作伙伴，每年为他们培训两期以上的科级干部，他们到这里的乡镇部门挂职学习，招商引资，我们也有科技人员、企业老总到那里传授技术、考察项目并投资兴业。作为实施这些交流的牵头部门，2008年7月，托里县委组织部非常恳切地给我们发来了回访邀请。鉴于下一步的协作深入以及对我们培训过的干部表现有一个感性客观的了解，我们就组织了由三个镇长、两个局长并由我带队的六人考察组于当年8月1日乘机奔赴新疆。

托里县委组织部姜副部长带来一辆商务车到机场迎接我们。

我们一进托里县，就被浓得化解不开的兄弟民族情所包

第一章：西域辙印

围，洁白的哈达，香甜的美酒，如泣如诉的冬不拉和阿肯弹唱，诉说不尽的别后重逢，让我们一整天沉浸在别处无法体味的欢欣愉悦和无拘无束的浓郁深情中。县委领导，组织部的相关同志，曾到我们那儿挂职的局长、乡镇的书记及乡镇长们能来的都来了，给我们送上关怀和问候，我们在相隔万里的西部边疆，享受着家的温暖，亲人的真情和这辈子都无法忘怀的英雄豪迈。

托里县位于新疆维吾尔自治区西北部塔城地区，准噶尔盆地西侧，西南与哈萨克斯坦共和国接壤，哈萨克族人口占全县总人口的七成以上。托里一词源于蒙古语，意为"镜泉"。因城中有一旺泉，泉水清冽甘美，永不枯竭，远望犹如明镜，故而得名。

次日早餐时，姜副部长故意卖着关子逗大家："我们整天讲中国中国的，知道为什么叫中国？"

徐镇长指着我说："我们头儿大学读的是中文，你难不倒我们。"

我被逼到墙角，我讪笑道："我也说不好，只记得'中国'这一名称在西周武王时期意为'中央之国'。相传3000多年前，周公在阳城（今河南登封市）用土圭测度日影，测得夏至这一天午时，八尺之表于周围景物均没有日影，便认为这是大地的中心，因此周朝谓之中国。此说后被人诟病，成了嘲弄我们中国人妄自尊大的佐证。其实，以那个时间的科学技术发展水平，能做到这一点已经让人叹为观止了。哥白尼的日心说比这晚了两千多年。"

姜副部长笑道:"老兄所言极是。周公所测虽有偏颇,但中国的'中央之国'绝非夜郎自大的浪得虚名。至少亚欧大陆地理中心在我们中国,只是它不是在周公测试的登封罢了。我可以骄傲地告诉大家,亚欧大陆地理中心,或者叫亚欧大陆内心,就在我们托里县,这是被举世公认的。"

我们一阵惊愕,和那么多的托里朋友接触畅谈,他们地处亚欧大陆中心,倒是头一次听说。大家嚷嚷着要速去参观,一定要做一个地理意义上的中国人。

亚欧大陆地理中心地处托里县城北部,不到30公里的距离,我们驱车半个小时就赶到了。

亚欧大陆是世界上最大的陆地,总面积5396万平方公里,四周被太平洋、印度洋、大西洋和北冰洋所环绕。据《中国大百科全书·地理学》记载,亚欧大陆内心概念源自英国近代地理学奠基人H. J.麦金德的"陆心说"——亚欧大陆地理内心是远离海岸的陆地"心脏"所在地。它的测定始于1992年,是由中国科学院新疆地理研究所、武汉测绘大学,会同中国科学院院士、欧亚科学院院士、地图学家、遥感学家、地理信息学家,以依据彭纳投影技术的亚洲地图为基础采用现代科技手段与设备测定出来的。亚欧大陆地理内心位于东经83°36′,北纬46°14′,四面与海洋的距离均超过2400千米,是亚欧大陆距离海洋最远的地区。

1997年,亚欧大陆内心建筑主体建成,由观景台、地台、中心圆三部分构成。观景台为中国地标长城的缩影,长方形地台内含中心圆,象征地方天圆,四组图腾柱分指四面八方。中心圆直径 257.48 毫米，是地球直径的 5000 万分之一，中心圆与地台高差 590 毫米，代表地心的海拔高度 590 米。

我们伫立在这亚欧大陆的中心处，无不为自己作为一个名副其实的中国人感到自豪和骄傲。

姜副部长指着周围那一片片郁郁葱葱的白杨林和沙枣林，不无骄傲地介绍道："这里原来是古丝绸之路的出山口，也是令世代旅人谈之色变的老风口。别看现在树林荫翳，动物出没，改革开放之前，这里是漫天黄沙，还时常因为狂风暴雪而中断交通。"

景区一位来自甘肃的军垦老战士告诉我们，老风口地处巴尔鲁克山与乌日哈夏依山之间，是冷空气从西北进入准噶尔盆地的主通道。以前一年内，出现 8 级以上大风的日子多达 150 天以上，其风速之高、移雪量之大，为世界罕见，是世界著名的风区之一。长达 20 多公里的老风口路段，常常刮起十级左右的大风，夏季飞沙走石，冬季大风则卷着积雪向来往车辆横冲直撞，道路经常被厚一米以上的大雪覆盖，使车辆受阻，造成人员伤亡。老风口成了当地公路交通一大危害。1978 年 12 月，有几位科考人员因风雪迷失方向，他和另外几位同志前去救援，有两位战友被狂风刮走了 10 余公里，献出了宝贵的生命。

"现在好了！"老人兴奋得开始眉飞色舞起来，"从 1993 年起，国家和自治区批准托里县老风口生态工程立项，开始种植沙枣树、榆树、杨树等生态林，很多来自其他省市的环境林业专家及志愿者也来献计献策，出资出力。自治区计委、财政、林业、交通等有关部门更是全力支持帮助，塔城地委、行署组织塔额盆地各族群众与风沙进行搏斗，全地区共出动义务工60余万人次。经过20多年的治理，老风口区域生态建设面积达12.6万亩，生态治理效果显现。在老风口的必经之路、省道221线两旁，已形成28公里长、3公里宽的防护林带。形成了数道绿色屏障，有效遏制了狂风积雪对公路交通运输安全的威胁。"

我由衷赞叹道："这里真是一片英雄的土地！"

姜副部长兴奋道："真让老兄说对了，托里的土地，浸透了英雄的鲜血。我想请大家去拜祭一下孔繁森同志。"

我们一惊，全党学习的楷模孔繁森同志是援藏的好干部，他殉职前任西藏阿里地区党委书记，这里离阿里虽说不是千山万水，可也有上千公里呀。

姜副部长说："孔繁森同志的殉职地就在我们托里，他是来新疆考察边贸途经我们这里出车祸殉职的。"

我们的心里是一阵疼痛。姜副部长看出我们的悲伤，有些歉意道："老是让大家心情沉重，我都觉得过意不去，但孔繁森纪念碑，可是凝聚了我们江苏援疆干部对孔繁森同志的一片深情啊。"

我们来到距离县城4.5公里的省道221线西侧，就见到了一座耸立的纪念碑。姜副部长讲解道："孔繁森同志于1994年11月29日在赴塔城考察的途中殉职在这里。我们托里各族人民为了纪念这位'全国民族团结进步模范'，在次年孔繁森以身殉职一周年之际，在遇难地为他建起了一座纪念碑，当时碑高仅有两米。不少同志感觉规模太小。在塔城地区工作的江苏援疆干部发出了重建孔繁森纪念碑的倡议,他们自己和原单位的党员干部,捐出了一次特殊党费,这才有了如今的规模。此碑高6米,上宽1.4米,下宽1.6米,如今已成了托里、塔城乃至全自治区著名的爱国主义教育基地。"

我们在托里虽然只有短短两天,但笃定永生难忘,因为这是一座英雄辈出的边城。

火车拉来的中国最小城市

小城阿拉山口市，位于祖国的西北一隅，隶属新疆维吾尔自治区博尔塔拉蒙古自治州，北临哈萨克斯坦共和国，是著名的古丝绸之路关口，素有"准噶尔山门"之称。2011年5月，国务院批准设立阿拉山口综合保税区，次年12月，成立阿拉山口市。它刷新了中国城市人口规模和区域面积最小的纪录，它的人口总量只有1.1万，仅为之前最小城市——内蒙古自治区阿尔山市的八分之一，区域面积1204平方公里，是阿尔山市的六分之一。

阿拉山口市于我，是一个熟悉而陌生的遥远所在。因为一条铁路的贯通，从20世纪90年代以后，我的故乡连云港就和它有了永远撕扯不开的亲密。1990年6月，经国务院批准，正式建设阿拉山口口岸。同年12月，兰新铁路北疆段

第一章：西域辙印

建成通车，江泽民总书记为之启动剪彩，它与之前就对接的陇海铁路，成为横贯中国东西的4200多公里的交通大动脉，同时，它又与苏联土西铁路在阿拉山口对面的德鲁日巴口岸（友谊关）接轨。至此，这条东起太平洋西海岸连云港、西到大西洋东海岸荷兰鹿特丹港的钢铁巨龙开始穿梭舞动，连接亚洲和欧洲、总长10900公里的新亚欧大陆桥正式运行。1992年12月1日，首列列车运输12个集装箱与20多节车皮货物从连云港开往阿拉山口出境。从此开始，一列列的客货班列，开始呼啸奔腾于欧亚之间。

新亚欧大陆桥的开通，比起原苏联境内的亚欧大陆桥运距缩短2000多公里，节省运费百分之三十多，比海运节省百分之六十的时间和百分之二十的运费，国内从东到西穿越六个省区，沿线辐射影响带达十一个省区。

阿拉山口，成了中国走向中西亚和欧洲的陆路对外开放桥头堡，这个历史上为各民族提供游牧往来、中西商贸、铁马远征、觐见朝圣的边境山口通道，如今更加吸引了中国和世界的目光。

1994年5月，国务院总理李鹏视察连云港，他站在新亚欧大陆桥东端起点的标志建筑前，扬起右手说："新亚欧大陆桥，就从这里开始！"他要求连云港要立足东方桥头堡优势，抓住大陆桥机遇，加强与陆桥沿线地区的紧密协作，把国内大陆桥沿线建成一个新的经济增长带。

第一次去阿拉山口，是在陆桥运营后第四年的初夏。我随连云港市委宣传部组织的"陆桥行采风团"一路西行，徐州、郑州、西安、兰州、乌鲁木齐，最后一站就是阿拉山口。

那是一个荒凉而沸腾的边境口岸，口岸标志性建筑已经建成，一块阴刻着"中国阿拉山口"的巨石高高耸立，灰蒙蒙的天宇下，来自西伯利亚的劲风还在呼呼地吹着，艰难萌芽的蒿草、芦苇、红柳、胡杨等本土植物，此时刚开始泛着难得的绿意。海关、边检开始在简陋的办公条件下有条不紊地工作，这里到处都是穿梭轰鸣的施工车辆和挥汗如雨忙碌的工人。接待我们的口岸负责人介绍道，阿拉山口的自然环境十分恶劣，当地的民谣唱道，"一年一场风，从春刮到冬。风吹石头跑，鸟都飞不动"。在这里要想栽活一棵树，种出一片草，那是要付出比其他地区多百倍的努力。但建设者们不畏艰难，决心把这里建设成环境优美、设施齐全的西部明珠。

我们站在火车站的简陋站台向西眺望，左右两边，分别是横亘在边境上的阿拉套山和巴尔鲁克山，两山之间一片开阔地，呈喇叭状向西张开，把异域的风吸引聚拢，在这里撒欢打滚，身后不远处，还有白茫茫一片的雾气笼罩，那是盐碱地上的咸水湖泊——艾比湖被狂风肆虐而愤腾起的白色盐碱尘土雾霾。据说北京的沙尘暴扬尘里都曾检测出艾比湖畔含有盐碱的微量元素。

在这儿工作的人们，需要怎样的坚守和奉献精神啊！

又一次踏上这片热土是在22年后的秋天。

风和日丽、天高云淡、风景如画、塞外江南，这些耳熟能详的溢美老调在这儿重弹丝毫不过分，还没入城，全疆最大的咸水湖艾比湖沿岸那成片规整有序的风力发电机组正在

第一章：西域辙印

卖力地转动着三片巨大的风叶，原来荒芜荒凉的戈壁滩，如今呈现出成片的红柳丛、芦苇滩和胡杨林，咧嘴吐白的棉花，开始泛黄的玉米也成方成块地覆盖在这片神奇的土地上。记忆中的阿拉山口，除了国门建筑，一切都是全新的，建设者们从规划到实施，如今这座美丽的小城已经成为富有边塞特色的建设经典。正对着城市地标火车站，一条宽阔笔直的柏油马路呈中轴状，将"山"字形的火车站大厅与近千米外的阿拉山口口岸管理委员会对称联系到一起，构成了这座城市的主干道，站前公园、宾馆、海关、丝路新桥购物中心，大片的红色尖顶的欧式建筑，构成了这个小城文化多元、中西合璧的地域特色。巍峨高耸的阿拉山口综合保税区大门，八个宽阔的车道，车来车往，中国海关"把好国门，做好服务"八个大字正被他们的辛勤周到、高效优质的工作见证和实践着。

我尤其惊异于他们的城市绿化，公园、街道、河边、小区，到处都是绿树成荫，芳草萋萋，云杉、冷杉挺拔，樟子松、雪松苍翠，白蜡、朴树金黄，一些用盆钵栽植的草花也都生长旺盛，散发着五颜六色和勃勃生机，绿篱树种也是色彩斑斓，品种众多，桧柏、石楠、冬青、黄杨、紫叶李、女贞、蔷薇、月季应有尽有。有些是惧怕高寒大风，但生长得却令人惊喜，要知道，阿拉山口的生态环境十分脆弱，降雨量远远低于蒸发量，这些植物的生命全靠滴灌养护，勤劳智慧的阿拉山口人，他们的生态建设工程需要大手笔呀。市委宣传部的高部长骄傲地告诉我们，阿拉山口市的绿化造林成效卓著，目前已有国家级公益林 14 万亩，实施人工造林

7000多亩，阿拉山口的大风天气正逐年减少。

如今的阿拉山口已不单纯依靠铁路兴市，它的公路交通四通八达，通过阿拉山口口岸的中哈石油管道主体一期工程已全线贯通，年输油能力达1000万吨，二期工程完工后可扩大一倍多，机场业已建成通航，阿拉山口口岸已成为全国唯一的集铁路、公路、管道、航空四种运输方式的陆路口岸。

这座火车拉来的城市，在国内对接的已不单单是我的家乡连云港，2011年，渝新欧国际班列从阿拉山口出境，打通了中国内陆与欧洲的陆路大通道，而随着"一带一路"倡议提出，蓉新欧、汉新欧等中欧班列也相继开通。这些国际班列装载着全国各地的电子产品、工程机械、服装百货，沿着亚欧大陆桥穿越亚欧大陆腹地，最终抵达中亚、西亚及欧洲国家，而来自欧洲、中亚的汽车配件、机械设备、日用品也经由此地，日夜兼程运往国内。

阿拉山口口岸，面对中亚、西亚和欧洲，不仅是距离最近，也是最便捷、最高效的陆路口岸。阿拉山口市经发局一位局长介绍道："中欧班列每列不少于41节车厢，换装一列这里仅需要一个多小时。一天至少有四至六列火车从这里出发，驶向国外。目前，每年经阿拉山口出境的中欧班列已占全国开行班列的七成以上。伴随着中欧班列的飞速发展和城市基础设施逐步完善，通关过货能力也不断增强，国际物流网也初步形成，阿拉山口已经发展成为集通关、贸易、保税物流、加工、仓储、金融、旅游等多功能于一体的沿边新兴口岸城市。"

布尔津河畔桑梓会

对边陲小城布尔津心心念念,除了那里有具瑞士风光特色的喀纳斯湖,还有我的发小同学贺从林在那儿的时常真情呼唤。自他赴新疆高考,我们有二十多年没再见面了。彼时,他在那里的国税局做局长。

我抵达布尔津比同贺从林约定的时间提前了一天。

如果条件允许,我喜欢一个人远行观景,因为每个人的审美取向不同,发现美、感悟美的情趣也不同。我不想从众,成群结队的团队旅游我是远离的。我像一滴游离于大众游客潮水之外的油星,也会被水流稀释和拆解,但时不时又凝结出一丝阳光下的不起眼光点。我可以在人群蠕动的热点景区飘然而过,也可对着荒寂无人处的一朵小花或者一只小鸟驻足凝视。那时,风是静的,云在流淌,水声显得澎湃起来,我感觉到自己被美好和惬意包围着。我很怕老同学的热情和俗套，会亲自或派人去机场接机，还会兴致全无、走形式地全程陪同游览。这会让我不适和不安，除了影响他的工作和正常生活秩序，也会给我独享美丽景色的逍遥自在打折扣。

来之前，我就对布尔津进行了书面探究，它地处新疆维吾尔自治区北部，阿尔泰山脉的西南麓，它在中国边境线所处的位置独一无二，站在境内的最高峰友谊峰可以一眼看四国，即中国、北部的哈萨克斯坦、东北部的俄罗斯和蒙古国，中国唯一的北冰洋水系额尔齐斯河及其最大的支流布尔津河流经此地，形状奇特、造型各异、五彩缤纷的雅丹地貌更是人间罕见的奇异美景，至于享誉海内外的喀纳斯湖，更是我魂牵梦绕的童话世界。

我是当日从布尔津出发的第一批进入喀纳斯景区的游客。八月晨曦的薄雾，牛乳般漂浮在离地不足两米的空间，我们如同行走在温泉的水中。东方的红日喷薄而出，带着万道霞光，远近的塔松、白桦、冷杉，各种树木都被镀上一层金红色的光晕，胸部以下却是白茫茫一片。我和其他同乘景区观光车的陌生驴友都被这人间仙境深深地震撼住了，离地三尺三，上下两重天。头顶景迷人，脚底路茫然。唯恐再走几步就会坠入脚下不知为何的深渊。

突然一阵晨风吹来，薄雾像是被翻卷起的帷幕，瞬间不见踪影，映入眼帘的，却是变幻得让人怀疑的一望无际的苍茫辽阔和夹着五彩缤纷的宏大碧绿。

这是我此生见到过的最喧闹、最唯美、最夺目的绿，它绿得张扬恣肆铺天盖地，绿得丰富多姿层层叠叠，绿得自在祥和引人入胜，神奇的喀纳斯，你的神秘面纱尚未揭开，我已经被你貌似绿色的外衣所吸引折服。

我努力探究着这片由远及近、由高到低变幻着的动态绿。喀纳斯风景区位于阿尔泰山地地貌与植被垂直带，远处海拔3000米以上的皑皑雪山是现代冰川与永久积雪覆盖的高山冰雪寒冻带，下面依次是亚高山寒冻草甸带、寒温针叶林草原带、低山丘陵灌木草原带、冲积平原绿洲带，相伴而生的绿就带着各自的位置特征，草甸的黄绿，针叶林的军绿，灌木丛的金绿和绿洲上的翠绿。

喀纳斯是蒙古语，意为"美丽富饶、神秘莫测"。它的绿让我头晕目眩，想入非非，我想翻腾滚跃在坦荡如茵的青草地，我想攀缘苍翠欲滴的冷杉劲松，投身于绿如静璧的喀纳斯湖水，我想捕捉到天边尽头那星星点点把这绿衬托得越发的生动活泼的洁白羊儿。

但我的脚跟像是被湖怪施法，站在那儿一动都不能动。我怔怔地环视四野，清风吹动着草梢，漾起层层绿波，零星散落在草原上的蘑菇形白色蒙古包，见证着绿色的纯粹，那啃草的牛羊马匹，像是亲吻着晨起的绿色精灵，它们不仅没有冲淡绿的整体，倒像是给俯瞰绿野的云影镶上灵动的亮钻。

第一波的游客远去了，新的游客又接踵而至，我不为所动地坐在湖边，凝视着这绿得让我流泪的湖光山色，这幅无与伦比的绿色长卷，又是哪个天才画家能够描摹出来的呢？

静影沉璧的湖面上，游船犁耕出的浪花翻卷又平复，我这远方的游子，要不要近身过去触摸它纯净的肌肤？

美丽神秘静谧的喀纳斯啊，你本就是上帝创造的圣洁处子，而圣洁，是只能远观膜拜，而不能近触亵玩的。

于是，我沿着通往观鱼台的木栈道，缓缓地移步换景，由低向上观看着喀纳斯湖的千变万化。

木栈道共有1068级台阶，坡度陡峭，共设有十多个观景台。栈道的右侧是群山耸峙绿树掩映的美轮美奂的喀纳斯湖，左侧是绿草茵茵杂花辉映的草原，人在栈道走，宛如画中行，天上人间无疆界，谁能分清人与仙？

时近中午，新建的观鱼台已近在咫尺。此建筑造型怪异，其结构为两台一亭，中台大于底台和顶亭，可容百人同时观景，顶部为半圆球状，有四个对称的类似于翅膀的奇异造型，听人介绍，取的是湖怪的鱼鳍和雄鹰的翅膀寓意。上书"观鱼台"三字，乃文化学者余秋雨的手笔。

此时一阵乌云飘至，瞬间大雨倾盆，我正犹豫是冲进观鱼台还是拿出随身携带的雨伞，连一分钟都不到，便雨过天晴，然四周依旧云雾弥漫。站在观鱼台里的人们却争先恐后向外涌，他们高呼着，天降佛光，我等有幸。我亦随着他们逆光仰望，只见观鱼台上紫气东来，真如有佛光高照。

下山时我打电话给贺从林，说我已经到了布尔津。他似乎有些错愕，只说了一句，你这家伙，果然与众不同。他让我告诉住址，说马上从阿勒泰往回赶。

贺从林赶到宾馆时我刚洗漱完毕。二十多年的光景，我俩的头上都有了银丝。我们彼此凝视着，眼里渐渐有了盈盈泪光。

欢迎我的晚宴放在濒临布尔津河的河堤夜市。虽是晚八点，夕阳的余晖依旧灼目，这个边城的夜晚，迎来了它熙熙攘攘香气四溢的浪漫和喧嚣。来自国内外的红尘男女呼朋引伴，来到额尔齐斯河畔，唱歌跳舞，饮酒作乐，蒙古的马头琴，新疆的冬不拉，非洲的手鼓，刀郎沙哑的歌声，把夜幕下的布尔津挑逗得荷尔蒙膨胀，到处弥漫着香辣酒气和嘤嘤情话。

我和贺从林来到一张露天餐桌前，那里有四五个人正在和一位哈萨克族姑娘点着菜肴。他逐个介绍着，我才知道，他们都是故乡人，也又是疆二代了。

我们喝着"伊力特"，吃着鲜美的烤冷水鱼狗鱼，说着乡音，倾诉着乡情，此时我才得知，贺从林已提拔到阿勒泰市做处级局长了，他是专程过来为我接风的。

布尔津的仲夏夜凉风习习。我们喝得正酣，这时，一个胖胖的俄罗斯族大嫂给我们送来一扎扎"格瓦斯"，然后站在我们面前怔怔地不走。她怪声怪气地问我："你们，是江苏赣榆的？"醉意朦胧的我们兴奋起来："哟，您是怎么知道的？"她有些羞涩："俺家老头子就是赣榆的，你们的话，走遍天下我都能听得出来。"

"哦？你是赣榆的媳妇？"我大着舌头兴奋起来，端起白酒要敬她。她笑着躲了起来，转眼就消失在熙熙攘攘的人流中。贺从林说："包括布尔津，阿勒泰地区赣榆老乡有上万人，有军垦老战士，也有当年闯新疆的林业工人。"

我们聊得正欢,那个俄罗斯族胖大嫂拉着一个中年汉子来到我们桌前,"让他陪你们喝,我的'格瓦斯'和乌苏啤酒尽你们喝。"来人有些羞涩,他的老家离我和贺从林的老家都很近。他叫王永谦,媳妇叫乌图雅,他们是半路夫妻。

我们喝得天昏地暗。王永谦搂着他的胖媳妇絮絮叨叨着他们相爱的奇遇,他这个死了老婆的光棍,在来阿勒泰的汽车上,和从乌鲁木齐上车的乌图雅坐到一起。下车后,乌图雅就和他走到了一起。

一直喝到凌晨,一个披着长发的男子坐在渐渐人稀的街道上,弹着吉他,唱着崔健的《假行僧》,原唱中的流浪闯荡和无谓无为被他唱得忧郁而忧伤,"我有这双脚有这双腿,我有这千山和万水……我不想留在一个地方,也不愿有人跟随。"

微风凉,乡情烈。

塔什库尔干的伟岸和柔美

不到喀什，就不算到过新疆，这几乎是熟悉新疆的中外游客的共识。作为古丝绸之路的交通要冲，喀什是中外商人云集的国际商埠，新疆唯一的国家历史文化名城，集中体现了维吾尔族、塔吉克族的民族风情、文化艺术、建筑风格及传统经济的特色和精华。

然而，喀什真的是太大了，它的历史文化太厚重了，它的总面积几乎是江苏省的两倍，涵盖了秦汉时期的西域三十六国，汉武帝的"凿空"特使张骞出使西域时，就曾两次来到这里。

海波是我的表弟，他的多层移动式停车设备公司在喀什有组装车间，每年都要去检查或者总结部署工作。前年春节过后，他邀请我去喀什参加他的公司扩建工程剪彩仪式，顺便看一下大美喀什的杏花。我说杏花春雨到江南，跑大西北看杏花，舍近求远了吧。海波说去了你就知道，美如果没有映衬和对比，就会美得平庸。

我们一下飞机就感觉到这里的"热"情，太阳开始炙烤，迎接我们的维吾尔族少女穿着裙装送上鲜花，西部高原寒冷的旧知被推翻。海波西装挺括，领带飘逸，他看着一身冬装满头大汗的我，笑话道："早就告诉你，别着装太多，多情的喀什，到处是温暖。"

海波了解我，连剪彩仪式都没让我参加，那会有很多的宾客介绍和接待应酬，对我的最高礼遇和规格，就是让我自由自在。因此在喀什的日子里，他只给我一个司机一辆车，去哪里，看什么，他不给任何建议，一切任我自由行。

对喀什仰慕已久，平日里接触它的文字也就多了起来。我在市区看到的香妃墓、老城、艾提尕尔清真寺、百年老茶馆等，都似曾相识，只是增加了更为真切的感性认识。

司机小杨是老家的一个小伙子，腼腆不善言辞，随海波来这里有三年多了。他说："要看景就到塔县去，究竟有多美，我也说不来，反正你想看的，那里都有。"

"是塔什库尔干塔吉克自治县吗？"我问道。

"对，就是那里，字太多，老记不住，我们都叫它塔县。我去了好多次，还是想去。"

我们就驱车314国道，朝着西南方向的塔什库尔干，开始掠美之行。

沿途的帕米尔风光令我目不暇接，陪伴着国道的是一条

第一章：西域辙印

奔腾不息的河流，浪花飞溅，腾起一股股寒气，它就是喀什地区的母亲河盖孜河。车子经红山口进入陡峭阴森的盖孜大峡谷，那里设有检查站，一个武警战士看到我们的车牌后，惊喜道："你们是江苏来的？我是海门的。"他乡遇故知，备感亲切。我们热聊了一会儿，他说这里挺好的，这个检查站，在汉代就是驿站，每年经过这里的国内外游客有上百万人，经常碰到江苏老乡。

出了峡谷，顿时峰回路转，前方出现了一座白色笼罩在日光下闪着耀眼金星的山丘，那就是著名的白沙山，不言而喻，山下那泓波光潋滟、倒映着蓝天白云的湖泊就是白沙湖了。我徜徉在湖边久久不愿离去。小杨催促说："再走不远，等你看到一座耸入云眼的雪白山峰时，另一个更美的湖泊卡拉库里湖就要到了。那个美，啧，啧，啧，不说了。"

我知道，前面这座山峰就是有着"冰山之父"之称的慕士塔格峰，它和相隔不远的公格尔峰、公格尔九别峰三山耸立，如同擎天玉柱，屹立在美丽的帕米尔高原。相传，慕士塔格峰上住着一位冰山公主，她与住在对面的海拔 8611 米的世界第二高峰乔戈里峰上的雪山王子热恋，凶恶的天王知道后很不高兴，就用神棍劈开了这两座相连的山峰，拆散了冰山公主和雪山王子这一对真挚相爱的情人。冰山公主整天思念雪山王子，她的眼泪不停地涌出，最终流成了道道冰川。山上终年积雪不化，冰珠闪烁，如同一位须发皆白的老父，更因为它是冰川形成最早的山峰，所以被人们称作"冰山之父"。

天公作美，此时晴空万里，我伫立在卡拉库里湖边，放眼望去，湖对面，蓝天白云之下，白雪皑皑的慕士塔格山峰夹带着伸向雪线下的道道冰川，宛若冰川公主为雪山王子歌舞时飘逸的白裙与长袖。倒映在波平如镜的水面上，越发的圣洁美丽。湖因有名山而闻名，山借湖映而更加壮美。

到塔合曼湿地的时候，小杨建议我多待一会儿，县城离此不远，而这里，草甸虽还枯黄，但众多溪流汇合，卡拉库里湖和慕士塔格峰都近在咫尺，就等那西天太阳一落的美妙瞬间了。

我把目光和镜头对准雪峰和湖水，太阳懒洋洋地退场，渐渐光线开始柔和，草甸变得金黄，当那黄红的日头衔住雪山巅峰时，雪白的山体被它瞬时染得热烈而高贵起来，湖中的倒影开始温暖荡漾，我被这优美的水，壮美的山美得泪水涟涟，差点忘了按下留住美好的快门。

塔县城北的石头城，是新疆境内古道上一个著名的古城遗址，它被认为是公元初期，当地塔吉克先民建立的揭盘陀国的都城，是古代丝绸之路中道和南道的交汇点和经过葱岭（帕米尔高原）的最大驿站，直到清代，它仍然在发挥作用，法显、宋云西天朝圣，玄奘取经东归，高仙芝率军远征，斯坦因、斯文·赫定探险考古都在这里驻足。曾经多少商贾、僧侣、探险家从这里来来去去，多少政权和部落在这里兴盛和衰落。

第二天太阳还未升起，我们就来到石头城。城堡建在高丘上，形势极为险峻。城外建有多层或断或续的城垣，依石岗形势，用块石夹土垒砌，起伏曲折，略近方形，周长宽1300多米。至今隔墙之间石丘重叠，乱石成堆，构成独特的石头城风光。

石头城虽只剩下残垣断壁，但远处的雪峰，下面的草滩、河流，散落其中的牧民毡房，粗犷豪放之间，又掺和着细腻和阴柔。站在石头城向东眺望，金色的草原上，早起的牛羊开始觅食。这时小杨喊了一声："看，日出。"果然，远处的雪峰开始发红，火球般的一轮红日开始露出笑脸，顿时，整座石头城反射出丰富多彩的光线，刚才整座城还是灰黑色，瞬间变成砖红和赭石色。我呆呆地站在这乱石堆上，看着眼下的草原，远方的裸山，似乎忘了时间的存在。

车子一路颠簸，在一条乡间小路上蜿蜒蛇行。小杨为我重复播放一首《可可托海的牧羊人》，特别是那句"是不是因为那里有美丽的那拉提，还是那里的杏花才能酿出你要的甜蜜"尤其入心入脑。我们于午后抵达库克西鲁克乡，我被眼前的景色惊艳到全身战栗，远处的冰川形成的冰塔如林矗立，在阳光下晶莹剔透，耀眼夺目，近处两边的悬崖峭壁怪石嶙峋，银装素裹，寸草不生，而山下的平畴谷地，由冰川融水汇成的如液化的蓝宝石般哗哗流淌的河畔，却到处绽放着如雪如烟的大片杏花，那杏花在没有一丝绿叶的枝头上，花团锦簇，热闹喧嚣，几只蜜蜂在花丛中"嗡嗡"嬉戏。冰川雪峰和怪石硬壁的雄奇壮美和杏花沃野的和谐优美居然能如此强烈对比着同时存在，这在其他地方是不可想象的。

我们停车近花，吮吸着花蕊中飘溢出的淡淡芬芳。这些杏树皆为百年以上的野生古树，树干铁黑，弯曲多姿，树皮健壮无伤，看不到有其他地区天牛作祟而流淌树胶汁液。

此时正是杏花破苞乍放，粉中带着点淡红，纯粹无瑕，自由而奔放，全无迟暮坠落之意。小杨说："这里海拔偏高，再往下走，我们看到的就是另一番景色了。"

还真是。次日清晨，我们到了山下杏花最密集的阿勒玛勒克村，那里的杏花似乎雪白无红，一棵棵高大粗壮的杏树无章无序地生长在山坡、田埂、路旁和村落中，树下一层如雪覆盖的落英在微风中飘飘洒洒，已有了"花褪残红青杏小"的孕育。这时，从画境中走出几个美丽的塔吉克族小女孩，她们身着红装，头戴圆形"库勒塔"小红帽，正背着书包去上学，她们笑嘻嘻地看着陶醉在花树下的我俩，然后蹦蹦跳跳地消失在花雨中，留下一串串银铃似的笑声。

我在塔什库尔干六天的日子里，无时不被这里的所见所闻所感动和震撼。这个人口只有四万的塔吉克自治县，居然有八百多公里的国境线，和塔吉克斯坦、阿富汗及巴基斯坦紧密相连，中巴友谊公路、红其拉甫边防站都在这里，全世界十四座海拔在8000米以上的撼世巅峰，被国际登山者谓之"十四俱乐部"，这里就有四座，分别是乔戈里峰（8611米）、加舒尔布鲁木Ⅰ峰（8068米）、布洛阿特峰（8051米）、加舒尔布鲁木Ⅱ峰（8034米），海拔7546米的"冰川之父"慕士塔格峰还难以进入这个俱乐部。而乔戈里峰，因冰崖立壁、陡峭冷峻，百分之二十七的攀登死亡率，令无数登山英雄魂断冰川。早年看到的电影《冰山上的来客》发生地居然也是这里,经典老电影,美丽的风光局限于黑白两色的银幕之中,如今现场着色体验,顿时亲切而绚丽起来,在冰川雪峰面前,感觉万能的人类竟是如此渺小和微不足道。

放眼中国 2800 多个县级行政区划单位,区域面积、人口总量、历史悠久、风景秀丽、富裕程度、适合人居,等等,这些塔什库尔干都无法领先,但一连串难以超越的绝境,一片片山舞银蛇的磅礴,一幕幕无与伦比的悲壮,一系列无法复制的崇高,由自然和历史叠加出的有形和无形的伟岸,优美和壮美两种审美载体既对立又统一的和谐共存,这是任何一个地方都无法企及、难以和它叫板的。

"万山之祖、万水之源"的帕米尔高原,你是地球巨人头顶的皇冠,而塔什库尔干,正是这皇冠上的明珠。

第二章

南疆屐痕

空中惊魂

2002年5月,我从乡镇调回县委宣传部工作没几天就接到一个任务,由我带队到浙江新昌、宁波一带考察招商,队员为各乡镇党委宣传委员和几个大局的党委副书记,共23人。

我们在浙江的招商对象多数是我在乡镇期间积攒的人脉,那里的朋友很给我面子,为我们组织了三次招商恳谈会,当地一些有影响的知名企业家也都被请来,意向书签了十几份,正式合作合同还签了四份,后来有三家企业入驻赣榆,如今在我们那里不管是规模还是效益也都是举足轻重的。

招商成果好大家兴致自然就高,一些没出过远门的非嚷着要坐趟飞机借机开开"洋荤"。我电话请示了县委,就带着大家从宁波出发经停广州去海南。

第二章：南疆屐痕

到了宁波机场就感觉此次航行有些怪异，部里一个配合我搞服务的科长在买机票的时候鬼鬼祟祟地为自己多买了五份保险，我假装没看见，但心里却别扭得像吃了苍蝇。登机是通过摆渡车过驳的，走到飞机舷梯上时，一个平时不苟言笑的镇宣传委员却开起玩笑："这玩意儿到了空中要是落不下来怎么办？这样一个铁疙瘩能飘到哪里呀？"一些同机的陌生旅客群起而骂之："呸呸呸！哪里来的混蛋乌鸦嘴？放屁也不会找地方。"那委员还想回骂，我严厉地瞪了他一眼，心想你不是乌鸦嘴是什么？前两天台湾华航才出事，两百多人葬身澎湖，如今大家忌讳什么你还偏说什么。

飞机在广州白云机场降落后，一些旅客在下飞机的时候还恶狠狠地对着那个委员鄙视着，嘴里嘟嘟囔囔不知骂的什么。

四十分钟后，飞机从白云机场（那时还在市中心）起飞，不用一个小时我们就可到达海南海口，调到那里的我们一个老领导已经派人到机场接我们了。

透过白絮般的云朵，我们从飞机舷窗看到碧波荡漾的琼州海峡，海轮、渔船像树叶一样在海上漂泊着，没用多长时间，海南岛就向我们扑面迎来。

飞机开始下降，我们的眼帘中映照的都是葱绿和蔚蓝，带状的公路，隐约的房舍，甲壳虫似的车辆不断变粗变大，我们离地面越来越近，海南美兰机场已近在咫尺。

飞机不断下降，机场停机坪上的飞机都清晰可见，大家都压抑住兴奋，终于来到美丽的海南岛了。

赭黄色的跑道开始向我们直面扑来，机翼上的挡风板开始"咔咔"翘起。突然，已贴近跑道的飞机猛地昂头，以超过起飞速度的姿势向着蓝天冲刺，机上的人一下子全懵了，心脏从谷底瞬间提到嗓子眼，窒息之后便是一阵狂跳，不少人开始咒骂飞机发什么神经。

飞机重新飞到正常的飞行高度。这时，机上的广播响了，机长以轻松平缓的语气用中英文反复通知道："女士们先生们，我们十分抱歉地通知您，由于特殊原因，我们不能在海南美兰机场降落，飞机将重新飞回广州白云国际机场，由此给您此次旅行带来的不便我们深感抱歉！"

机上的旅客开始骚动，飞机未见任何异常，天气状况良好，干吗要把我们送回广州？不少人骂骂咧咧地拽着空姐空警表达不满，但他们个个表情严肃，只用"对不起，请不要影响我们工作"敷衍，然后急匆匆地走过。

我们一行二十多人都坐在一个区域，和我并排坐的是公安局的丁政委，我们对视了一下，心中都感觉不妙，但我俩依然谈笑风生，其他人见我俩没有惊慌，就没有一个再跟着添乱了。

到达白云机场上空的时候已是中午十二点，飞机并不急着降落，它以白云机场为圆心，在广州的上空盘旋着。这期间，空乘人员给大家送来了午餐。这时，一些经常乘坐飞机的旅客干脆质疑机组人员："都快降落了，干吗还给我们送午餐？是不是起落架放不下来了？你们得告诉我们真相，就是死我们也要死个明白。"空姐面无表情地分着盒饭："请安静，请不要给其他旅客制造恐慌。"

一些人把盒饭扔到地上，有的根本不顾航空管制要求开启了手机："爸，告诉妈，我不该惹她生气，飞机可能要出事了！我可能再也无法求她谅解了。""老婆，××还欠了我十万块钱，欠条在……"我们一行中也有人哭了，开手机打电话的也出现了。

有人开始解开安全带，眼睛紧紧盯着紧急出口，也有人拉下头顶的氧气面罩，还有人把座位底下的救生衣拉出穿上。

机舱内一片混乱，机组人员也无可奈何。

"喊什么喊！"我本想站起却被安全带给羁绊着，"让懦夫们去哭泣吧，我们赣榆一行的请镇静，什么话也不说，目前我们要做的事只有一件，那就是跟着我和丁政委一起，吃饭！"丁政委高举着饭盒："同志们，哭喊只能添乱，乱动更不安全，安静才能平安！按张部长的要求，吃饭！我们相信机组同志和地面机场会给我们安全的。"几个空姐眼里噙着泪花鼓着掌，其他旅客看我们人多势众都听话，也渐渐开始平静下来了。

盘旋了三四十分钟的飞机终于开始降落了，估计是机上的燃油耗尽了，下滑的速度也降到最低限度。我打开遮光板，透过舷窗惊悚地发现，偌大的白云机场已见不到一架飞机，只有闪着红灯的消防车和闪着蓝灯的救护车在跑道的不远处伺机待发。

已经看到跑道地面了，迎接飞机的像是一座白色的泡沫雪山，飞机沿着跑道直接钻了进去，在接触地面的一刹那，我们都将眼睛一闭,就感觉机身一颤,又开始颠簸着向前滑行,在鬼门关前窒息了大约两分钟,飞机终于停稳了。

那一瞬间,没有人欢呼,也无人说话,一些压抑很久的旅客开始嘤嘤抽泣着。

"我们活下来了!"不知谁高喊一声,机舱内顿时一片沸腾,两个一直假装镇静的空姐这时也哭了,她俩跑过来抱住我和丁政委:"谢谢叔叔,谢谢叔叔!"

我们也如梦方醒,顿时泪流满面。

你有所不知的贵港

1 古郡新城

在我姨弟小三子没到贵港投资兴业之前,我对贵港的了解其仅为一个新贵,就像我们江苏的宿迁、泰州一样,是广西壮族自治区在原来的县级单位贵县的基础上新成立的一个地级市。

2013年春夏之交,当我和南京理工大学原党委书记郑亚教授应小三子之邀,在贵港切身参观、聆听、感悟了两三天后,我才为自己的孤陋寡闻而羞愧汗颜。

好漂亮的一座南国风光城市,满大街都是树的集群,花的故乡,挺拔的椰树、棕榈,婆娑的榕树、相思,苍翠的龙眼、荔枝、芒果，把高楼大厦遮掩得羞羞答答不敢言高，金凤花、凤凰木、木棉花、紫荆花、盆架子花、三角梅，此消彼长，红的、黄的、紫的、蓝的，花团锦簇，从未间断，行走在宽畅笔直的街道，如同泛舟于花的海洋。而环绕、横纵城内外水系池塘中，到处都是荷叶田田，贵港叫荷城，它的市花居然是荷花。

北回归线横贯贵港中部，得天独厚的地理位置和气候条件，让贵港人整日披绿荫，天天嗅花香。

天赐贵港，四季如春，鸟语花香，贵港是个长寿之乡。

建市不足三十年的贵港，如今成了环北部湾地区一颗闪亮的新星，城市建设自不待言，关键是它的发展速度持续多年领先广西，国内生产总值、财政收入、固定资产投资的增速，连续多年排名自治区第一。位于贵港市覃塘区的贵港（台湾）产业园，以港口现代物流、台资企业和电子信息产业、船舶修造业和现代制造业、水泥、制糖、林产品加工、农产品深加工为主导产业，其中的石卡临江产业园、覃塘林产品加工区、黄练工业集中区、大岭工业集中区、甘化工业集中区，到处塔吊林立，建设、生产红红火火。贵港国家生态工业（制糖）示范园区是全国第一个批准设立的循环经济试点园区，以电子信息、糖纸循环、能源、纺织服装为主导产业，配套发展物流业，成了东盟各国争相合作的热土。

小三子的项目就是再生能源循环再利用，如今已经小有规模，生态效益、社会效益、税收贡献额和知名度，在当地的影响越来越大。

市委书记是位南下干部子弟,也是我们江苏老乡。他笑称,别小看贵港的前身是贵县,贵港名副其实,不仅有中国西南地区最大的内河港,也确实很贵,是老贵族了。这是一个到了明朝才被矮化成县的千年古郡,如今虽非还其旧制,也算是正本清源了。

市委办的同志赠我们各一套《贵港市志》,他们说新市志还在修订中,这还是1995年版的原贵县的县志,但对了解贵港的历史还是有帮助的。

贵港古称布山。秦始皇三十三年(前214年),秦朝征服南越,设桂林、象、南海三郡,其中桂林郡的治所在布山(今贵港市),那时的桂林,仅为其辖地之一。汉高祖三年(前204年),南海尉赵佗起兵击并桂林郡和象郡,建立南越国,改桂林郡为郁州,治所仍在布山。汉元鼎六年(前111年),汉武帝派兵平定南越国丞相吕嘉等人的叛乱,改郁州为郁林郡,郡治布山。之后从东吴、两晋直到隋朝的大部分时间里,布山长期作为郁林郡的治所。

唐至元代,布山不再,改为贵州,但州治未改,仍在今贵港。布山作为历代郡治、州治地方政权的政治中心长达1600多年之久,只是到了明洪武二年(1369年),降贵州为贵县,属浔州府,贵县县名由此而来。

贵港历史悠久,人文荟萃。治下的平南县领导邀请小三子去考察,我也随同前往。在丹竹镇白马圩村,一处不起眼的陈年老屋挂上了县级文物保护单位的牌子,细看,原是"袁崇焕故居遗址"。

袁崇焕（1584—1630年），字元素，号自如，别称袁督师，明朝末年名将。袁崇焕曾取得宁远大捷、宁锦大捷，有效抗击了清兵咄咄逼人的入关攻势，因魏忠贤而辞官回乡。明思宗朱由检即位后袁崇焕得以重新启用，于崇祯二年（1629年）击退皇太极，解京师之围后，魏忠贤余党以"擅杀岛主（毛文龙）""与清廷议和""市米资敌"等罪名弹劾袁崇焕，皇太极又趁机实施反间计。崇祯三年（1630年）八月，袁崇焕被朱由检认为与后金有密约而遭凌迟处死，家人被流徙三千里，并抄没家产，实则家无余财。有《袁督师遗集》存世。

一代忠烈良将，结局如此，难免令人唏嘘，然而更吊诡的是，袁并非久远古人，其桑梓故地却语焉不详，一说广东东莞，一说广西藤县，今又出了个贵港平南，这历史真能糊弄人。

但我宁愿相信他是贵港人，因为有了袁崇焕，整个清王朝，要是在全国寻找一个他们痛恨切齿而欲斩杀韬龀不留的地域，非贵港莫属。老子想入关夺天下，是你贵港人袁崇焕一次次让我丢盔弃甲止步山海关，努尔哈赤哀叹道："朕用兵以来，未有抗颜行者。袁崇焕何人，乃能尔耶！"

袁崇焕由此开启了贵港人与清朝政权势不两立的先河。

从嘉庆皇帝开始，清政府就开始走下坡路，到1840年（道光二十年），英国以林则徐虎门销烟为借口，派远征军侵华，以清政府割地赔款并签订了中国历史上第一个不平等条约《南京条约》告终。

清王朝到了宣统手里，就已风雨飘摇，行将油枯灯灭了，这时孙文、黄兴等人的同盟会对死命抓着一丝细藤不想跌入悬崖的没落王朝猛踹一脚，于1911年4月27日在广州起义，因兵力不足失败。革命党人有名可考的牺牲者就有86名，其中有72位被埋郊外黄花岗，史称"黄花岗七十二烈士"。

当时黄兴率领的敢死队员仅有130余人，而来自贵港籍的就有28人，七十二烈士中就有5人是贵港人，他们分别是林盛初、韦树模、韦统淮、韦统铃、韦荣初。

假如武昌起义不成功，假如清王朝不覆灭，我估计还会有众多贵港人前仆后继，义无反顾地投身于推翻它的运动之中。

贵港人很拧，干什么都喜欢轰轰烈烈争第一，在广西，在环北部湾地区，他们改革创新、发展经济、富民争先的脚步会越来越快，和谐稳定，各项社会事业发展也会越来越好。

2　君子垌客家围屋群

在金田太平天国起义历史陈列馆，一个韦姓研究员对金田村为何能成为起义星火燎原地给了我另一个答案，这里客家人集中，客家人抱团抱气有血性，只要他们认准的客家带头人振臂一呼，他们就会风行响应，如影随形。

这倒新奇。最初接触"客家"这个词的时候我还在念高中，我误以为这是一个少数民族。我的历史老师孙金科先生更正道，客家是唯一一个不以地域命名的民系，是世界上分布范围广阔、影响深远的民系之一。于是我对客家和客家人产生了浓厚的兴趣。客家是历代战乱让经济、文化相对发达的中原地区人民背井离乡南下而产生的特殊民系族群。他们先是进入鄱阳湖一带，尔后溯赣江而上，向着被大山屏蔽相对安定的赣粤闽桂迁徙。这些中原人有两个称呼，一是官称，他们中有不少人相对于本地人见多识广，殷实富足，被当地人尊为客人，后来，当地官吏为这些移民登记户籍时，定为"客籍""客户"，于是客户的人就成为"客家人"，二是民称，由于他们是从外地迁移过来的人，本地民坊中称他们为"来人"。这些称呼由于直白上口，渐渐就在各地沿用开来。到了民国期间，著名民俗学专家罗香林先后出版了《客家研究导论》《客家源流考》，这才真正把客家确定为一个汉人族群，并得到了中外学界的普遍承认和接受。

对韦氏的观点我心存疑惑，在中国，客家人最大的集聚区是江西赣州，那里百分之九十五的人都是客家人。分布最广、人数最多的却是广东，梅州、惠州、韶关、清远、深圳等地，客家人比肩接踵，到处都是。其次是福建汀州、龙岩一带，广西也有分布，但人数不会太多。

韦氏笑道，历史的烟尘常会遮掩一些真相，广西的客家研究还有很多值得挖掘的宝藏。他指着陈列馆展示的图标数字，您看，这参加金田起义的两万多将士，有百分之八十多为客家人，除洪秀全、冯云山，太平天国核心决策层的杨秀清、萧朝贵、韦昌辉、石达开、秦日刚以及后起之秀陈玉成、李秀成、赖文光都是清一色的广西客家人。

确实，史学界一直有太平天国运动其实就是客家人的革命之说。中国近现代客家人的一次次崛起亮相，直接影响和决定了中国的历史发展进程，除太平天国运动，以客家人为中坚的戊戌变法运动（黄遵宪、刘光第等），以客家人作为主体的辛亥革命（孙中山、廖仲恺、胡汉民、邹鲁等），发生在客家属地赣州瑞金、兴国的土地革命，作为世界反法西斯战争的东部战场——中国的抗日战争中，国民党十大战区司令长官有六人是客家人（张发奎、薛岳等），共产党的两大主力八路军和新四军，客家人各领风骚，八路军的总司令朱德、参谋长叶剑英，新四军军长叶挺、参谋长赖传珠，都是客家人。

"客家人不仅血气忠勇，更是聪明睿智，最典型的就是客家围屋的设计建造，它和北京的'四合院'式、江南的'四水归堂'式、黄土高原的'窑洞'式、西南的'干栏'式、云南的'一颗印'式，合称为中国民居六大传统住宅建筑类型。在我们贵港，就有全广西最大的客家围屋群。"韦氏自豪地介绍道。

对客家围屋我并不陌生，它结合了中原古朴遗风以及南方山区文化的特色，由于建筑式样的不同，各地对客家围屋的称谓亦有差异，赣南是"口"字、"国"字形，故称"土围子"，福建多为圆形，由黏土做成多层楼宇，称"土楼"，粤北称"四角楼""六角楼""围"，粤东称"围龙屋"或"四角楼""围楼"，深港一带大都称"围"或"世居"。但万变不离其宗，从外部看，围屋是封闭的，俨然一个封闭的客家小社会，体现一个"围"字；从内部看，围屋是开放的，四通八达，像个迷宫，体现一个"通"字。它们的共同功能是防盗、防火、防震，它集家、祠、堡于一体，是体现族群凝聚力的坚强堡垒。

有一年，党校组织"青干班"去赣州接受革命传统教育，方知这里是客家先民中原南迁的第一站，这些住过红军、做过农会办公室、农民讲习所的600余幢的客家围屋，被称为"东方古罗马建筑"。之后又去瞻仰古田会议旧址，参观了气势恢宏的龙岩永定土楼，我被客家人奇思妙想的设计和科学聪慧的建筑工艺深深折服。我的学生鲁统阳在福建漳州、厦门、平潭创业，建成全国最大的红酒供应链企业，他多次邀我前往，并以漳州客家围屋诱惑我。我去了以后大吃一惊，漳州土楼数量众多，土楼民居近2000座，仅南靖县就有1300多座，堪称土楼王国，规模最大的诏安县"在田楼"，单体直径达95米。

客家围屋成了我去南国游览关注的重点，没想到在贵港还能有此眼福。

贵港的客家围屋集中在木格镇一个叫君子垌的纯客家村落，距离市区四十多公里，三面环山，前有池塘月牙湖，非常符合"左青龙，右白虎，前朱雀，后玄武"的风水规范，村边绿树环绕，渠边、田头翠竹青青，垌田平整开阔，土地肥沃，被贵港市命名为"荷城十大最美乡村"。

我到君子垌时不到九点，村里行人稀疏，不像想象中有游客中心或导游之类的热闹和繁忙，一个头发花白的老妪背着一捆像晒干的油菜秸秆,神色茫然地看着我,摆手道:"有什么好看的,年轻人都进城住楼房了,谁愿要这些破屋。"

这时,一个约六十来岁的农汉过来,问我想找导游吗?他可以,一小时100元。

这是我见过的最接地气的土生土长的地导,他用有些含混不清的普通话边走边给我讲解着,清代乾隆、嘉庆年间,客家人开始有从广东迁入广西,到贵港(贵县)的则主要集中在今木格镇君子垌村,这里云集了黎、邓、叶、黄、李、陈、许、祝、钟、杜、曾、何、陆、范、烟、魏、刘、邱等十八个姓氏的客家人,根据这里的族谱记载,居住在君子垌的客家人已经兴旺发展到了二十六世。

君子垌的客家围屋属长方形的围城,每个围屋四周都筑起高墙,墙与主屋建筑之间留有甬道。围屋规模大小不一,黎诗文故居云龙围,占地不下二三十亩,屋宇高低错落,鳞次栉比,院套着院,屋连着屋,据民国二十年《贵县志》记载,君子垌的围城建筑始于清咸丰年间,最早就是里人黎诗文建筑的"云龙围",里人邓逢元建筑的"段心围"同样气势恢宏,之后黎氏、邓氏、叶氏等客家人的十七座围屋城相继在君子垌建成。

地导带着我一家家参观,黎氏除黎诗文故居外,还有黎杰材故居"同记城"、黎太康故居"畅记城""双城""显记城"等;邓氏主要有邓启端故居"隆记围城"、邓建勋故居"新城"、邓逢元故居"同心围""昌城""犁头城""紫金城""茂隆城""老屋城"等;叶氏主要有"谷坡城"等。历史上黎氏相对而言尚文的多一些，围城建筑最早，独具特色，数量极多；而邓氏历史上比较富足，因此他们的围城也相当讲究，数量颇多。

围屋除了规模大小不一外，功能区和造型大同小异，参观中，我的心情没有在别处那样轻松欢愉，这里的围屋已有两百多年历史，如今破败严重，砖损瓦破，墙皮脱落，天井中垃圾杂草污水混杂，有的围屋大门敞开，空无一人，有的仅有翁媪独坐，他们打着瞌睡，像是回想着围屋昔日的辉煌。

君子垌围屋曾经几多辉煌，继清朝末年被赐为"文化乡"后，君子垌先后涌现出一大批爱国志士和杰出人才：留学美国并与美国飞虎队队长陈纳德是同窗同学、学成归国颇有建树的黎杰材、在湖南大学任教授的黎颂初、早年赴日留学企望知识救国的黎大康、20世纪60年代进京受到国家领导人刘少奇接见的全国优秀教师黎佩英、中国科学院院士邓启金、居港商人邓建勋、黎庚扬等七位县长等，都是从君子垌走出的客家人。由于名人效应，目前他们的故居保管尚好。

君子垌围屋群是客家文化凝聚的结晶，它无声地诠释着客家人沉郁的民俗、绵长的沧桑，表现了客家人淳朴无华的天性和顽强不息的生命力，它的文化研究价值、旅游开发价值都是深远而巨大的。

因港成市的全海景福地防城港

这是一个绕口的题目，但它依然不能完整表达我对这个年轻美丽的城市由衷的赞美和概括，它是一座滨海城市、边关城市、港口城市，是北部湾畔唯一的全海景生态海湾城市，边陲明珠、中国氧都、中国金花茶之乡、长寿之乡……名头这么多且名副其实，你让我怎么说？

防城港是我桂西南边界行的第一站。

我是在2018年仲秋的时节去的。

在广西创业有成的姨弟小三子给了我一辆越野车，说怕我到了防城港就不愿回来了。我笑着说："你呀，一叶障目，不见泰山。你才见到几个好地方？"他回讥道："先别吹，到了你就知道，你见过的那些沿海城市的美，防城港都有。"

还真是，当我驱车行进在防城港港口区北部湾大道上，我就被这迷人的南国滨海风光惊艳到了，金色沙滩蔚蓝海岸的东侧，宽阔的柏油马路上，名车轿跑游鱼般悄声流淌，两边挺立着摇曳挺拔的高大椰树，树下的花坛里，各种五彩缤纷的花儿姹紫嫣红，海边的礁石或沙滩上，一座座或飞龙或奔马或楼船的巨大石刻雕塑点缀其间，掩隐在绿树红花中的海景别墅、酒楼饭店造型各异，此时正值中午，高天流云，白浪拍岸，椰风飒飒，榕树婆娑，恍如风光宣传片上的夏威夷。

北部湾大道南口的尽头，是一排以船为店的海边美食摊，各类海鲜美食让我眼花缭乱无法选择，一个掌勺的俊俏京族女孩笑道："你就一个人，不如点个卷粉和沙虫粥吧，这可是防城港的名吃，从越南传过来的。"我欣然从命，果然味道美极了。

在如家酒店入住小憩后，我便徒步来到据说是港口区海拔最高的仙人山生态植物园。刚才路过，我在正门口有过短暂停留，隔着车窗望，我被那如练悬空的陡峭步道吸引住了。如今走在上面，没多会儿就汗湿衣衫了。

仙人山之美，不仅在其自身，它还是环望防城港，尤其是港口区的最佳瞭望点，当我大汗淋漓攀爬完上千级陡峭的台阶，在山顶沐着微凉潮润的海风，气喘吁吁的心肺才平复下来。

俯瞰脚下的港口区，原是卧处海湾的一个狭长如楔子状的半岛，岛上的建筑高低错落，造型各异，簇新而现代，很少见到低矮拥挤灰蒙蒙的棚户区。我首先聚焦于以其命名该区的现代化港口。防城港是中国西部地区第一大港，是西南地区走向世界的主要海上门户，是链接中国与东盟、服务西部大开发的第一物流大平台。那方圆几十公里的港区，车如甲壳虫穿流其间，一排排橘黄色的起重机船舶吊、龙门吊鳞次栉比，此起彼伏地装货卸货，停泊装卸的货轮状如高楼，进出的巨轮来来往往，鸣声不断；仙人山正门对面、海汊西岸那片雕塑耸立、游人如织的地方，就是防城港的旅游打卡地——明珠广场，那个刻有"边陲明珠"的巨型花岗岩球形明珠雕塑，如今影影绰绰依稀可见。隔着海湾向西南方向远眺，一个更加尖长的半岛如斜弯的牛角，插入碧波荡漾的北部湾，那里绿树荫翳，白沙敷岸，怪石嶙峋，那就是我行程中要去的月亮湾、白浪滩和怪石滩。

防城港城在海中，海在城中，人在景中。

第二天，我徜徉在市中心，这里无处不风景，举步皆花园，在浪花轻涌其间，白鹭、黑脸琵鹭翻飞上枝头的大片红树林西侧，是状如开放式公园的市民广场，四座遥相呼应的建筑尤其引人注目，它们的造型之美，无不打上浓郁的海洋文化烙印。在蓝天、白云、碧海、绿树的映衬下，与自然环境有机融合，相得益彰。它们分别是将"海贝"自然与文化形态转化为优美的建筑实体的文化艺术中心，将生态、高技术、高效节能等建筑技术和设计手法应用到其设计当中，形似环带的科技图书馆，以独特的仿生建筑学造型建造"西湾扇贝"的青少年活动中心。我最后走进了这座状如巨型海螺的博物馆，了解其本土历史，惊艳于其独特的海洋及地域文化。

上天赐予防城港的区位、生态、自然的优势，别处固然无法企及，但它的创造之美，确是令世人惊叹的。

防城港是一座因港口建设而兴起的新兴城市。

从挖动建设的第一锹土到现在，防城港的历史仅有50年。

50年，不到一个甲子的轮回，在人类历史长河中仅是弹指一挥间，但在新中国成立不到二十年的1968年，那还是处在特殊的历史时期，建设者们就在南中国这个边陲海汊拉开了防城港崛起腾飞的帷幕。

防城港的人说，防城港是援越抗美的产物，它是胡志明请求、毛泽东批准、周恩来亲自指挥落实的"3·22工程"的延伸成果。

20世纪60年代，美帝国主义侵略越南，越南的陆上交通，海上运输都遭到了摧毁性的打击，越南的经济、军事濒临崩溃的边缘。中国人民及时伸出援助之手，配合越南人民、越南军队开辟了一条从北到南绵延数千公里的秘密运输线，保障了战场的供给和战争的胜利。越南人民尊崇他们的领袖胡志明主席，就用他的名字命名这条关乎越南共和国存亡的运输线为"胡志明小道"。

然而，这条运输线却成了美国地面特种部队袭击、B52轰炸机狂轰滥炸的主要目标，越军的后勤补给不时陷入瘫痪。

1965年3月22日，越南民主共和国主席胡志明秘密访华，恳请中国援越抗美。毛泽东主席在湖南长沙会见了胡志明主席,答应了他的请求。

4月21日,越南劳动党第一书记黎笋、副总理兼国防部长武元甲率代表团到北京,就中国援助越南问题同中国政府举行了会谈。重点是开辟一条海上隐蔽运输线,也就是后来的"海上胡志明小道"。

交通部、总参、广州军区、南海舰队、广东省、广西壮族自治区迅速组成了中越水运隐蔽航线考察组,首先解决隐蔽港口问题。

考察组考察了北海、龙门、珍珠湾、大风口、铁山、流沙、涠洲岛的南湾等地,认为位于北部湾北部、东与钦州龙门相接、西与越南芒街相邻的珍珠湾为最好,该海湾与越南海防港、鸿基港、锦普港距离较近,属于深水航道,可建设成援越抗美的重要港口。

周恩来总理、罗瑞卿副总理兼总参谋长亲自挂帅,决定成立国务院援越领导小组,广东、广西军区迅速组织力量,在考察组确定地区建设3个简易项目:码头、仓库和修船厂。该工程以胡志明访华之日命名:"3·22工程"。

党中央一声令下,从各地抽调的精干人马很快就进入工地现场,开始投入建设的大会战。在远离城镇、没有桥、没有路、没有住房、没有水电,物资供应极端困难的情况下,建港人员发扬了不怕苦、不怕累的艰苦奋斗精神,迎难而上,他们住工棚,睡地铺,头顶蓝天,脚踏荒岛,艰苦奋战,终于在1969年9月31日,"3·22工程"胜利竣工,建成一座2000吨级浮码头(长83米),及配套设施包括码头、牛头油库、企沙卫东船厂和近50公里战备公路。

工程竣工后，为越南战场输送了数十万多吨的援越物资，为越南人民抗美救国的斗争做出了重大贡献。

越南战争结束后，"3·22工程"的历史使命已经完成，广西防城港诞生。

由于港口建设和发展需要有城市作为依托，需要有一个强有力的属地垂直管理体制来领导，1985年3月，自治区党委、政府决定成立地级建制的中共防城港区工作委员会、防城港区管理委员会。经过八年的努力，1993年5月，国务院批准设立地级防城港市，辖防城、港口两区和上思县。

防城港市成立后，始终坚持"以港立市、以开放兴市、以工贸强市、以文化旅游旺市"的战略，紧紧抓住北部湾经济区开放开发上升为国家战略的千载难逢机遇，因时而动，顺势而为，深入实施北部湾经济区优先发展战略，积极参与和服务"一带一路"建设和中国-东盟自贸区升级版，不断拓展对内对外开放合作深度和广度，形成了风生水起、千帆竞发的良好发展势头。

五十年磨一剑，防城港市从无到有，从有到优，从交通不便、产业薄弱、发展相对滞后的边陲末梢，一跃成为广西经济增长最快、活力最强、成长性最好的发展区域，成为我国沿海经济发展的后起之秀。

祝福防城港，祝福创造奇迹的防城港人！

绿色掩映下的北仑河口

在去辽宁丹东的时候，我站在鸭绿江口，曾暗暗发誓，祖国的万里海疆北起于此，我要一直走到南国的终点北仑河口。

如今我驱车来到位于北仑河入海口的东兴市竹山村，找到了屹立于"山海相连广场"上的球形"零"字碑，这才是18400公里的中国海岸线从鸭绿江口起点到这里的终点，也是中越沿边公路S325省道的起点。

北仑河发源于广西境内的十万大山中，从东南东兴市和越南芒街之间流入北部湾，全长109公里，其中下游60公里构成中国和越南之间的边界线。东兴市和越南的芒街一河之隔，鸡犬之声相闻，有北仑河大桥相连，年出入境300多万人次。

竹山村因盛产毛竹而得名，是镶嵌在北仑河口一颗古老的明珠，在广场一侧，一块文物级界碑被玻璃罩着，它就是大清一号界碑。碑前的文字说明道："大清国钦州界一号界碑，位于广西东兴市竹山村，这里是中国大陆海岸线的起点和陆地边界的起点。界碑为清光绪十六年（公元1890年）所立，碑文曰：'大清国钦州界'，系清界务总办、四品顶戴钦州直隶州知州李受彤所书。……"

李受彤，这位守土有责的边关大吏，其生卒年月居然无法查考。然观其力透纸背的颜体大楷，那刚正威武的民族大义和中华气节仍凛然外溢。

我在广场逡巡一周，正是大潮顶托时，北部湾海面白浪翻卷，海鸥翩翩，近海海面上还露出一片片绿色的叶片在不屈地随波晃动着，有游客介绍，那是被海水淹没的红树林枝梢。

等到我吃过午饭再次来到海边时，我被惊讶得目瞪口呆，刚才还是海天一色白茫茫一片的北仑河口，却被一眼望不到边的绿色笼罩着，一群群海鸥、白鹭和叫不出名的鸟儿在林间、水面蹦跳翻飞，叽叽喳喳，呼朋引伴。原来这里就是北仑河口红树林生态区，是广西北仑河口国家级海洋自然保护区的一部分。

对红树林，我一直陷入一种误区，误以为红树林是由众多颜色呈红色的树木，譬如能在海水中生长的红枫、红栎、红柳、红檗等树木成林构成。到了这里我才真正被科普到，红树林是指生长在热带、亚热带低能海岸潮间带上部，受周期性潮水浸淹，以红树植物为主体的常绿灌木或乔木组成的潮滩湿地木本生物群落，它因品种多样、高低参差像陆地一样的森林状态而得名。因其生长在潮间带上，涨潮时被海水淹没，故又被称为海底森林。红树虽是一种绿色植物，但当把它的树皮划破时，破口处呈现出红褐色，因此叫红树。

红树林是一种稀有的木本胎生植物，它的种子成熟萌发的时候，下胚轴明显伸长，幼苗逐渐突破果皮，形成如同长长"水笔"的胎生苗，然后脱离母株，坠入海中钻进滩涂发育生长，潮起潮落是促它成长的摇篮，狂风巨浪是历练它筋骨的教练，它扎根于海滩淤泥，迅速粗壮起它的呼吸根和支柱根，不断茁壮成长，大片新生的红树、白骨壤、桐花树、海漆、黄槿、海芒果、红海榄、海莲、角果木、秋茄、老鼠簕等便开始屹立在海滩之上、潮水之中，任凭潮来潮去，风吹雨打，俨然成为绿色长城的后续之坚。

我又想到了李受彤，这位广西本土出身的举子，肯定知道作为红色之意的"彤"字，取名多用于女性，而他偏偏以此为自己命名，是不是偏爱这红树林的秉性和风格？

作为领土卫士，红树林它能防风消浪，促淤保滩，固岸护堤，绝不让脚下的领土有一丝流失，它盘根错节的发达根系，能有效地滞留陆地来沙，阻止土壤坍塌流失，茂密勾连的肢体，宛如一道绿色的长城，不管是本土的狂风巨浪，还是域外的侵略台风，它可能被摧断枝蔓，也可能被吹得东倒西歪，但它的脊梁绝不会被折断，它的斗志绝不会被击垮，它仍会不屈不挠，用团结的力量粉碎外来入侵的狂暴，守护着自己身后的家园，给各类候鸟提供着栖息繁殖的供应和庇护，成为珍稀鱼类繁衍的天然产房和幼儿园。

李受彤又何尝不是如此呢？清光绪十一年（1885年），清政府和法国在天津签订了《中法越南条约》，根据条约规定，次年中法两国共同会勘中越边界。作为钦州知事的李受彤，随钦差大臣邓承修、王之春与法国勘界代表狄隆等勘定中越边界。此时，法军已越境抢占了我江平、长山、八庄等地，陈兵威胁，为勘界设置重重障碍。四个月下来，界务没有取得丝毫进展。积贫积弱的清政府以"议久未成，别生边衅"为由，召钦差大臣回京。界务大任就落到了李受彤的肩上。

独撑南天的李受彤勇于担当，不辱使命，面对强敌，不卑不亢，针锋相对，寸土不让。他发动地方百姓，以扁担农具和大刀长矛，将大炮、毛瑟武装到牙齿的法军赶出江平、八庄等我被占领土，并从竹山上溯北仑河至滩散、峒中，强立中越两国界碑数十块。光绪十九年（1893年）中法签订的中越边界条约，基本都是以李受彤所立的界碑为准。

这得之不易的领土主权和民族尊严，其中隐含了多少李受彤的含辛茹苦，他在《与法人立界露宿坑怀岭有感》一诗中叹道：

一

苦闻飒飒复萧萧，万木经霜尚不凋。
樵径枯骸存虎迹，箐丛毒疠幻虹腰。

巉岩涉历高千仞，黎阮兴亡阅几朝。
人与草虫同露宿，怪他彻夜尽嘤嘤。

二

熊颠猱踬亦知愁，岭峻风寒况值秋。
履险何妨同坦道，梯缘从不羡高楼。
现身顽证三生石，指掌图分四大洲，
喜是牵萝扪壁处，漱泉时得饮清流。

李受彤和他依靠的边民，其实就是祖国南疆行走着战斗着的红树林。

而位于竹山村十八组的古榕部落，同样具有扎根国土抱团御敌的性格。这是由一棵千年古榕、多棵百年以上的大叶榕及小叶榕组成的榕树战营。它们遥相矗立，形成战列，肥厚的叶片吮吸着南国火热的阳光，沐浴着亚热带的充沛风雨，一簇簇披挂垂下的气根，只要接触地面，便汲取着大地母亲的乳液营养，迅速长成日渐粗壮的树干，像一双双有力的大手，托举扶持着这座绿色大厦的万古长青，也造就了"独木成林、万众一心"的奇特景观和人文含义。古榕部落延绵一公里，宛若天边飘来的一片巨大的绿云，大叶榕伟岸挺拔遮天蔽日，小叶榕葳蕤叠翠婀娜多姿，形成千年古榕、海顺门、子孙满堂、龙飞凤舞、鸳鸯戏水、榕风海韵、把根留住等形象生动的奇特景致。置身其中，步移景异，令人流连忘返。这里正如欧阳修所云："树林荫翳，鸣声上下，游人去而禽鸟乐也。"古榕部落周围还有保护完好的原始丛林，与参天古榕构成了清新天然的氧吧，行走其间如临仙境，当地百姓被其荫护，这里成了世人艳羡的长寿之乡。

我拍下北仑河口的一幅幅美照，选择九幅发到朋友圈，随图附上胡吟一首的打油诗：

北仑河口碧连天，李公界碑镇边关。
威武坚韧红树林，顶风抗潮庇人间。
独木成林古榕傲，笑看风云史变迁。
国强人和鱼鸟乐，明珠镶嵌北部湾。

凭关而祥英雄城

我从东兴出发，沿 S325 省道前往与越南凉山接壤的边境口岸城市凭祥市。

中越沿边公路 S325 省道，起于防城港东兴市北仑河口竹山村，止于滇桂边界百色市那坡县弄合村，全程 725 公里。坡陡，弯急，路窄，人车稀少，沿途边关风情万种，喀斯特地貌风光无限，神秘的千古岩壁画，古朴的壮乡风俗，摄人心魄的古今战场遗址，优美的江河溪流景观，珍稀的动植物物种，看不尽的山水画廊，数不清的动人景致，可谓处处走心，步步惊艳！

凭祥是 S325 省道上的一个最重要的节点。它秦属象郡地，汉初属南越国，宋皇祐五年（1053 年）置凭祥峒，从此凭祥之名沿用至今。

这是一座英雄的边城，境内的友谊关（镇南关）就像一座丰碑，见证了中华民族威武不能屈的气节和尊严。

沿边公路宽不足8米，高低起伏，蜿蜒曲折，进入防城界内，一边是清澈奔流的北仑河水，一边是莽莽苍苍的十万大山。行驶过北仑河发源地，走过里火口岸，就开始进入沿边公路的第一个盘山路段"马鞍坳"，这是我在八桂大地行走过的最险峭的山路，这一段共设计了28个"胳膊肘弯"，17个"回头弯"（大于170度的弯），虽说风光无限，却也步步惊心。过了峒中镇，路面开始湿滑颠簸，越走越感觉危机四伏。昨夜秋雨，很多地方出现塌方滑坡。我的车刚一经过，身后就传来"呼通"一声巨响，从后视镜一看，顿时一身冷汗，一方连着绿树青草的松软红土从高坡上滑落到路中心，一辆附近山民驾乘的农用三轮车戛然被阻在新堆积的红土包前。

我两眼瞪得滚圆，不敢有丝毫懈怠，终于在下午两点进入凭祥市界。在距离市区不到30公里的地方，一块不起眼的路牌引起我的兴趣，法卡山，一个多么响亮熟悉的地名，它让我瞬间唤醒对20世纪那场血与火的局部战争的回忆，《高山下的花环》《山中，那十九座坟茔》《雷场相思树》《凯旋在子夜》《死亡地带》《把最后一颗子弹留给我》……这一部部携着火、裹着电的英雄主义力作，曾让我豪迈激昂，血脉偾张。今天偶然路过此地，这个具有地标意义、打上英雄符号的圣地，焉有不去之理？况且路牌标的距离只有2.2公里。我沿着一路陡坡，径直抵达边防前沿军事禁区前。昔日被炮火雷弹炸成焦土的战场，如今被一片片草木覆盖，路边草丛，偶尔还有被岁月锈蚀的弹片，那"危险"字样的标牌提醒我们，这里曾经并非全是和平的阳光。

不远处三号主峰上的五星红旗和堡垒营房，何尝不是屏蔽凶险、守护吉祥的又一座镇南关？

全程仅有290公里的沿边曲径，我走了整整一天。进入凭祥市区，已是傍晚时分，夕阳金黄，把这座边地小城辉映得如诗如画，恬淡而安详。

凭祥地处北回归线以南，虽是仲秋，这里的夜晚，依旧热风熏得游人醉。商品琳琅满目的超市商场，顾客进进出出络绎不绝，开放的公园绿地，到处都是市民散步健美的身影。路灯下的浓荫里，有美食烧烤散发出诱人的芳香，广场、街头，北国热辣酷炫的民族风把南疆同胞的狂野激发得舞之蹈之，大汗淋漓。沿街、沿河灯火，把边城打扮得五光十色，如梦如幻。

在市府广场，一块巨大的电子屏正在滚动展示凭祥的日新月异：凭祥素有"祖国南大门"之称，是中国最靠近东盟国家的国际化城市，是广西口岸数量最多、种类最全、规模最大的边境口岸城市，辖区的浦寨商贸城、弄怀边贸点是中越边境线上最大的边贸点……

边城祥和虽云乐，全仗雄关可凭倚。作为南国边关最多的县级城市，凭祥城区西南方向的镇南关（友谊关）和西北方向的平而关、水口关被合称"南天三关"，它们就像一个个忠诚的卫士，祖祖辈辈守护着身后的广袤国土和勤劳善良的人民，彰显出中华民族的威仪傲骨。

这地处中越边境线上的三关中，最为重要的隘口则是举世闻名的镇南关。两千多年前，西汉王朝便在此设关示权，初名"雍鸡关"，后改名"界首关""大南关"。明洪武元年（1368年），为巩固南疆，守军将关隘改建为两层门楼，易名镇南关。又在金鸡山陡壁上修筑炮台数座俯控关口，成为中国通往越南的重要交通关口之一，是名副其实的南疆要塞。

我眼前的镇南关，雄踞大青山、金鸡山（古称锦鸡陵）的通道隘口上，左侧是左弼山城墙，右侧是右辅山城墙，如壮士伸出强壮的臂膀，关隘犹如巨蟒盘谷，关楼巍然挺立，如龙头高昂，城墙青苔密布，诉说着岁月的沧桑。

从镇南关更名睦南关，到最后的友谊关，它用自己的雄武和果敢，粉碎了入侵者的虎视眈眈，捍卫着中华民族的浩气和尊严，书写着和平、友谊的诗篇。

我由古城墙的台阶登上关楼，在参观了友谊关历史陈列展览和中越两国高级领导人会晤纪实后，登上三楼远眺，只见崇山峻岭，层峦叠嶂，丰树茂林，云蒸霞蔚，好一派郁郁葱葱的南国风光。

友谊关的左右两侧高山雄险，山顶置有镇关利器古炮台，装有德国兵工厂制造的克虏伯大炮，由于炮大路险，据说一门大炮从山脚下运到山顶炮台，耗时达九个月之久。为睹其雄姿，我选择了先上最为险峻的右辅山炮台（金鸡山炮台）。

宽约三米的上山步道由一块块粗糙不平的巨大条石铺设而成，天梯般依山而上，步道两边密树茂林掩映，使得山在

第二章：南疆屐痕

林间隐，路在山中现。步道的石阶落差很大，每级台阶几乎触膝。有的甚至高达半米之多，有时我需手脚并用向上攀爬。间或有古榕、香樟等巨树拦道，苍劲的树根肆意地伸展着，霸道地裸露在石阶之上，显示自己石破天惊的韧性，诉说着它们与岁月较量的意志和顽强。这条仅有700多级台阶、如挂山巅的陡峭步道，我攀爬了近一个小时，才大汗淋漓地登上海拔近600米的山顶。

金鸡山西南两面都是悬崖峭壁，形成一道可以凭险御敌的天然屏障。山顶有三个山头，分别修筑镇北、镇中、镇南三座炮台，呈三角鼎立之势。三座炮台均安装一门克虏伯大炮，口径120毫米，射程可达20多公里，炮位下方有环形铁轨，可以360度无死角旋转，是当年当之无愧的无敌炮王。

我对此不以为然，这又是清朝官僚政府的花架子工程，和北洋水师的亚洲一流舰艇装备有异曲同工之妙。这些炮台巨炮，是在中法战争胜利后，广西提督苏元春奉旨购买的34门克虏伯大炮的一小部分，其余则被环列在上千公里的边境线上，整个工程历时十年，但并未发挥过一次御敌之用，其中镇南炮台这门大炮，从山脚下拉了九个月才到山顶，试放第一炮居然卡膛，弹头至今仍羞答答龟缩在炮膛门口。

边关有忆，大炮无言。但友谊关，这座饱经战火洗礼的千年古关，却见证了数千年边关抗敌御侮的豪迈悲壮，特别是一百多年来近现代史上那一次次血雨腥风和滚滚硝烟。

1883年（清光绪九年），法军进攻越南顺化，强迫越南签订了《顺化条约》，迫使越南脱离中国的藩属地位，成为法国的殖民地。法国侵略军还悍然向驻扎在镇南关的中国军队发起进攻,清政府被迫还击,中法战争爆发。

战争伊始,法军来势汹汹,清军节节败退,1885年(清光绪十一年)12月,法军再次攻击镇南关并一度占领,炸毁关门,还在关前废墟上插上一块木牌,用汉字写上"广西的门户已不再存在!"

国门告急,危在旦夕。清廷起用已经告病还乡的老将冯子材出山,督办广西军务。年届七十的萃帅(冯子材号萃亭)率领9000萃军,收复镇南关后,在山顶上筑墙挖壕,修筑炮台,积极迎战来犯之敌,并立上"吾人誓以法人头颅重建广西门户"的巨型木桩。

3月23日,法军统帅尼格里率领主力3000多人,配备了三个炮队攻击镇南关。一时间,镇南关一带炮声震谷,枪弹如雨,墙倾壕摧,形势岌岌可危。

准备以身报国的萃帅,让士兵抬着一口红漆棺材,上写:"不归尼格里,便属冯子材。"自己带着两个儿子冯相荣、冯相华,手持大刀,率军冲出城关,杀入敌阵,近身肉搏。顿时,刀光剑影之下,敌军尸陈遍野,血流成河。一时间,萃军士气大振,斗志激昂,在敌人猛烈的炮火中,扬长避短,冲锋陷阵。法军阵势大乱,溃不成军,抱头鼠窜。清军乘胜追击,连续攻克文渊、凉山。此役,共歼灭法军1000多人,重伤法军统帅尼格里,取得了震惊中外的镇南关大捷。

我走下右辅山,攀爬到关楼另一侧的左辅山,这里就是当年冯子材指挥镇南关大捷的遗址,我在山上浏览了多处当年的遗迹，如古城墙、瞭望台、清军蓄水池、屯兵室等，还有"视死如归""浴血奋战"等雕塑群像。

镇南关之战，是鸦片战争以来中国与西方列强交战取得巨大战果的最显赫战役，在中国战争史上占有重要地位，消息传到巴黎，茹费理内阁迅速被废黜倒台。

有形的友谊关再坚固，也无法承受坚车利炮的轰炸冲击，而一旦被赋予了无形的民族气节和尊严，它便会焕发出稳如泰山的坚韧和刚烈，激发了中华儿女攻难克坚自强不息的勇气和信心，让觊觎者望关兴叹，止步不前。1907年，孙中山、黄兴发动的"镇南关起义"打响了推翻清王朝的第一炮。抗战期间，日寇从越南进犯镇南关，在漫道如铁的镇南关前，同样成为灰飞烟灭的历史丑类。

大新——面纱渐揭的绝世佳丽

我对"桂林山水甲天下"之说一直深信不疑,但到了和越南高平省相毗连的大新县后,才感觉到山外有山,水比水美才是硬道理。

我去大新,原本只是想看看近年开始声名鹊起的德天瀑布,谁承想,一入桃花源,忘情云水间,在这儿一待就是三天,尚意犹未尽。大新整个县域就是一个大公园,它几乎涵盖了所有景区美的元素,山水草木皆成景,村寨处处有古迹,红山九十九峰、体大无朋的大象峰、形如金印的金印峰、千年不绝的漱玉泉、云霞千丈的金狮峰、浓缩桂林山水的明仕田园、美轮美奂的龙宫仙境溶洞和飞扬跋扈的德天瀑布、养利古城、土司大堂……这里的新与古、幽僻与喧嚣、平畴与峻岭、清溪与瀑布等对比冲撞出的美感,在别处很难这么全面和如此强烈。只因这里地处边陲，交通闭塞，这位披着面纱少为人知的绝世佳丽，才美得如此纯粹、如此天然和触目惊心。

1 土司制度催生的养利古城

作为一个县级单位，大新县真的是太新了，它是新中国的产物，1952年，雷平、养利、万承三县合置成立大新县，取原万承县大岭乡的"大"与养利县宝新乡之"新"二字名县大新。

县名虽新，但其历史却十分悠久，榄圩正隆更新世巨猿化石出土岩、歌寿岩新石器时代古人类生活遗址、昌明交岭战国古墓葬、恩城花山秦汉崖壁画、桃城大塘东汉冷水型铜鼓出土址、宋代壮族首领侬智高的安兵城、恩城岜字山文明土司摩崖石刻、那岭宋至清代古人避乱遗址龙宫岩、明代全茗画岩摩崖造像、上对益天洞摩崖石刻、硕龙靖边炮台等上百个历史遗址遍布全境，大多未被发掘，原始古朴。我入住的酒店不远处，就是养利古城遗存的南门，高大巍峨，建筑风格与北京明故宫的城楼十分相似，这在当时的西南蛮夷边地十分罕见。大新县政协文史委的一位研究土司文化的专家介绍，养利古城其实是当时的流官知州们用以自保的庇护所。

大新的前世养利一带，史称西原侬峒地，简称西原蛮。明代中叶之前，属于邕管羁縻州，系少数民族土司统领的地盘。

土司又称土官、土酋，是中国古代一类官职的统称，既是少数民族地区的头目在其势力范围内设立的且被中原朝廷认可的政府机构，也指"世有其地、世管其民、世统其兵、世袭其职、世治其所、世入其流、世受其封"的土官。

土司制度是秦汉时期羁縻政策的延续和升级。封建王朝对境内少数民族聚居地区采用怀柔政策，利用当地的头人地主，封以"王""侯""邑长"，纳入朝廷管理。通过这种政策，处理中央与地方少数民族聚居的关系，以维系中央集权制度的统治。

《史记·司马相如传·索隐》解释说："羁，马络头也；縻，牛靷也"，引申为笼络控制。所谓"羁縻"，就是一方面要"羁"，用军事手段和政治压力对少数民族头领加以控制；另一方面用"縻"，以经济和物质的利益给予他们抚慰。

《元史》记载，1313年，交趾（今越南红河三角洲一带）兵犯州境，杀掠2000余口。赵家土司被迫搬迁到利江边。改名养利，出处源自当地好山好水：养山叠翠、利水流清，各取一字而成。

历代世袭的赵家土司将州城搬迁到养利，用泥土石块垒砌城墙，主要是为防范交趾兵与土匪的侵扰，后废弃。

据《养利州志》记载："养利古城始建于明朝弘治十四年（1505年），为当时知州罗爵所建，初为土城。万历十一年（1583年）知州叶朝荣将土城改建为石城。万历二十九年（1601年）知州许时谦以城内空旷，改建北楼。清朝康熙七年（1668年），洪水暴涨，城垣崩塌殆尽，知州王乾德督匠重修,但完工不久后又倾颓。康熙二十四年(1685年)知州章泰率民重修,但时值大雨,随修随坏,迄无成功。"

这座西南边城的城垣,身世独一无二,其经历了明、清两个朝代,历时270多年,换届过五十任知州,屡建屡倒,屡倒屡建。直至清乾隆三十二年(1767年),知州麻永年率众全面重修告成。

古城占地0.33平方公里,因形似桃果,又称桃城。

重修后的桃城,内外墙全部用料石砌置,中间填土夯实,上面铺有火砖。石城墙高一丈三尺,厚八尺,周围三百七十九丈(合一千三百米)。在外城墙上,又加砌砖墙,设筑墙垛四百九十一个(每个高七尺),并设置大小炮台五座。另外,在城墙之上,按方位修建东南西北四座城楼,并开有东、南、西、两小西五个城门,在两个小西门之间的城墙之下,依地势开有拱门一个,名"水洞"(即水闸门),以供城内洪涝时泄洪。最高的是南门,楼顶距地面达13米。

历任知州对城池坚持不懈的修筑,名义上是为固边安邦,其实真正的目的是防范周边"土酋"们的虎视眈眈。

《明史·太平府志》记载:"养利赵氏,明洪武初,土官赵日泰归附,授知州职,以此传袭,宣德年间稍侵其邻境,肆杀掠奇。万历三年讨平之(1505年),改为流官。"这是明代在边地最早实行改土归流的尝试。古城修建第一人罗爵就是养利第一任汉人流官知州。

改土归流,革掉的是几百年来赵家世袭土皇帝家族的特权利益,他们岂肯善罢甘休?从1432年至1479年间,赵家的子孙后代们和一任任汉人流官们开展了复辟、反复辟、再复辟的数十年拉锯战，其间的明争暗斗，让这个地僻民穷的边陲小城充满了愁悲之气和血雨腥风。明万历年间的广西巡抚杨芳在其所著的军事书籍《殿粤要纂》中说："独养利孤悬于土酋之中，四无唇齿之附，时罹侵掠……"，"养利若弹丸，环境皆土酋，不与各流州县相联络，故时苦侵夺人畜，招纳逋逃，不可制，尔虽稍稍畏缩，而其怀虎噬之心，未尽忘也"。

毕竟强龙难压地头蛇，棘手头痛的汉人州官只好向朝廷申请要求恢复土司管理制度。天高皇帝远，朝廷只好无可奈何恢复赵家子孙继续世袭土司之职。而汉人流官只是名义上的摆设。

一直到了明亡清兴的康熙三十四年（1695年），知州汪溶日主编的《养利州志》，自序中还如此写道："盖历阳（养利）为西粤之遐荒僻处，崇山之内，介在土司之中，岚瘴为厉，艰险异常，人皆闻而避之，见而思去者……"

谁来边地当个知州，面对周边蛮横无理的土司们，个个都是战战兢兢，如履薄冰，没有高大的城墙，连晚上睡觉都不安宁。

2　德薄云天的跨国瀑布

德天瀑布位于大新县硕龙镇，和越南的高平省下琅县的板约瀑布连为一体，是世界第二、亚洲最大的跨国瀑布。

第二章：南疆屐痕

高平省自古动荡不断，政权几经易手，唐宋时期，朝廷就开始对其施以援手，平乱安民。如今，国家二类口岸硕龙口岸与越南下琅县的里板口岸相对接，边贸活动频繁，物流、客流快速增长，开放空间和层次普遍提高。随着德天瀑布知名度的蹿升和旅游市场的繁荣，越南边民受益的程度也越来越高，两国民间互市贸易的额度呈直线式上升。自由开放的835号界碑旁边民自发兴起的边贸市场，让越南商贩每年从中国游客中赚得盆满钵满。

跨国的德天瀑布，既有崖顶波面的静水深流，也有临渊一刻的飞流湍急，更有冲向谷底的惊天骇地，但无论如何，它还会在撕裂后弥合，在对峙中长存。这就不能不说起形成瀑布的归春河。

归春河发源于广西靖西县的鹅泉，流域面积2200平方公里，她就像是一个顽皮的孩子，走出发源地不久，就和母亲玩起了捉迷藏，一头躲进越南境内，在那里奔腾跳跃，尽情玩耍，可能感觉他乡孤寂无趣，或闻母亲的呼唤，又从德天村返回母亲的怀抱，她一路走来，沿途冲刷出很多分汊河道和江心洲滩。此时的归春河，已长成了一位美丽活泼的少女，她为了快速回家走捷径，从断崖上面的石芽岛屿中夺路而出，回家的喜悦便化成了泪花迸流的德天瀑布，这些河中的岛屿，将其分割成多股水流，从不同的部位流到瀑布陡崖边，致使瀑布瀑水呈银链式多束状。也许是她太兴奋了，在全身心扑进母亲怀抱的时候，又把自己那一绺美丽的长发落在了越南境内，那长发却又离不开身躯，也化成一片瀑布从断崖处飘下，成了相依相连的板约瀑布。美如少女的归春河，依然完美如初。她兴奋至极，欢笑着，雀跃着，在高达70多米的断崖上分三级跳跃，笑声震天，泪水洒落如珍珠，跌落深潭泛起欢乐的泪雾，瀑布下深不可测的深潭，成了她舒缓歇息的闺房。

领略德天瀑布的优美壮观而形成的这种审美印象，是我进入景区后，一步步用眼、用耳、用心刻画在脑海里的。

到达德天瀑布大门口已是上午十点，虽是秋日，气温依旧高热，榕树、香樟等阔叶乔木的阴凉遮蔽不住骄阳的炙烤。我正担心徒步过程的炎热辛劳，远处隐隐约约有"哗哗"的水声传来，顿时感觉空气中的水氧分子弥漫，一股清凉似乎从心底开始涌出。

通向瀑布核心区的林间公路并不陡峭，沿着归春河右岸渐行渐高，不时有景区观光车"丝丝"穿过，人行栈道贴着河边，没走多远就设有一个观瀑台。

初见德天瀑布的那一刻，是一个半环形的瀑布群轮廓，它呈不甚分明的三级台阶，无数股纠结不清的飞流白乎乎一片倾泻而下，就如同挂在密林掩隐的石壁上的一幅巨型山水画，白色的飞瀑流线含混得像无数珍珠从天空滚落，黑色的山石凝固其间，也看不清其真容，仿佛在做着徒劳无益的阻挠挽留，绿色的杂树百草，被惊愕得摇头晃脑，和观者一样也是一头雾水，很有王安石《绝句》中"拔地万里青嶂立，悬空千丈素流分。共看玉女机丝挂，映日还成五色文"的况味。再走近，一百多米宽的瀑布开始清晰明了，却让人目难全及。我只能聚焦瀑布上端，看其从层峦叠嶂，石崖绿树中奔涌而出，层层跌落，听其如雷声轰鸣，在山谷回荡。李白"飞流直下三千尺"的浪漫主义夸张，在这里却是实实在在的现实主义写真。"银河落九天"搅起的滔天巨浪汹涌澎湃，溅起数丈高的水珠已开始分解，漫溢在空中，润湿着脸颊。

不远处就是到水上游览的亲水竹筏登临处。栈道边的木牌上，刻有清人黄休仲的七绝："尚疑银河忽溃决，还惊长鲸吸百川。水帘横空垂不卷，万斛雪浪涌山根。"所言甚妙。我也要学习古人，近距离接近瀑布，抵达山根，目睹其真容，耳闻其真声，触及其肌肤。

与我同登一筏的是两男一女三个年轻人，他们对船工说："我们想最大限度地抵近瀑布，能到多近到多近。"船工看了我一眼，我说："要是能到达瀑布底部，增加船资都没问题。"

竹筏行至河中心，从越南那侧撑来一艘蓝顶竹筏，一个面色木讷的黢黑汉子撑筏，坐在蓬下阴凉处的则是一面容姣好的女子。他们径直来到我们身边，与我们并排同步前行。这边的船工和他们肯定很熟，任由女子跳到我们的竹筏上，向我们推销香水、香烟、沉香木和紫檀手串。三个年轻人和她打着哈哈开着玩笑，最后说："等会我们上岸到边贸市场，那里比你的便宜多了。"那女子对我说："大叔，一看你就是见过世面的人，你看我这沉香木手串，重量、密度、香气、颜色，是不是真材实料，货真价实？到了上面你比较一下，要是买贵了，你就找这大哥，他会赔你的。"

船工笑而不言。我买下她的手串笑着问："你的汉语说得这么好,你是中国人还是越南人?"她笑着指了指不远处的瀑布:"你能说那瀑布和这河水,哪个是越南,哪个是中国?"

竹筏离瀑布越来越近,水声滔天,水雾溅身,我们就像沐浴在蒙蒙细雨中。竹筏行进开始放缓,瀑布泻下的激流奔涌,让竹筏每行一步都倍加费力,有时还会在漩涡前打着转转,把三个年轻人吓得大呼小叫。我穿上救生衣,抓起竹筏上的一根竹篙,对船工说:"我来自海边,撑过船,我帮你一把。我俩勠力同心,把竹筏一直撑到瀑布最近的水流平稳处。"

此时此地的瀑布,水汽似在蒸腾,仰望瀑顶,水汽笼罩的青峰黛岳随汽浮动,显得朦胧多姿,那高耸入云力图阻拦激流奔涌的绿色闸门,原来是众多云杉、松柏及龙眼、荔枝、小叶榕等绿树组成的森林。绿色的海过滤澄澈,变成一眼看不到边宽的白色巨瀑,如海从天倾,势不可挡。水沫飞溅,卷起千堆雪;涛声如雷,声震九霄外。镇魂摄魄,动人心旌。三个年轻人和我一样,被震撼得如堕云里雾里,目瞪口呆,手中的手机、相机都不知用来拍录这世之罕见的奇声异景。

上岸后,我只想探究这从天而降的巨型瀑布是如何积蓄力量,到这儿纵身一跳,爆出惊天的壮丽。

攀越了几十米陡峭的巨石台阶,我来到了瀑布顶端,顿时天高地阔,豁然开朗。德天瀑布可谓心胸开阔、光明磊落,它不像黄果树、庐山等瀑布,故作高深让人难究其源。它那从天而降不可一世的背后,竟有着如此林幽水静的脉脉温情。

在下面看到的山峰不见了，一眼望不到边的平畴森林，归春河不紧不慢地流淌在两国之间。

沿河向上探幽，才知归春河并不阔大，最宽处也不过百米，但它碧水长流，从不枯竭。这得益于北回归线以南湿润的气候和充沛的降雨量，从远处缓缓流至的一股股清流，流经草地，绕过树根，躲着顽石，一路欢歌流畅，悠哉悠哉地于林间谷地穿行，到这里却忽然遇到绝壁断崖，于是那忘情的河水来不及止住脚步，便一头悬空栽到这无底深渊，那一声声如雷的轰鸣，不知是不是归春河水跌落时的惊天呼叫。

3 浓缩的桂林山水——明仕田园

我对明仕田园，本不抱多大奢望，一个外商投资的收费景区，无外乎借助一些奇特的自然景观，编编故事，让初来乍到的外地游客扔点银子。尤其是拿举世闻名的景点给自己贴标签，诸如"边陲小桂林""皖南318画廊""江苏北戴河"等，都是缺乏独立审美和没有文化自信的表现。

秋色宜人，沿途皆景，我打开车窗，尽情享受着扑面而来的壮乡美景和新鲜空气。在路过大新县堪圩乡明仕村的时候，顺风听到有喇叭正在循环播放明仕田园的景区介绍："传说，很久很久以前，南海有一条妖龙，因羡慕桂林山水之美景，便变作人形，到桂林游览，返回时，它施了妖法，将桂林的一段迷人山水缩小，藏入袋中，然后乘云南归，欲带回南海。谁知它的这一举动，被玉皇大帝知道了，玉帝便派出雷公，用大斧将妖龙劈死。妖龙死后，它口袋里的那段山水便掉下来，刚好落到明仕的地面上，所以，明仕的山水景色和桂林的一样美……"

我一阵窃笑，这故事编的，也忒牵强拙劣了，妖龙偷来的东西，能有什么好？

既然到了，就要进去看看。我在网上看了很多游客的攻略留言，就奔着不用买票自由行的方向，走马观花一番也就算了。

按照"驴友"们的网上献计，我找到了观看明仕田园风光的最佳观景点。那是一座高有百米的山尖，上山的一条陡峭的狭窄步道，门口被一个锈迹斑斑的铁门锁上。不远处，一个在路边卖煮玉米的老妪正坐在那里打盹，间或抬头瞧瞧站在那里咕哝咒骂的我，又勾起头来继续打着瞌睡。

我走过去问："除了这里还有上山的道吗？"老妪答道："这孤零零的尖山，修那么多路干啥？你以为好修？"她抬头看了看我说："你也老大不小了，花点钱到景区看看多好，也学小青年爬山疯癫，烧包烧的。"

这腔调可不像是当地农民。我笑了："大嫂，不是本地人吧？"我买了她一个熟玉米，边吃边饶有兴致地和她聊起来。

"上海知青，最后一批来的。"她拿着我递过去的十块钱，迟迟不给我找钱。"不行我给你开门让你上山？本来开一次锁就十块，这玉米算是白送了。"

这生意做的，卖玉米是幌子，原来她是坐收登山费的。我笑着问她咋不回沪呢？她这才露出笑容："回去了，过不惯，还是这里山清水秀风景美。一儿一女都在上海。老头子在景区的河里摇船，当年可是这里最帅的阿牛。那时天真，被这姓邓的玩意给蒙了。"

登山道坡陡多弯，还幽暗潮湿，落叶和青苔覆盖，很容易滑倒坠落。老妪提醒我别贪快，手脚要并用，摔下来她不负责任。

我小心翼翼，又惊又累，终于爬到山顶。这里杂草丛生，藤蔓纠连，刚走两步，我的衣裤就被野浆果染红染黑，还沾满了蒺藜木刺。我没工夫理会这些，拿出单反相机和长焦镜头，对着山下这片如诗如画的美景开始全方位无死角地拍摄起来。

我只能说"太美了"，这三个字最通俗最笼统，也最包容。你很难找到确切精准的词句来描述这里的美景。这里就是一个以绿色为主色调的大调色板，一座座独立挺拔的山是绿的，流动或静止的水是绿的，道路、村舍也被绿色笼罩，在绿的映衬下，其他色块越发明丽鲜艳，待收割的稻田被葱绿的竹木环抱显得更加金黄，火红的木棉倒映在碧澈的绿水中红出两倍，那一片有巨榕、香樟矗立的紫色花海紫得眩目，我以为是反季节的薰衣草，后来才知那是悲秋的紫娇花。

高瞻可以远瞩，但景色再美，若不亲近，感受就不具体。下山后老妪告诫我："还是进景区吧，不到河上游，怎知沿途美？小桂林可不是瞎说的。不游漓江，就等于没去桂林。"

到景区登船后，美丽的导游少妇自报姓黄，是本地的壮族人，她指着撑船的男子介绍道："这位老伯早年可是这里最帅的阿牛哥，连上海来的美女知青都恋他嫁他。"船夫尴尬一笑，闷着头继续撑船。我忙问道："你姓邓？"船夫一愣，旋即笑了，"老太婆可不是在那儿乱收费，那山道是她当年带着几个知青修了好几年才修好，为的是闲得无聊时好上山观景。"

船行的明仕河发源于越南，经过明仕村后不远，便与归春河下游的黑水河汇合，全长44.13公里。明仕田园风光集中在明仕至拔浪一带。

我不由得钦佩起景区经营者的自信，景区除了乘船售票，其他基本都是开放式的，你可以在桥上观景，可以在岸边漫步，但若不登船，那美感，那视角，总是感觉缺憾了那么一点，有时简直让人急得跺脚。但一入明仕河，顿觉视野开阔，美景尽收眼底，拿着相机或手机，你尽可随意散拍，有人放言，在明仕田园，没有真正的摄影家，因为随便一拍，皆是风光旖旎的水墨山水，在游船上拍摄周围的景色，更是如此，真如苏轼所言："耳得之为声，目遇之成色。取之不尽，用之不竭，是造物者之无尽藏也。"

船行河中，岸上亦有农人吹笛奏琴，葫芦丝的悠扬也会隐约传来，和着导游黄姑娘为我们唱起的壮族的迎客歌，我开始理解那位知青老妪对此的那份痴情。我们边喝茶，边饱览两岸迷人的景色。典型的各种喀斯特峰林景观，凤尾萧萧，龙吟细细的碧江竹影，古风淳厚的壮族村落，威武挺拔的将军山，钟灵毓秀的通天洞，奇特得让人羞红的万乳崖，还有那愧死多少大师级画家的天然而成的崖壁巨画，让我们感觉船行太快,无法饱览大美景致。

说其为"小桂林"并无溢美之夸,这里的河道虽不够宽阔,但比漓江清澈;这里的山峰可能不够高耸,但比桂林清秀;这里没有象鼻山,但各类山形十分具象,这里的农舍不够沧桑,但比阳朔更宜人居。

我们乘坐的游船在河面上缓缓驶过,正对着我们的三座山峰呈现出一个"山"字形状,倒映在清澈的河水里仍然是一个"山"字,河光山色在不断地变换着,旁边的山峰呈现不同的形状,有的像大猩猩傻逗,龇牙咧嘴笑;有的像猴子望月,仰着头痴迷;有的像火箭筒待发,静悄悄待命。这时,一片高耸的绿竹林迎面而至,黄姑娘问我们这竹竿顶上黑色的是什么窝,我们都说是鸟窝,具体是什么鸟,说法就不一了,但想不到,我们的答案都是错误的,这高达丈外的竹梢上竟然是蚂蚁窝,这也真正令人开眼界了。

明仕田园的山水之间,触目所及皆是浓得化不开的绿色,在山峰点缀下的绿色之间,静静地流淌着的一条条弯弯曲曲的小河,仿佛是翡翠的碧玉,清澈的河水中,缓缓飘动柔美的水草,鱼儿自由自在地徜徉在水中,几只鸭子游过,泛起无数的涟漪,打碎了山峰宁静的倒影并扩散到岸边。

明仕田园的山总是傍着水,水总是环绕着山,山总是点缀着水,水总是倒映着山。

上得岸来,是影视基地,影视作品《牛郎织女》《酒是故乡醇》《天涯侠医》《草木药王》外景拍摄都在此地选景,最近播放的热门电视剧《花千骨》也是在这里取景的。国家邮政局首次公开发行《祖国边陲风光》特种邮票12枚,明仕田园风光命名为《桂南喀斯特地貌》(第七枚)入选邮票题材。

今晚不走,我要入住明仕田园,再沐"江上之清风与山间之明月"。

勐腊的望天树

勐腊是西双版纳傣族自治州最南端的一个县,东、南被老挝半包,西南隔澜沧江与缅甸相望,国境线长达740公里。望天树是一种高大乔木,西双版纳勐腊县很著名的一个热带雨林景区也用它命名。

我是在冬至寒冷的时候去的西双版纳,那里处在北回归线以南热带北部边缘,高温多雨,只分旱季雨季,四季并不分明显。那里的国家级自然保护区,保存着大面积连片的热带雨林,是当今中国高纬度、高海拔地带保存最大面积的热带雨林,拥有奇特的植物垂直分布"倒置"现象,是名副其实的动物和植物王国,动物种类占全国的四分之一,植物种类占全国的六分之一。

世界上与西双版纳同纬度的地区,分布的植被类型基本上都是稀树草原或荒漠。由于处于"高纬度"地区，加上海拔较高，及在地质史上的早第三纪时处于干旱环境，荒漠化十分严重，如西亚和北非沙漠。长期以来，很多外国专家认为这里没有热带雨林。但中国老一辈科学家蔡希陶等人经过艰苦考察，发现西双版纳有热带雨林的分布，尤其是在云南勐腊发现了龙脑香科植物望天树，该类植物正是东南亚赤道雨林的标志性树种。

卸去冬装，一身轻松，我在观看了孔雀放飞、野象漫步、树上旅馆、茶马古道后，又专程跑到橄榄坝参观傣家风光，这方圆50平方公里的坝子里，坐落着上百个原生态傣族寨子，一切都保留着傣家生活的原样，傣家竹楼下，不时摇曳着"月光下的凤尾竹"。

我是出了名的"树痴"，对绿色植物有着与众不同的特殊偏爱，尤其是闻所未闻、闻所未见的灌木或乔木。我到西双版纳，主要是冲着被誉为"绿宝石的心脏"的中国科学院西双版纳热带植物园来的。

植物园在勐腊县勐仑镇，占地面积约为11.25平方公里，收集有活植物12000多种，建有38个植物专类区。我重点关注的是属于国家保护植物的棕榈科植物和热带珍稀用材树种。在参观完国家一级保护植物望天树，国家二级保护植物云南石梓、榆绿树以及珍贵用材柚木、花梨木、滇南红厚壳等20多种热带珍稀用材树种后，总感觉有些美中不足，可一时又想不出不足在哪里。

陪同我参观的是南京林业大学海波教授，他是国内顶尖

第二章：南疆屐痕

的林学专家，和这里的业务联系很密切，现在这里搞短期植物组培，我这次前来，也与他的诱惑有关。园区太大，他又带我重点参观了被称为"活化石"的区块植物，如树蕨、鸡毛松、天料木，这些都有 100 多万年的历史。他见我老是围着望天树转悠，就问我是不是嫌这树不够高？我这才找到纠结之因，是啊，这里的望天树，最高也就二三十米，说望天树是中国最高大的树，有些言过其实。

海波教授笑了，最高大的望天树不在这里，在中老边界的补蚌国家自然保护区，那里有个望天树景区，最初发现这一珍稀植物，也是在那里。

我来到同属勐腊县的望天树景区，终于找到高耸入云、独立热带雨林顶端的望天巨树。面对高达六七十米高的望天树，我惊悚，我战栗，我沿着根部，瞬间地俯视，局部地平视，无尽地仰视，最后仰着头向着背后斜视，我头晕目眩，泪水哗哗直流，高天瓦蓝，流云缓卷，只是这树的梢头，我根本无法看见。

望天树（学名：Parashorea chinensis Wang Hsie），龙脑香科植物，别名擎天树，大乔木，高 40~70 米，胸径 60~150 厘米；树皮灰色或棕褐色，树干上部为浅纵裂，草包下部呈块状剥落。幼枝披鳞片状的茸毛，具圆形皮孔。叶革质，椭圆形或椭圆状披针形。1975 年，中国云南省林业考察队在西双版纳补蚌的森林中首次发现，属于国家一级保护植物。

不知是该欣慰惊喜，还是心疼质疑，这一片高耸林立的望天树，居然被连接成一道供游人上去游览的"空中走廊"，从下面的红色搪瓷牌上的文字介绍得知，这是世界最高，中国最早、最长的"空中走廊"，走廊以高大的望天树作为支柱，用钢绳悬吊，尼龙绳、尼龙网作护栏，直接在树上捆绑而成，走廊以铝合金梯作为踏板，距离地面36米多。

景区门票只有55元，而这长仅500米的空中走廊票价高达120元。

天南地北涌来的男女老少游客，竞相登上，在摇摇晃晃中体验着南国热带雨林的最美风景，那或尖细，或粗哑的大呼小叫，我不知是游客的惊恐嚎叫，还是望天树被勒挤摇晃的痛苦呻吟。

木秀于林，风必摧之，中国人的劝世警言，在这儿变成了"木秀于林，人欲毁之"，以吸引眼球赚取经济效益的行为，是不是对"国家一级保护植物"界定的一种反讽？

一级保护，难道仅仅是禁止刀砍斧伐的生命毁灭？顺应其生长习性，尊重其生命尊严，维护其生存根基，这才是一级保护的最基本体现。

我远离游客云集的景点核心区，独自走向树林繁茂、草木葳蕤的远处偏隅，那里有一棵望天树之王，高度据说已经达到70米。

丛林法则的核心是优胜劣汰，适者生存。这里的自然表现尤其突出，乔木、灌木、藤本植物，阔叶的，针叶的，纷纷扰扰，各自竞相生长，它们每时每刻都在进行着生存空间的惨烈争夺，为了占据地盘，汲取大地的水分和营养，吸收阳光和二氧化碳，树木们使尽全身解数，尽可能地让自己枝繁叶茂，错节根深。那瘦弱的小树，枯死的尸干，都是弱肉强食的牺牲品。树荫下无奈生长的藤萝等寄生植物，无力与大树抗衡，只能放下身段，屈从在大树脚下，攀附缠绕，借树趋光，那些枝繁叶茂的大树便成了它们觊觎的热点，大树们在藤蔓贴身抚慰的温柔乡里戒备全无地任其攀缘附会借机生长，纷杂众多的树杈枝叶不再是其生长优势，倒成了影响它们向上生长的难堪负担。

只是这望天树，它深植沃土，广拓根基，应天向上，傲立丛林，根须在土里安详，冠发在风中飞扬，一边得天独厚沐浴着阳光，一边如巨伞在高出植物层二三十米的空中洒落着阴凉，沉默而骄傲，稳重而昂扬，从不寻找依靠，独立而自强。它的树干笔挺通直，不枝不蔓，皮肤光滑绝不授人以柄，在凶险莫测的丛林纠缠与争斗中坚守自我，独善其身，它不为外界因素干扰，拒绝藤蔓们的无耻勾引和诱惑，仰视苍穹，向着高洁的云巅和更纯净的空域，专心致志地向上生长，生长！直到有一天，自己已高耸入云，天下无敌，它在雄鹰的赞许和万木仰慕的目光中，终于达到了"一览众山小"君临天下的境界。

当然，想跟它一比高下的植物嫉妒它，菌病害虫觊觎着它，所向披靡的飓风雷电首先袭击的目标也是它，但它依然潇洒而健康地生长着，用淡定和自信化解着对它生命构成的各种威胁，自身的药性免疫功能让病虫害根本不敢下口，挺拔且柔软的腰身规避着来自外界的风雨雷电，尤其是它深扎大地母亲怀抱的翼状三角形大板根隆基形成的板墙一样的树根,不仅给它提供取之不尽用之不竭的生命源泉,还给了它问鼎苍穹抗拒灾难的勇气和信心。

西双版纳,这个物种基因库的热带雨林深处,各种奇花异草名贵的植物数不胜数,而望天树却是这片大森林中最耀眼、最坚挺的标志性物种。

去瑞丽体验"一寨两国"

我去过云南几次,不管是走陆路还是空中,都要到昆明中转。这次绕开昆明从南京直飞芒市,为的是直奔滇西南,开门见山就能看到中缅边界的奇异风光。

此行起因源于汪曾祺老先生的散文集《难得最是得从容》,书中有一篇写傣族寨子的《大等喊》,写得优雅从容,妙趣横生,其中有这样一段:

"车从瑞丽出发,经过一个中缅边界的寨子,云井寨。一条宽路从缅甸通向中国,可以直来直往。除了有一个水泥界桩外,无任何标志。对面有一家卖饵丝的铺子。有人买了一碗饵丝。一个缅甸女孩把饵丝递过来,这边把钱递过去。他们的手已经都伸过国界了。只要脚不跨过界桩,不算越境。"

我几乎走遍了东西南北的国界线,见过形形色色的国门、界桩、铁丝网、界河、界山，这些契约性的标志物，表明边界划定时双方的国家力量和民族情感，很多地方还设有边界缓冲带，不少地区还可见到双方边防军荷枪巡逻，甚至可见到军犬的虎视眈眈，对面的房舍、人群、动物大多影影绰绰，虽能炊烟之气相见，鸡犬之声相闻，像这般无缝对接式的边界，还是从未见过。

我首先去的是汪老文中提过的另一个边境小镇畹町，他说："我们到畹町的界桥头看过。桥头有一个检查站，旗杆上飘扬着中华人民共和国的国旗。一个缅甸小女孩提了饭盒走过界桥。她妈在畹町街上摆摊做生意，她来给妈送饭来了。她每天过来，检查站的人都认得她。她大摇大摆地走过来，脸上带着一点笑。意思是：'我又来了，你们好！'"

汪老来的时候是1987年5月。如今20多年过去了，这里的一切都发生了翻天覆地的变化。诞生于1938年抢修滇缅公路时的畹町桥，如今重修成又宽又牢固的钢筋水泥桥，桥的两头分别驻有两国的海关和边检，畹町街上的竹楼不见了，代之而起的是高耸别致的各式楼房、市场，汽车穿行，挑夫不见，唯独没变的是，中缅人民的胞波情谊长存。

大等喊在瑞丽市下辖的姐相乡，该乡一万多居民有百分之九十以上都是傣族人，是标准的傣家之乡。"姐相"是傣语译音，即"宝石街"之意，跟姐妹等女性称呼无关。

"大等喊"也是傣语，意为"大金水塘"，它靠近瑞丽江中缅边界，古榕蔽日，沟河环绕，翠竹绕楼，奘寺梵音，比汪老来时描述的变美多了，它成了"中国十佳最美乡村"，

第二章：南疆屐痕

《孔雀公主》《西游记》《勐龙沙》《天下第一剑》等影视作品都在这里拍摄，有着浓重的商业氛围。

唯独汪老文中所提的"云井寨"，我在瑞丽景点目录中怎么也找不到。问身边的游客，他们也摇头不知。是寨名变了，还是汪老记忆有误？这老伯年轻时读大学是在云南的西南联大，他的文章中绝不会出现这样的低级错误。我径直前往有着"一寨两国"之称的银井寨，我笃信，到那儿肯定能找到答案。

1960年中缅勘界，设立的71号界桩将同一傣族村寨一分为二，中方一侧称银井，缅方一侧叫芒秀。寨中的国境线以竹棚、村道、水沟、土埂为界，如果没有中方象征国家主权的国门和值勤武警，以及对面缅方移民局办公房，你根本感受不到咫尺之间竟是地理意义上的"两国"。因此，中国的瓜藤爬到缅甸的竹篱上去结瓜，缅甸的母鸡跑到中国居民家里生蛋便成了常有的事，边民们每月数十次地穿越国境线竟浑然不觉，成了出国次数最多的国人。两国百姓语言相通，习俗相同，他们同走一条路，共饮一井水，同上一学校，同赶一场集，一锅炒菜两国香，一家有事两国忙，和睦相处，互帮互助，传为佳话。

我想象中的边关傣家村寨，它应该是萧疏、静雅且恬淡的，而此时此地，远远就看到有成百上千的各色轿车、房车排列在路旁、树下及田野中，像是庙会或者二手车展现场。入寨的寨门是拱式结构，两旁的楼塔建筑高大雄伟，既有欧洲古代城堡的壮观，也有中亚佛塔的巍峨，寨门前人头攒动，有的准备购票，有的摄影拍照，给人感觉这是一个没有历史沧桑感的景观新贵。

进入景区大门，就是一条新修的宽阔观光大道，一些雕塑、塔式造型等簇新建筑物前都有游客蚁聚，寨子中心广场有一新建佛塔，游客们排队合影留照，供游客进出的傣家竹楼也是新的，火龙果等热带水果种植园、纪念品门店我都没进。我一直往前走，终于找到两国分界线上的"胞波情井"。

这就是银井寨的标志性景点"一井两国"，亭子模样的井盖上，用中文和缅文在前后两面刻上"胞波情无限，共饮一井水"字样，最上端呈葫芦状。这里的井水富含矿物质，利用杠杆原理把井水提上来后，显得有些混浊，只好倒进两个圆形石缸，一个石缸标明"中国"，一个标明"缅甸"，石缸内放满沙子供过滤用，过滤后的井水由石雕龙头注入下面小缸，就成了饮用水。据介绍，为庆祝《中缅边界条约》签订20周年，水井于1980年10月1日建成使用，如今有了自来水，水井仅成了供游客参观的一景，也是"共饮一井水"的历史见证。

为了体现"一寨两国"的特色，这里在边境线上设置了很多新造景观，如古榕树上"一秋荡两国"的秋千，"一塔佑两国"的佛塔，"一桥观两国"的玻璃栈桥，同时还衍生出"一石两国""一院两国""一屋两国"等，用玉石铺设的"玉石国界线"成了众多游客竞相拍照留念的打卡地。

我躲开人群，继续向前行走到中缅边境南段，71号界桩就立在这里的丁字路口，界桩上刻有"中国·1960"。界桩左边是进入缅方芒秀寨的村道,右边是银井边防工作站,也就是国门。我见门外人来车往,服饰、长相相同的人们行色匆匆,就询问值勤的武警:"外面是中国还是缅甸?"

"是中国。"

"我可以出去看看吗?"

"当然可以。"

门外是一条马路,两旁的店铺排列成行,游人穿梭其间,也有些岁月的沧桑。一打听,我顿时喜出望外,原来这才是汪老文中提到的云井寨。我在这里,还真的看到对面的胞波有卖饵丝,真的可以伸手越界购买。而隔壁的银井寨,那时肯定不如云井寨出名,它仅是旅游经济催生的新宠。我在这里还看到了很多缅甸的小"留学生"。云井初级小学有学生117人,缅籍学生占43%。这时,正是午后上学时间,只见一群缅籍孩子背着书包进入边防工作站,用汉语向中国边防战士齐声问:"叔叔阿姨好!"有的用傣语打招呼:"老马对面(再见)!"便自由进入中国境内,他们一边蹦蹦跳跳行走嬉闹着,一边唱着不知歌名的歌:"我们生长在美丽的'一寨两国',身处中缅两个国度,唇齿相依,心手相连,是永远不变的情怀!……"曲调优美,朗朗上口。听一执勤女警介绍,孩子们唱的是他们的校歌,据说是一位来游览的词曲家给创作的,很受孩子们喜爱。这些小"留学生"一般都会三种语言,学校开设汉语、傣语和缅语课程,他们同样享受中国义务教育待遇,上学不用交钱,缅籍孩子都乐意到中国"留学"。我在回途中,又见一块木牌上刻着陈毅元帅的

《赠缅甸友人》:

> 我住江之头,君住江之尾,
> 彼此情无限,共饮一江水。
> 我汲川上流,君喝川下水。
> 川流永不息,彼此共甘美。
> 彼此为近邻,友谊长积累。
> 不老如青山,不断似流水。
> 彼此地相连,依山复靠水。
> ……

何人为写悲壮,吹角古城楼?

——腾冲民国元老李根源和"国殇墓园"

雪洗虏尘静,风约楚云留。何人为写悲壮,吹角古城楼。湖海平生豪气,关塞如今风景,剪烛看吴钩。剩喜燃犀处,骇浪与天浮。

忆当年,周与谢,富春秋,小乔初嫁,香囊未解,勋业故优游。赤壁矶头落照,肥水桥边衰草,渺渺唤人愁。我欲乘风去,击楫誓中流。

到腾冲凭吊"国殇墓园",看到民国元老李根源先生的多处题字,了解其在滇西家乡率众杀敌,又在雠寇未灭之际,力主为远征军死难烈士建园立碑,南宋著名词人张孝祥的《水调歌头·和庞佑父》,便轰然在我的脑海中炸响。

行者有疆

初知李根源先生，是在苏州木渎镇的小王山。这座最高仅50来米、方圆不到30亩地的小山包，根源先生未购置前还是太湖东岸的一处荒山野岭。如今苍松翠柏，鸟语花香，听松亭、万松亭、湖山堂、小隆中、卧狮窝、吹绿峰、听泉石、梨云洞、灵池、孝经台十景，精致典雅，众多碑碣和摩崖石刻，汇集了近现代中国顶尖名家政要，除了留墨最多的山主李根源，章太炎、于右任、蔡锷、黎元洪、李烈钧、沈钧儒、章士钊、冯玉祥、郑少胥、吴昌硕、谭延闿、张继、张大千、周瘦鹃、范烟桥、陈石遗等皆有题字镌刻，行、草、楷、篆、隶乃至英文，真是不胜枚举。

苏州状元数量居中国历代之首，是文化名都，富商雅士数不胜数，惟苏州，其他地方是很难把这样一座名不见经传的小山做得如此精美雅致，并赋予厚重的文化内涵。

当我瞻仰了李根源墓及其纪念馆之后，我才蓦然一惊，看似儒雅闲淡的山主，其实并非苏州本土学养有素的隐士，他乃云南腾冲人士，头顶光环笼罩，每一个名头都振聋发聩，在中国历史上不可或缺，同盟会元老、北洋政府代总理、国民政府上将云贵监察使、开国元帅朱德总司令的恩师……他选苏州作为第二故乡和归宿地，源于其反对北洋政府曹锟贿选，愤而辞职，才隐居这里。

吴中区的周副区长是我的党校同学，他说："先生到这里是居而未隐，一九三二年我驻淞沪十九路军英勇抵抗突袭日军，先生与苏州各界人士募款进行慰问，并将抗日阵亡的将士忠骸七十八具埋葬于善人桥马岗山。墓地落成时，先生亲自执绋，送葬者万余人，先生赋诗明志：'霜冷灵岩路，披麻送国殇。万人争负土，烈骨满山香。'画家徐悲鸿先生深受感动，绘成《国殇图》画卷。"

"旌蔽日兮敌若云，矢交坠兮士争先。天时怼兮威灵怒，严杀尽兮弃原野。……诚既勇兮又以武，终刚强兮不可凌。身既死兮神以灵，子魂魄兮为鬼雄。"一直以来，我对那些冲锋陷阵、浴血沙场、为国捐躯的英雄始终充满了慷慨悲凉的仰慕和敬意，每次读到屈原的《国殇》，都有一股浩然正气凛然在胸。如今，我肃立于先生在西南边陲腾冲主修的"国殇墓园"，想着先生远在苏州领葬抗日烈士的壮举，两者时隔十三年，几乎涵盖了从"九一八事变"到日寇投降的全过程，先生的报国义举倾国又有几人能比？

和顺古镇、千年银杏村、地热火山、"热海大滚锅"温泉、北海湿地、叠水河城市瀑布……腾冲，这个被徐霞客称为"极边第一城"的滇西小城，因其风景如画、历史文化底蕴深厚而让人乐而忘归。我在腾冲三日，在尽享优美壮美的同时，更多体验的是其崇高和悲壮。

可以说，没有先生的力主抵抗，就不会有震惊中外的"腾冲光复战役"。1942年5月3日，滇缅公路被切断，日寇进攻云南西部态势形成。身为云贵监察使的李根源三次电请国民政府同意其前去滇西前线保山襄助军务政务。他途中以诗明志，其中一首云："西檄风波正可惊，要凭宝剑斩长鲸。老夫冒险生来惯，总向人间难处行。"

彼时，国民政府重庆军委会已有放弃怒江、退守澜沧江之意，同时下令破坏祥云至孟定、祥云至西昌金沙江以南之公路，自惠通桥以东的滇缅公路也被破坏50公里。李根源抵达前线勘察敌情，立即上书国民政府，力主在怒江设防，遏制日军东进，"窃以保山为滇西门户，而怒江为边疆要隘，舍此不守，致必震撼全滇，影响全局"。力陈坚守和放弃怒江防线的利弊。由于李根源和第十一集团军司令宋希濂的多次联名电告军委会表明看法与决心，重庆军委会终于打消了放弃怒江防线的打算，采纳了李根源怒江设防建议。从而促成了于我有利的限敌于怒江以西的战略格局，避免了澜沧江与怒江之间大片国土沦丧的悲剧，也为后来中国远征军大反攻争取了主动权。

在力主怒江设防的同时，李根源发表了著名的《告滇西父老书》："云南已成战区，滇西即是前线。保卫大云南，须先保卫滇西。"号召云南民众竭尽全力协助抗战，"要确保滇西军事的胜利，端赖我父老发挥自己的力量。民众力量尽到一分，军事力量即增一分……苟有利于国家，有利于抗战者，虽毁家纾难，亦在所不辞。我父老必抱定更大牺牲之决心，始能保住滇西，驱除敌寇，恢复失地，始能在云南抗战史中占光辉之一页"。全国各大报刊都予转载发表，极大地鼓舞了滇西各族人民的抗战激情和勇气，腾冲战役的胜利，是国民党正面部队得到人民群众鼎力支持的为数不多的范例。

腾冲战役悲壮而惨烈，虽然歼敌6000余人，而远征军官兵和盟军亦有近万人长眠于斯。

1944年11月1日，根源先生泣泪致函中国远征军司令长官卫立煌,请在腾冲、龙陵两县境选择宽敞地点,收集礼葬阵亡将士遗骸,修墓建碑,祭奠忠勇将士,以永千秋。16日,"腾冲阵亡将士纪念建筑委员会"成立,腾冲战役总指挥、二十集团军总司令霍揆彰任主任委员,先生任常务副主任委员,他在重庆、昆明等地筹资募捐,号召桑梓乡人出工出力,从陵园的规划、施工,到恭请军政要人题字刻碑,他都亲力亲为,墓园终于在 1945 年 6 月建成。7 月 7 日,纪念抗战 8 周年之际,先生亲自领祭,滇西数万军民前来参加公祭。父老乡亲用最古老最虔诚的方式祭奠英雄亡灵,满城民众素缟黑纱,招魂幡飞舞如云,集聚国殇墓园诵经七日,以祈祷英灵魂归故里。

我是在游人稀少的清晨来到墓园的。墓园大门两侧的白墙上,分别彩绘着下山猛虎与出海蛟龙,门楣正上方,是李根源先生题写的"国殇墓园"四个苍劲有力的大字。

墓园的主体建筑是忠烈祠,它坐落在甬道尽头的高台上,面阔五间,重檐歇山顶,四周设有回廊,具有典型的古代祠庙建筑风格。台前正中镌刻着"碧血千秋"四个大字,为蒋介石所题,李根源书写。祠堂正门上高挂于右任手书的"忠烈祠"匾额。进入祠内,中央高悬着孙中山先生的画像及"总理遗嘱",两侧墙壁上镶嵌抗日阵亡将士名录碑 76 方,刻有 9000 余烈士的姓名。立柱上是国民党高级军政要员何应钦、卫立煌、龙云等及远征军二十集团军将领霍揆彰、周福成、顾葆裕等人的题联、挽诗。

我俯身向英灵们三鞠躬,虔诚凭吊后,便从祠内退出,

行者有疆

我才发现之前竟忽视了祠前立着的数块石碑，主要有蒋介石签署的保护国殇墓园的《国民政府军事委员会布告》碑、集团军总司令霍揆彰记述腾冲作战经过的《忠烈祠》碑和《腾冲会战概要》碑、李根源的《告滇西父老书》碑、忠烈县长张问德的《答田岛书》碑等，每一块碑，都有着沉甸甸的民族气节的凛然分量。尤其是《腾冲会战概要》，碑文用汉赋文体撰写，气势恢宏，悲郁苍凉。"该城为滇西最坚固之城池，兼有来凤山之屏障，并构筑坚固工事及堡垒群，准备充分之粮弹……残敌退据城内，四门紧闭，深沟高垒，企图困斗……。我当将该城四面包围……于马晨开始向城内之敌攻击……尺寸必争，处处激战，我敌肉搏，山川震眩，声动江河，势如雷电，尸填街巷，血满城垣……"读来令人荡气回肠、壮怀激烈，非亲历铁血战火洗礼者，绝不可能写出如此掷地有声的泣血之句。

在远离战争的年代，请原谅我贫乏的词汇实在描述不出腾冲会战的艰难与惨烈，只能引用一组直白的数据来佐证那场焦土之战及代价之惨重："自怒江起至克复腾冲止，所历大小战役四十余次，……毙敌少将指挥官及藏重大佐联队长以下军官一百余员，士兵六千余名。我亦伤亡官佐一千二百三十四员，士兵一万七千零七十五名。"（摘自《春日谒国殇墓园》）光复后的腾冲，玉石俱焚，满目疮痍，一座繁盛的千年古城沦为一片废墟。炮火无数次耕犁着这里的每一寸土地，流淌成河的鲜血四处漫溢，泥泞浸淫了每一条街巷道路。腾冲本土农民作家段培东老人说，地上很难找到一片零落未烧焦的树叶，挂在枝上的叶子至少都有三个以上的弹孔。

土为肌肤，石是骨骼，在当地人称之为小团坡的山丘上，在一棵棵参天大树的绿荫庇佑下，遍布着密密麻麻的青石墓碑，高不过尺，一截截斑驳的石碑已生满苍苔，有的还开裂缺失，这3346块（仅为全部阵亡将士的三分之一）石碑，以坡顶高耸的纪念塔为中心，按照原战斗部队番号序列，依照军衔高低排列，从坡脚一直到坡顶。这不同寻常的碑林，分明是一群戎装整肃、蓄势待发的将士，只待一声高亢的冲锋号令，就如猛虎下山般杀向敌阵！

"天苍苍，野茫茫。山之上，国有殇。"此时，我的耳旁又响彻着李根源先生的老友于右任老先生那悲怆苍凉的诗句。李根源和烈士们，他们用血肉保卫民族，他们用精神惕厉民族，国殇墓园具有无穷的力量，这是民族的力量，是气节和血气的力量。

第三章

北国杖量

锵锵北国行

1995年10月，我们县被江苏省人民政府授予"建筑之乡"荣誉称号。这块金字招牌得之不易，县委县政府决定借此东风，把建筑市场做大，把建筑事业做强，把这建筑品牌做亮，要大张旗鼓对奋战在全国各地一线建筑工地的广大职工进行慰问奖励。

我们县有十万建筑大军，除了在本市、南京、上海等长三角地区，绝大多数都在东北三省和内蒙古地区。因此，县里决定把流动慰问表彰会放到东北地区，相关镇的党委书记、经济主管局的局长全部参加，在表彰鼓励广大干部职工的同时，也顺带拜访甲方领导和业主，进一步巩固和开拓东北的建筑市场，加强沟通交流，加深感情和互信。

我当时在县委办公室做副主任，领导让我配合建设局搞

第三章：北国杖量

好会议的前期打点，包括与甲方先行对接、与会人员的食宿安排等。这边安排妥当后，又马上赶赴下一站，很少参加主题活动。

住宿安排是个棘手问题，除了主要领导，其他与会人员全部两人一间房。这些乡镇及部门领导，年龄、性格、好恶都有差异，此行约需七八天，谁和谁住一屋，能否让他们开开心心，不出差错，还真有些学问。因此，我就以我对他们的了解，尽量把年龄相仿、脾气相投、资历相近的人安排到一屋。大家拿着日程安排手册，对我的安排都基本满意。

第一站是沈阳。会场和住处都放在铁西区的一家三星级宾馆。沈阳市有我们县五个施工队，其中有三个在铁西区，我也想看看这些家乡父老在这里的工作和生活，就随大队人马看了两个施工现场。

第二天要开表彰会，我一大早就起来，和建设局的一位副局长准备到吉林省吉林市安排第二站的行程。

深秋的季节，天亮得晚，在朦朦胧胧的路灯下，我发现有个熟悉的身影正在宾馆的院中踯躅，走上前才看清是工商局的C局长。还没等我发话，他就一脸凄苦地惊悚道："兄弟，今晚你无论如何给我换个室友。我这室友不仅打呼噜扰人，还锉牙怪叫瘆人。"细问才知，他的室友是农业局的F局长，因为呼噜声太大且持续不断，折腾得C局长一夜没睡，凌晨四点多钟就起来躲避，在院里散步徘徊，天寒霜白的，连腿都走瘸了。

我很同情C局的遭遇，这F兄曾做过几个大局的局长，个头很矮，嗓门很高，滚圆的肚子，睡熟时的呼噜声能穿越数道墙壁，但他自己却浑然不知。谁要说他打呼噜，他立马翻脸反击，一副被人冤枉陷害的模样。他的司机跟我很熟，私下曾对我说，呼噜声算什么？陪 F 局住宿，那是要有些功力的。先是均匀山响，接着是二步轮演奏，然后火车汽笛、茶炉哨子一齐吹奏轰鸣，等你摸准规律并且困乏得实在撑不住要眯眼睡去时，他又"呼"地坐了起来，对你劈头盖脸一阵呵斥批评，然后又一二三地布置工作。当你头脑清醒准备仔细聆听时，他又"呼通"一声倒在床上，瞬间鼾声大作，新一轮的演奏又开始了。

我恳求 C 局长再担待一下，等到下一站再说。C 局抓住我的手说："要不是事先强调会议纪律，我自费也要再开一个房间。真的受不了他的折磨。"

到了吉林，我费了一番周折变换花样临时搞住宿对象调整，把老实巴交的水产局长 S 老兄安排和 F 局长同住一室。

在吉林石化建筑工地，石化的领导全程陪同我们视察慰问。领导当着全体与会人员，高度赞扬我们县的建筑职工，特别能吃苦，特别能战斗，施工现场整洁安全，施工质量高质优良，有好几个标志性工程不仅获得江苏省"扬子杯"奖，还有荣获国家"鲁班奖"，除了我们县里的奖励，他们也要重奖这批建筑英雄。晚上，庆功宴宴请了受表彰的劳动模范们，大家都开怀畅饮，兴奋不已。

晚宴结束后，老 S 约我到松花江畔散步，他若无其事地剔着牙，和我一起欣赏着灯火通明、波光潋滟的松花江夜景。

他先是夸我一通此次参观行程安排张弛有度，考察现场、慰问对象选择得既有针对性又有可学性。我料想他有话要说，而且是针对老F的，就东拉西扯不朝这次活动安排上靠。S兄见我往回走快到宾馆了，赶紧一把拉着我的手可怜巴巴地央求道："好兄弟，我知道你也不易，安排这么一支庞大的队伍要让大家人人满意肯定不现实。可你也得可怜可怜老大哥吧？老F那人啥都好，就是睡着了管不住自己进气和出气的地方。"我笑了："哥啊，你也得同情同情兄弟吧？你们职务、资历都差不多，平时关系又不错。"老S说："给我安排谁都行，就是求你把老F调开，那家伙呼噜打的，跑火车一样地呜呜怪叫。"

无奈，到了第三站大庆后，我把老F的室友调成国土局的L局长，他俩有点老辈亲戚，虽然年龄、资历有些差距，料想老F也不会有多大意见，毕竟有层亲戚关系嘛。

大庆石油管理局对这次活动非常重视，他们把对我们县建筑队伍的表彰奖励也放在这次活动中。书记、县长都很激动，我们更是兴奋不已。采油一厂的赵厂长那天端着酒杯挨个酒桌敬酒，最后都喝醉了。

由于是最后一站，我们打前站的三人终于可以全程参与团体活动，在满洲里、扎兰屯、伊敏河等地慰问了一线施工人员，也顺路游览了美丽的呼伦贝尔大草原、中俄相接的满洲里国门、红花尔基樟子松森林公园以及日本关东军的地下城堡，深感此次北国之行收获巨大。

只是每次在人群中、酒桌上看到F局向我投来那瞥有些委屈或忧伤的眼神，我的心里就感觉一阵愧疚。我准备回去后抽空请他老兄坐坐，感谢他对我此次活动安排的支持和理解。

没想到老F在临回的头天晚宴上，当着众人的面，把对我的不满爆发了。他端着酒杯眼圈通红地走到我跟前说："你小张主任今天得给我说清楚喽，我老F究竟怎么了？是你对我有看法，还是我的人缘就这样差？到一个地方给我换一个伙伴。"

大家先是一愣，接着就是哄堂大笑，那几个和他同过屋的都站起来为我开脱，"还不是因为你那呼噜害人，张主任也是没招，才把你这祸害让众人分担。"他迟疑了一下，自语道："不会呀，家属从来没有抱怨我打呼噜啊。"

鎏金秋色额济纳

2018年10月,我避开十一长假,从兰州驾车,沿着河西走廊一路览胜,来到我魂牵梦绕的酒泉卫星发射中心。导航提示,这里是内蒙古自治区阿拉善盟额济纳旗。

接待我的朋友笑问:"愕然吧?很多第一次来过的人都愕然。中心建设初期,这里确实属甘肃酒泉行署管辖,酒泉的名气大于额济纳。"我看到中心院中的树叶都金黄溢淌,就问这是不是胡杨?朋友说:"这个时间你算是来对了,在额济纳,到处都有金黄的胡杨,光看胡杨林,就够你看十天半月的。"我笑道:"你也太夸张了,一个县级的旗,走马观花也就两三天而已。"他看了我一眼,"沿海自大了不是?额济纳行政级别是县级不假,人口也就三万来人,可它的面积多大?11万多平方公里,比你们江苏省还大1万多平方公里呢。

光和蒙古国接壤的边境线就有500多公里。够你跑的。"

我不禁汗颜，同时为之震撼，苍天高远、地域辽阔的神奇边塞额济纳，中国航天史上许许多多个具有伟大里程碑意义的第一，都发生在这里。

第一枚地对地导弹在此成功发射！

第一次导弹核武器在此成功试验！

第一颗人造地球卫星在此成功升空！

第一枚远程弹道导弹在此成功发射！

第一艘载人飞船在此成功……

额济纳，这个历史上匈奴骑射驰骋的游牧地、汉代骠骑大将军霍去病建功立业的古战场，如今成了中国人民捍卫国家主权和领土完整的坚强压舱石，更成为中国走出地球迈向外太空探索宇宙奥秘的重要基地。

"单车欲问边，属国过居延。征篷出汉塞，归燕入胡天。大漠孤烟直，长河落日圆。萧关逢侯骑，都护在燕然。"王维这首脍炙人口的《使至塞上》，描写的就是这片遥远而神奇的土地，古代的居延，就是今天的额济纳旗。

这是一片神奇而英雄的土地，它既有"由来征战地，不见有人还"的苍凉悲壮，也有"弱水三千，只取一瓢饮"的爱意绵绵。而纵观天下秋天最美的一抹金色，其实就诞生在这里。

鎏金染黄的秋风是为额济纳准备的，一踏入秋天的额济纳那铺天盖地的金黄让人头晕目眩，恍如进入黄金遍野的梦幻天堂，我知道这比喻很狗血蹩脚，但人间还有什么词

第三章：北国杖量

汇可以描绘它呢？

出了航天城，远远近近都可见金色斑斓的胡杨林，它们或稀疏或稠密，在秋日里耀眼夺目。朋友说，最美的胡杨在额济纳河的两岸。于是，我来到了额济纳旗政府所在地达来呼布镇。

额济纳河临城流淌，河水清澈而冷冽，蓝天白云和一望无际的漫天金黄倒映其中，这个北国边塞小城，不知是真实的人间存在，还是虚幻的梦境浮现。

毗邻达来呼布镇的胡杨林，正是额济纳河沿岸一道桥到八道桥胡杨林的最美之处二道桥景区，与沙漠深处的胡杨不同，这里的胡杨，高大粗壮的同时，又枝叶繁茂，生机勃勃。此时的胡杨林，树影婆娑，金韵斑斓，其妙绝伦，赏心悦目。漫步在金色笼罩的林间隙道，仿佛进入神话般的仙境。沧桑苍劲的胡杨千姿百态，仪态万方，粗壮者几人难以合抱，挺拔者仰望难见枝梢，怪异者如苍龙腾跃，金蛇狂舞。登高望远，金色的胡杨林高低起伏，如金色的波浪随风翻卷，斑斓纯净漫及天涯，汇集成一片金色的海洋。那乍起的秋风将熟透的胡杨叶片锻冶得厚重而纯粹，掷地有声地洒落到这片深情的土地上，大地如铺金毯，灿烂而辉煌。人行走于其间，似乎也披上一层圣洁的光芒。

这里是电影《英雄》的外景地，我仿佛看到一身古装的梁朝伟和章子怡在树下舞剑，刀光剑影之下，片片金黄落叶飒飒飘下。

我近观远望，到处都是莽莽苍苍的金黄，四个九的纯度是来界定黄金的，我愿用它来形容胡杨，此时的心灵获取，胜过得到黄金的价值考量。

胡杨，又称胡桐、英雄树、异叶杨，是杨柳科杨属胡杨亚属的一种植物，常生长在沙漠中，耐寒、耐旱、耐盐碱、抗风沙，具有超强的生命力，为了汲取水分和营养，它们扎根极深，甚至可以穿越地层一百多米。它的生长常和凤凰涅槃、鲜血沃野的英雄主义人文情怀紧密相连，它生而千年不死，死而千年不倒，倒而千年不朽，有植物活化石之称，全国有多处胡杨林的存在区域，但最为美丽壮观、最为集聚密布的当数额济纳。再过数日，当寒霜初降，北风凛冽，这片金黄就会变得一片金红，如火如荼。

一岁一枯荣，一树一世界，甘于贫瘠不惧风沙的胡杨，较晚沐浴春风，难得浇淋夏日甘霖，在漫长难耐的孤寂冬季，经受着寒魔风暴的摧残，它们顽强地活着，为的就是每年奉献给人类这不到一个月的生命灿烂。

它们无怨无悔地矗立坚守着，成了遏止巴丹吉林沙漠向南扩散的一道天然屏障。就是死了，它们依然如战士般挺立前沿，护卫着这片苍茫辽阔的疆土。

距离达来呼布镇西南22公里处的黑城景区内，多达2000多亩的那片怪树林，生机萧然，透着一股狰狞恐怖之气，此处满目疮痍，胡杨陈尸遍野，像是胡杨的祭奠墓地，上万棵干枯的胡杨死树，东倒西歪，神态各异……或枯立，或斜仰，或僵卧，或死躺……有的断头折臂，有的腰断腿劈，有的剖腹开膛，有的连根拔起，万般神态都被无情的岁月锁住，恒定着生前未尽的夙愿和不甘。它们如战士死去嶙峋的森森白骨，更像冲杀着的巨人陡然暴毙……这里简直就是千军万马惨烈对决的古战场。黄沙茫茫，天地苍苍，沙漠烈士，长眠疆场。秋风在这里也变得肃杀凄厉，一种震撼从发根直达足底，我的相机有些颤抖，这人世间难见的植物悲壮，向我们哭诉着大自然的无情和人类虐待环境的贪婪及无知。

第二天，我穿过胡杨林，进入中国第二大沙漠——巴丹吉林沙漠。

沙漠因为极度缺水而形成，水是生命之源，因此沙漠被称为"生命的禁区"。

但巴丹吉林与众不同，它凭着沙山与湖泊共存的奇观，震惊了世界。这里每年仅有80毫米的降水量，而蒸发量却多达3000多毫米。

如此严重不对等的环境，巴丹吉林沙漠竟然还神奇地均匀分布着113处海子泉水，有的不仅水质清澈，还甘甜可口，人能直饮。

更为神奇的是，无论什么季节，水位都是恒定的。深冬时节也不会结冰。

我曾去过新疆的塔克拉玛干沙漠，去过青海的柴达木盆地沙漠，也曾在宁夏的中卫进入腾格里沙漠，感觉都是大同小异，漫天连绵的黄沙，起伏高低的沙丘，偶尔得见的芨芨草和那里的舟车骆驼，印象最深的就是腾格里沙漠边缘的沙坡头，黄河谷地的沙子竟然能从底向上倒流，令人叹为观止。如今我走进这片黄灿灿的沙漠，竟被它的高耸巍峨及造型各异的沙山峰峦给震慑住了。这里的沙漠海拔高度在 1200~1700 米之间,沙山相对高度可达 500 多米,远处那座在众多沙山拱卫下一山独秀的必鲁图峰,海拔高度达 1617 米,垂直高度约 435 米,是世界第一的"沙漠珠穆朗玛峰"。

这些由狂风之手构筑成的黄沙奇观巧夺天工,蔚为壮观。这里很少有别处沙漠中的光板平面,最平缓的也如沧海巨浪,波峰的浪花清晰可见,四处散落的古塔造型,底宽上尖,塔体有圆有方。那一座座挺拔的沙山,峰峦陡峭,直刺云天,山脊如同薄薄的锋刃,在风的磨砺中越发的锐利,偶尔发出悚人的尖锐呼啸。沙子一边向着沙山帮忙添料,一边从山顶跳跃下滑,滑落的轰鸣响彻云天,其雷霆万钧之势远远胜过敦煌沙漠的鸣沙山。

我把自己的观感和刚结识的北京"驴友"周君倾诉,他笑了,然后指着茫茫无涯的远方说:"你这才看到多少。你只看到巴丹吉林沙漠'五绝'之一绝的'奇峰'一角,星罗棋布的沙湖,里面水草丰茂,沙鸥翔集;有'沙漠故宫'之称的苏敏吉林庙,每当夕阳映红了沙山,连同湖岸婆娑的红柳与古庙一起静静地倒映在水中,如梦似幻;被誉为'神泉'的音德日图泉,泉眼粗若碗口,伸手探下去,深不及底,泉中有虾,通体透明,随喷泉翻涌的沙子被涤荡得晶莹剔透。哪一类景观都会让你震撼得目瞪口呆。"

我取消了返程计划,我要住下来,好好领略天赐额济纳的壮美秋色,我还要去看树龄近千年的胡杨"神树",去看与蒙古国通关的策克口岸……

阿尔山的美呀美在水

1

"巍巍大兴安,梦幻阿尔山",央视《朝闻天下》每天都有推介阿尔山的迷人广告。我一直以为,这是一座地处黑龙江和内蒙古之间大兴安岭中的旅游名山。等到了那里才知,阿尔山不是山,它是中国地图雄鸡脖颈后的一个秀丽的边境旅游口岸城市,有着和蒙古国近百公里的边境线,阿尔山口岸与蒙古国的松贝尔口岸相对应,是与蒙古、俄罗斯以及欧洲开展经济技术合作、扩大产品出口和劳务输出,扩大对外开放和发展国际旅游业的重要通道。

阿尔山市位于内蒙古自治区东部,全称"哈伦·阿尔山",意为"热的圣水",它集大森林、大草原、大雪原、天池群、温泉群、火山群于一体,是拥有阳光、空气、绿色等诸多健康元素的生态旅游基地,旅游资源组合度之完美世所罕见。

正因如此,人们在饱览阿尔山美景的同时,都会留有深深的遗憾,春天到来,在领略了挂着雪花的满山红杜鹃的冰冷和火热时,还会惦念着夏的碧绿、秋的金黄和冬的洁白,在其他季节到来,同样会想象着自己没能大饱眼福的另一番绝美佳境。

唯独阿尔山的水,一年四季,泓碧纯澈,或潺潺长流,或汩汩喷涌,或静默如镜,成为阿尔山四季之美的灵魂。哪怕是千里冰封、万里雪飘的极寒严冬,阿尔山的母亲河哈拉哈河依然有20多公里的河段清流溢淌,碧波荡漾,至于随处可见的汤池温泉,更是拒寒破冰,暖意洋洋。

没有山,就失去伟岸和挺拔的载体及存在意义;没有水,就会失去物候的灵动与鲜活。阿尔山正是依托大兴安岭的雄奇险峻,赖以圣水温泉的神奇魅力,才成为誉满华夏的人间福地和梦幻仙境。

阿尔山的山高,是水映衬出的,阿尔山的天蓝,是水洗刷出的,阿尔山的花艳,是水滋润出的,阿尔山的树绿,是水浇灌出的,阿尔山的美,是水烘托出的。

奔流不息的哈拉哈河发源于阿尔山国家森林公园的石塘林火山口湖湖群,它沿着林中的山峡谷地,曲曲弯弯向西奔流,注入蒙古国贝尔湖后,又折返入境,流入呼伦湖,滋润着美丽的呼伦贝尔大草原。河水清澈湛蓝,名贵的冷水细鳞鱼自由游弋。河两岸山丁树葳蕤茂密,白桦林亭亭玉立,落叶松挺拔高耸,蒙古栎叶肥纹密。

2

秀水是山峦的眼睛。我来的季节正是绿满山川、花遍沃野的夏季,阿尔山的水让我感觉到了更多的灵性。

阿尔山哈拉哈火山口湖湖群,是世界上迄今在一个地方发现的密集程度最高、数量最多的高位火山口湖湖群。

火山口湖俗称天池,阿尔山有著名的七大天池,另有六个著名的堰塞湖,各有妙趣,像是上天倾倒的满盘珠玉,为苍莽的大兴安嵌上了一颗颗明亮的眼睛。

我一路攀爬,终于气喘吁吁地来到最大的骆驼峰天池,这个形似左脚脚印的蔚蓝天池,像一块晶莹的碧玉,镶嵌在雄伟瑰丽、林木苍翠的高山之巅,它东西长450米,南北宽300米,面积为13.5公顷。湖水久旱不涸,久雨不溢,水平如镜,倒映苍松翠柏,蓝天白云,景色万千。此时正值中午,山中水汽郁结,云雾氤氲,山头薄雾缭绕,白云时而傍山升腾,时而翻滚而下,郁郁葱葱的松桦合围池畔,溢绿摇翠,构成了天池独特的自然景观。

我沿着池边木栈道缓缓绕行,这时,雾气消退,云缝中露出碧蓝的天空,射出了太阳金箭似的光芒在天池,湖面顿时躁动起来,湖面上一道道白金色的亮光不停地在闪烁着,宛若钻石发出的光，熠熠生辉，充满动感和生机。没多会儿，天池上空不知从哪里来了大片灰黑色云彩，待在那儿一动不动痴迷地盯着天池，久久不愿离去，太阳躲在云层里，池面的水瞬间羞涩起来，漾漾的柔波开始温柔恬静。

午后，我又来到了阿尔山另一神奇所在——石塘林，它是第四纪火山喷发的地质遗迹，是亚洲最大的死火山玄武岩地貌，地质构造、土壤、植被生物均保持原始状态，生物多样复杂，再现了从低等植物到高等植物的演替全过程，具有较高的科研和保护价值。经过千年风化和流水冲刷，石塘林形成了自己独具特色的自然地貌，犹如波涛汹涌的熔岩海洋，有翻花石、熔岩垄、熔岩绳、熔岩碟、熔岩洞、熔岩丘、喷气锥、熔岩陷谷、地下暗河等神奇景观。堆堆假山般壅塞的火山岩，千奇百怪，有的像指天利剑直立向上，有的像英勇武士持戟征战，有的像威武雄师闪电狂奔，有的又像年迈老人饱经风霜，更令人难以想象的是，在基本无土可言的石塘林里，高大茂密的兴安落叶松挺拔俊秀，枝繁叶茂，粗壮的盘根紧紧抱住火山岩，在熔岩缝隙间深深扎下去；高山柏以其低矮的身躯遍地延伸，显示出顽强的生命力；四季常青的偃松像朵朵盛开的雪莲；金星梅、银星梅一片金黄，一片银白，真是一步一景，处处一派生机盎然。

我站在观景平台上低头俯瞰，看到这坚不可摧的火山熔岩中那泓清碧透彻的湖水时，我终于明白，是阿尔山神奇的圣水，才给它们提供了赖以成活并茁壮生长的生命之源。

第二天一早，我就进入了杜鹃湖景区。

杜鹃湖因湖畔长满野生的杜鹃花而得名，它是火山爆发时，熔岩流堵塞河谷形成的湖泊，如今湖畔四周的杜鹃，花季已过，只有那满树肥厚黑绿的叶片贪婪地吮吸着夏日的阳光，为明年的怒放积蓄着力量。

月牙形的杜鹃湖，湖面开阔，在微风的吹拂下，泛起阵阵涟漪，湖中水草茵茵，随波轻摇，悠闲散漫。田田荷叶在水中轻歌曼舞，一支令箭荷花在净水中分外妖娆。一群野鸭在水中悠闲地游弋，一会扎进水里，一会又浮出水面。这时，有一只在杜鹃树下的花尾榛鸡被游人惊起，"扑棱棱"凌波飞向远方，明净的湖面留映着它五彩斑斓的瞬间。

3

看阿尔山的水不能不到三潭峡。

三潭峡位于哈拉哈河的上游，河水在石塘林地下潜流10多公里后流出地面，峡谷有三潭，故称三潭峡。三潭依次为卧牛潭——河水平稳，潭前大大小小的卧牛石横河摆放，如庞大的牛群静憩河中；虎石潭——平静的潭水上方，河流中密布着形态各异的巨大岩石，宛如虎群在河中玩耍嬉戏；悦心潭——是峡谷的尽头，地面豁然开朗，河面加宽，潭水透明，清澈见底，令人赏心悦目。河道散布着大小不等的岩石，两岸是针阔混交林，林间杜鹃花枝繁叶茂，生机勃勃。火山岩石布满河谷，人可踩石水中行，峡谷南壁陡峭险峻，北壁由巨大火山岩石堆积而成。走进这个峡谷，给人一种凡人仙化、与世无争的超然物外之感。

这些流行于河谷、滞守于深潭、跳跃于浅滩的露天之水，它们是阿尔山圣水柔美灵动的躯体，而阿尔山圣水博大精深的灵魂是深藏于大地岩石之下地壳之中的微量元素俱存的世界第二大温泉群。其中最大的就是我入住的海神圣泉疗养院矿泉群。

矿泉群被正式发现始于清道光三十年（1850年）。呼伦贝尔副都统衙门佐领敖拉·昌兴与一位喇嘛医生来此，被这星罗棋布、汩汩喷涌的矿泉群深深吸引住了。咸丰三年（1853年），敖拉·昌兴请来多位著名藏医、蒙医、汉医及得道喇嘛和大德高僧来到阿尔山，众人皆被眼前的圣泉奇景震撼住了，矿泉的排列形状极为有趣，火山喷发自然涌出的矿泉群，仿佛一个身心舒展的巨人倒卧大地，泉水走向好似一幅人体的经络图。泉行七经，润兴八脉，构筑成"天人合一""天一生水"的原始生态环境。由于泉眼的分布形状像人，功能又各异，这些医界专家们便以其对人体器官的作用将泉眼命名为"眼泉""骨泉""耳泉""头泉""五脏泉""脚泉"等，同时对阿尔山温泉进行全面鉴定，以石桩立于泉边，用蒙、汉、满文记录水温、泉号、治疗症状，并建简易旅店，以供人疗养、避暑。

在温泉博物馆，我对照说明详细地对这48眼矿泉进行了科学解读，它们各有出处，且冷热殊异；最低1.5度，最高48.5度，最相近的两泉仅距0.3米，水温温差却在14度以上。这些矿泉具有较丰富的氡、氟、锂、锶、钛、钼、铝、铍、铯、钡等多种人体必需的微量元素，通过皮肤进入体内，改善身体循环，促进新陈代谢，调整内分泌和神经系统等。有关部门的化验结果显示，温泉含有几十种矿物质和大量放射性元素，对人的心血管系统、神经系统、呼吸系统的病症，均有较高的疗效，特别是对风湿病、关节炎、外伤引起的腰腿疼、胃肠病、皮肤病、脱发病等，治疗效果更为显著。

"看夕阳西下

茫茫草原绿无涯，

谁在杜鹃湖边快乐把歌唱？

……"

我沐浴在舒雅的温泉池中，背景音乐中，阿尔山的姑娘乌兰托娅正深情地吟唱着《阿尔山的姑娘》。

不得不说的满洲里

很早以前，我一直以为满洲里和日本人扶持下的傀儡政权伪满洲国有一定关联。其实不然，满洲是清人对东三省的统称，伪满洲国成立于1932年，苟存仅有13年，所辖范围含东三省、蒙东及河北承德，而"满洲里"则是俄语发音。相传满洲里西北有一眼旺盛的清泉，当地牧民称之为"霍勒金布拉格"，蒙古语译为"旺盛的泉水"。1900—1902年中东铁路建成后，沙俄便把进入中国的第一站称为"满洲里亚"（进入满洲），当俄语转译为中文时，去掉末尾"亚"的发音而称为"满洲里"，从此"满洲里"便取代了古老的名称"霍勒金布拉格"而沿用至今。

要不要写满洲里及呼伦贝尔大草原，我一直很犹豫。满洲里虽然偏居大兴安岭西侧的中俄蒙边界一隅，但它的名气

第三章：北国杖量

太大了，它成了人们去内蒙古饱览草原风光的首选，每年约500万的游客拥挤在为期不长的三四个月里，让它名闻遐迩，《狼图腾》《寻龙诀》《白鹿原》这些大片剧组和《我们相爱吧》《偶像来了》等真人秀节目也把这里炒得世人皆知，很多的文坛大家都去过，也写过，特别是在自媒体繁盛的今天，到过那里的人但凡有两把刷子，都会图文并茂地发些美篇或博客微博，最简单易行的就是狂刷微信朋友圈。我即使再写，也是狗尾续貂做个行程记录而已。

但若提中国的边陲城市和边贸口岸及国门，落下满洲里，那其他的一切顿时会黯然失色，就像一顶精美绝伦的美丽皇冠，平塌塌地缺少一颗点亮华贵威严的耀眼明珠。因为它是中国最大的陆运口岸城市，是国务院确定的国家重点开发开放试验区、边境旅游试验区。满洲里口岸是中国最大的陆路口岸。

"一座小城，却很大气；它是一座边城，却充满潮气；它是一座经济富裕的城市，却没有浮躁之气……满洲里，一个'鸡鸣三国'的口岸城市，融三国文化风情、闻名中外的'东亚之窗'。"这是中央电视台"2006年度中国魅力城市"评选委员会对满洲里的诗意概括。

满洲里我去了三次。第一次是1995年随大队人马慰问我们县在那儿施工的建筑队伍，那是牧草衰白的秋季，满洲里已过了旅游旺季，街道上车少人稀，略显萧条，国门那里也是树木落叶风沙渐起，它的建筑之美、草原之美、异域之美并未留下太深刻的印象。

第二次是 2003 年冬季，我所在的班庄镇建筑公司在海拉尔承接了一项史无前例的工程项目，签约仪式甲方领导邀请我参加。一下飞机，零下 30 多度的严寒令我对海拉尔的迎宾语至今难以忘怀——"越冷越热情！"皑皑白雪成了这里的主色调。签约仪式结束后，建筑公司董总愧疚道："这个季节来，草原美景看不到，只能到满洲里看看国门了。"我担心道："到处冰天雪地的，道路能通行？"董总说："这个不用担心，这里的雪不像老家，风一吹就走，路面高于地面，存雪稀少。"果然，出了市区，白茫茫的雪原上，一条蜿蜒曲折的黑色路面，像是把白色的草原割裂成两半，裂缝直通西北方向的满洲里。

中俄交界处的国门，其实就是一座骑跨在一条宽轨、一条标准轨道两条铁路上的"门"字形铁架栈桥，上方中间悬挂着国徽，顶端镶嵌着"中华人民共和国"七个红色大字。国门两侧各有一架攀爬铁梯，如今也上锁封闭。对面的俄罗斯，只是白茫茫一片雪野，和这边毫无二致。

我们在雪地中漫游着，那块"满洲里红色国际秘密交通线遗迹"的石刻吸引了我。我知道，1949 年，毛泽东主席去苏联，就是从这里过境的；20 世纪 40 年代，苏联红军支援太平洋战场的第一枪是经过这里打响的，由此加速了中国抗日战争全面胜利的步伐；解放战争、抗美援朝时期，这里又是苏联军援物资的主要运输线，它为共和国的诞生和主权维护做出杰出的贡献。之前这里还发生了哪些与中国革命及共产国际运动有关的史实，我很想在此感性地了解。碰巧的是，陪同我和董总的小董是董总的侄子，目前是呼伦贝尔电视台文艺部编导，他曾参与制作了一部反映那段峥嵘岁月的专题片。他介绍道："中国共产党成立初期，为加强与共产国际和苏共的联系，建立了由哈尔滨经由满洲里通向苏联的秘密交通线，又称'红色交通线'，是中国革命史上存在时间最长的一条秘密交通线。建党初期至1937年间，李大钊、陈独秀、瞿秋白、王明、李立三、王尽美、邓恩铭、邓中夏、张闻天、周恩来、张国焘、邓颖超、蔡畅、罗章龙、唐宏经、苏兆征等党的早期领导人和革命志士都从这里往返于中苏边境。毛岸英、李鹏这些党的领导人和烈士后代，也都经过这里到莫斯科学习生活，成为继承革命事业的红色接班人。特别是1928年6月，中共六大在莫斯科召开，前去参加会议的大部分代表都是从这里通过的。满洲里秘密交通线为加强中共与共产国际的联系和中国革命的胜利立下了不朽的功勋。"

第三次是在2011年夏季。董总得知我开始度公休长假，便邀请我真正看一次呼伦贝尔大草原。

那真是一个美呀，蓝蓝的天空、清清的湖水、绿绿的草原、洁白的羊群……我兴奋地哼吟着腾格尔的《天堂》，按歌词描述，看牧草随风起伏，听羊群咩咩和牧人悠扬吟唱，游贝尔湖水，品湖鲜鱼香。兴致之余，董总建议我再去满洲里。

我以为满洲里的四季应该不像草原那么分明，之前去过两次，怕有回锅烫剩饭的失望。董总笑道："这次去了，恐怕会让你不认识它。"

一踏进满洲里，顿时感觉身处异国他乡，满街的白皮肤、蓝眼睛以及听不懂的语言和歌曲，尤其是一座座林立于街道两侧尖顶圆塔、颜色红黄蓝相间的街道建筑，更令人怀疑自己到底身在何处。

满洲里从建城伊始，就是一座移民城市。居民主要来源于俄罗斯的铁路职工和家属，也有内地来的工人、商人以及从事牧业的牧人。这些来自于各地的居民，也带来了原居住地的建筑技术和建筑形式，与满洲里地理环境相融合，便形成了这里极具特色的建筑群。

这里的建筑除了那些色彩鲜艳的木屋，两层以上的建筑，既有空灵、纤瘦、高耸、尖峭的哥特式建筑，也有贵族气十足的巴洛克式，也有复古的法国古典式和庄重典雅的俄罗斯式建筑……

到了晚上，华灯初上，所有的城市建筑都被绚丽多彩的霓虹灯覆盖，大街小巷中，随处可见挂着俄罗斯牌照的汽车行驶，金发碧眼的俄罗斯男女似乎比中国人还多，他们大包小包购买着来自义乌等地价廉物美的中国商品。很多商店里，也摆满了琳琅满目的俄罗斯商品，街市上的叫卖声也是双语，就连推着三轮车游走的小商贩，都说着一口流利的俄语。我们漫步街头，一阵听不懂歌词的优美歌曲传来，旋律却是《莫斯科郊外的晚上》，那是从俄罗斯音乐主题酒吧内传来的。推开木门，浓浓的俄罗斯气息扑面而来。我们在柔和的灯光下悄悄地落座，一边品着浓烈的伏特加，一边欣赏着舞台上俄罗斯姑娘、小伙的倾情表演，恍惚进入五彩缤纷的莫斯科梦乡。

满洲里的夜晚，酒吧里的热闹、歌厅中的喧嚣、街舞的时尚、游人的悠闲、五彩灯光的暧昧迷离，构成了一幅纸醉金迷的异域风情图。

满洲里的夏天亮得早，我四点半就起床，沿着中苏金街向北晨跑。这里新中国成立前叫博士街，是满洲里早期隆泰号、恒盛号、福海长、吉顺福、义聚德、尼基金旅店等众多商家聚集地，如今被辟为中俄商业步行街。这里到处矗立着造型各异、体现中俄蒙三国文化风情的雕塑。在斗牛雕塑旁，三个俄罗斯年轻人拎着酒瓶摇摇晃晃，醉意蒙眬，我不知道他们是通宵达旦豪饮至此，还是一大早就猛灌一通。一座蒙古族老人骑骆驼抱马头琴弹唱的雕塑，设计精美，雕工栩栩如生，仿佛有琴声歌声从中流淌。我很想选准角度拍下这一雕塑精品，但有两位年轻的俄罗斯美女站在那儿，边比划着边兴奋地交谈着。我左等右等，她们也无离开之意，最后只得硬着头皮上前恳求："美女，请借光让我拍个照好吗？"美女们误以为我给她们拍照，大方不拒，竟给我摆了个造型，我哭笑不得，只好假戏真做地按下快门。

满洲里国门，果然今非昔比。如今的国门是第五代国门，总长105米，高43.7米，宽46.6米，于2008年建成。国门庄严肃穆，乳白色的门体上方嵌着"中华人民共和国"七个鲜红大字，上悬挂国徽，国际铁路从下面通过。它是"欧亚第一大陆桥"的重要连接点，可通过俄罗斯、白俄罗斯、波兰、德国等直达荷兰鹿特丹港。

登上国门，俄罗斯境内的后贝加尔斯克区的车站、建筑、街道、行人尽收眼底。一股民族自豪感油然而生。

　　国门景区占地面积13平方公里。我们饶有兴趣、心怀虔诚地参观了41号界碑、红色国际秘密交通线遗址、和平之门主体雕塑、红色旅游展厅、火车头广场等景点后，便驱车前往回程中的套娃广场。

　　套娃广场又叫套娃景区，占地面积87万平方米，是国家5A级旅游景区中俄边境旅游区的重要组成部分，是全国唯一以俄罗斯传统工艺品——套娃形象为主题的大型综合旅游度假景区。景区主体建筑是一个高30米的大套娃，建筑面积3200平方米，已成功申报世界吉尼斯纪录。其内部为俄式餐厅和演艺大厅。套娃外部彩绘代表着中俄蒙三国的美丽女孩，大厦高耸，在很远的地方就可以看到它的美丽容颜，无论从哪个角度走来，都会迎到一张灿烂的笑脸。这时，就会从心底升起一股暖流，它可以遣散忧愁，化解矛盾，让人心情舒畅。即使这一天阴云密布，电闪雷鸣，可是看见了这张笑脸，也会让人心里充满阳光。主体套娃周围还有8个功能性套娃、200个代表全世界不同国家和地区的小套娃和30个色彩缤纷的俄罗斯复活节彩蛋。在云低天阔的草原上，高高耸立起一道道风姿绰约的人物风景画，与天地接洽，展现着浓郁的异域风情。

　　徜徉其间，我们倾听着导游深情地解说套娃背后深藏着的那段凄美的传说。相传有一俄罗斯男孩，在风雪中牧羊时与妹妹失散，昼思夜念，便把妹妹的样子画出来，然后刻到一块木头上。就这样，年复一年，他陆陆续续刻下了许多小木人。尽管如此,也没能盼回思念中的妹妹,而那些小木人却成了他心中的珍藏。随着小木人越来越多,他就把这些大小不一的木头人掏空,一个套上一个。很快,套娃便在俄罗斯和世界各地流行开来,成了一种十分精致的工艺品。

满洲里,这座迷人的边城,不管你去几次,都会给你不一样的体验,这体验,会让你兴奋、惊艳和自豪。

额尔古纳的忧伤

1

"我的心爱在河湾,额尔古纳河穿过那大草原。草原母亲我爱你,深深的河水深深的祝愿……"作为中俄界河的额尔古纳河,近年被一首红遍全国的《呼伦贝尔大草原》传唱得世人皆知。

额尔古纳河本为中国的内陆河。清初,俄国沙皇遣哥萨克骑兵大举南侵,卫拉特的噶尔丹也趁机勾结俄军发起叛乱。内忧外患的康熙皇帝为了争夺蒙古地区的控制权,匆忙在1689年同俄罗斯签订《中俄尼布楚条约》,割地求和,将额尔古纳河以西划归俄罗斯,自此,自由渡行、马乐羊欢于两岸的内河，便成了一条忧伤冰冷的界河。

大兴安岭的西侧吉勒老奇山西坡，海拉尔河汩汩地从山涧流淌而出，接着便一路向西，蜿蜒到新巴尔虎左旗附近。

它知道自己的故乡是哪里，一种不舍的情绪拉扯着它，它在抵达满洲里以后，忽然掉头，沿着中国国境线向上，像是回望来时的行程，从这一刻开始，变得宽阔深邃，河宽有200到400米，水深可通航，它的名字就叫作额尔古纳河了。

它记得自己的流行里程和受恩范围，全长1666公里，总流域面积15万平方公里。

它就这样一仆二主地流淌着，在额尔古纳市恩和哈达附近，同俄罗斯流来的石勒喀河汇合，就成了中俄南北交界的黑龙江。

如果想象不出额尔古纳河到底在哪里，就请你回忆一下中国版图，在大公鸡头顶的后脑勺上，卖力地勾勒出那段轮廓的就是不甘被俄人浸淫的额尔古纳河。

2

激发我对额尔古纳的向往和深入了解的动因，源于欣读迟子建获"茅盾文学奖"的长篇小说《额尔古纳河右岸》。小说讲述了在中俄边界的额尔古纳河右岸，居住着一支数百年前自贝加尔湖畔迁徙而至，与驯鹿相依为命的鄂温克族人。他们信奉萨满，逐驯鹿喜食物而搬迁，游猎，在享受大自然恩赐的同时也艰辛备尝，人口式微。他们在严寒、猛兽、瘟疫的侵害下艰难繁衍，在日寇的铁蹄乃至种种现代文明的挤压下求生存，保族群。他们有大爱，有大痛，有在命运面前的殊死抗争，也有眼睁睁看着整个民族日渐衰落的万般无奈。作品沉郁苍凉，让我感受到作为偶像的迟子建那份尊重生命、敬畏自然、坚持信仰、爱憎分明的大爱情怀。

我寻着迟子建笔下的足迹，沿着额尔古纳河右岸的边防公路一路前行。

河两岸的原野稀疏空旷，健硕的骏马在碧绿的青草和怒放的芍药、牡丹混杂的草原上，或奔驰嬉戏，或低头觅食，间或一声仰头长嘶，划破了大野的寂静，唯有一路延续的铁丝网把人远远拒之于河岸，提示着那是一条不可逾越的线。由此你可以想象，额尔古纳河的寂寥该是多么的忧伤，它被禁锢着，几乎成了一条不允许被人亲近的河流。

额尔古纳河沿岸孕育着巨大的草原牧场，展翅翱翔的雄鹰，呼啸奔驰的骏马，洁白如云的羊群，这片豪情洋溢的草原，本来就该是英雄辈出的地方。

我来到额尔古纳市中心拉布大林西侧的亚洲第一大湿地。

额尔古纳湿地由额尔古纳河、根河、得尔布干河、哈乌尔河以及众多支流交汇冲积而成，面积约157万公顷，它是由河流、苇塘、沼泽灌丛、沼泽、塔头湿地、乔木湿地、灌丛湿地、草甸草原和草原等多种景观类型组成，是中国目前最原始、面积最大、植被多样性也最丰盛的湿地。它是天鹅、鸿雁、丹顶鹤等众多珍稀鸟类最优渥的故乡。这里水清草绿，沟河纵横环绕，若用上帝眼中的一滴泪来形容深潭湖水，这里很可能是草原英雄母亲们滴落的一串串忧伤的泪。

在碧草连天的湿地中间,一个马蹄形的小岛被一圈碧水环抱。这个"马蹄岛"的形成有着迷人的神话色彩……800多年前,额尔古纳河流域的蒙兀室韦部落诞生了一个手握凝血的婴儿,他叫铁木真,就是后来的一代天骄成吉思汗。1207年8月,45岁的铁木真带着亲眷回到故乡寻根祭祖,行至额尔古纳河右岸的西山脚下,从树林里突然窜出一只猛虎扑向铁木真,他的坐骑一声嘶鸣傲然站立,前蹄狠狠地踏在老虎腰间,用其全力把老虎深深地踩进泥沼里,然后一个猛冲跃上山岗。铁木真拨马回望,只见战马刚才用力踩下的地方出现了一个巨大的蹄坑,坑面热气腾腾,泥浆翻滚,老虎已在泥沼中窒息而死。几年后,战马的蹄印渐渐长出了树木和花草,形成了一个三面环水的小岛。

弯弓射大雕的岁月渐行渐远,额尔古纳湿地见证了沙俄的袭扰、日本关东军的蹂躏以及成群的牛马觅食被沼泽吞噬的惨状,草木无言,唯有用这忧伤和无奈的泪水,把湿地浸泡得越发广阔,植物丰茂,百鸟来和。

上行不远,我来到了与俄罗斯小镇奥洛契仅一河之隔的室韦俄罗斯民族乡,这是中国唯一的俄罗斯民族乡,全乡有俄罗斯族居民1700多人,占全乡总人口的四成以上。

19世纪末,沙俄贵族、资本家涌进我国开矿、经商,受十月革命冲击逃难到此的白俄贵妇小姐也在这里避难定居下来;一大批山东、河南、河北"闯关东"的贫困农民到这里采金,伐木,打猎,日久生情,男欢女爱,这些年轻的华俄男女便结成夫妻，生儿育女，逐渐形成了华俄后裔。他们中西合璧，高鼻大眼，白皮肤，黑头发，吃列巴，住木刻楞，说一口大碴子味十足的东北腔。

　　俄人体态和习俗尚存，而贵族的精神和作派如今安在？

　　我站在室韦口岸，眺望着对岸的村镇，一样的木刻楞木屋，一样的青草牧场，只是彼岸冷寂萧然，这边游客熙攘，隔代了的华俄后裔用变了原味的俄罗斯酸黄瓜、鱼子酱、红豆酒以及手风琴伴奏的《红莓花儿开》招徕着南来北往的猎奇游客。夜晚来临，星稀月朗，远处有《三套车》的歌声传来："有人在唱着忧郁的歌，唱歌的是那赶车的人。小伙子你为什么忧伤，为什么低着你的头？……"

　　我似乎觉得，唱歌的应该是鄂温克族狩猎小伙，他的忧伤可能是这个最后的狩猎民族部落被现代文明的挤压和式微。我沿着额尔古纳河右岸行走，就是想见识鄂温克族人的生活状态，直到我走出额尔古纳市的地界，也没能见到这个神秘古老的民族部落和他们的驯鹿。朋友在电话中告诉我，额尔古纳右岸是个泛称的地理概念，鄂温克族围绕着大兴安岭分布为多个部落，敖鲁古雅使鹿鄂温克族人的栖息游猎地是在与额尔古纳市毗邻的根河市。

　　于是我来到额尔古纳河更右岸的根河市。

　　这是中国纬度最高的小城之一，小城四周被亭亭白桦林和厚密的落叶松森林包围，即使在这八月盛夏，树荫或屋檐下仍然冷风嗖嗖透着一股寒意。根河的年平均气温在零下5.3度，极端低温达零下58度，年封冻期有210天以上，素有

"中国冷极"之称。如此高寒地区，却河流众多，湿地遍布，有根河源国家湿地公园等四个国家级湿地公园，九个国家级自然保护区和观鸟、鹿鸣风景区。而最为吸引人眼球的却是敖鲁古雅鄂温克民俗村和敖鲁古雅使鹿部落。

在鄂温克语里，"鄂温克"的意思是"住在大山林中打猎的人们"。鄂温克族人打猎，一般五六个人为一组，称为"塔坦"，猎人们最喜欢猎鹿。这不仅因为鹿的全身都是宝，而且因为鹿特别灵敏，最难捕获，因而猎获到鹿也是最光彩、最值得炫耀的事情。

驯鹿被鄂温克族人称作"奥伦"，曾被鄂温克族人当作交通运输工具，有"森林之舟"之称。在鄂温克族共同的血液本性里，他们与驯鹿有着超越理解的带着血腥的亲密关系，他们相信，人和驯鹿的生命是能够相通的。驯鹿生活在大兴安岭，主要以生长在腐木表面上的石蕊、蘑菇等为食物。它们不适应圈养，天性中的迁徙本能让它们喜欢日夜兼程地走路，无论过去多少世纪，也不管外面的世界变化成什么样子，它们仍然保持着不变的步伐，穿行在亚北极地区的森林和草原。同时，由于大自然的掣肘和自身肌体的需求，它们也必须依赖贪婪的人类，漫长的磨合寻找中，它们终于找到了鄂温克族人，他们能提供给它们身体需要的食盐，在大雪封山觅食无望的困境中，鄂温克族人能顶风冒雪把自己口中不舍的食盐、豆类谷物送来饲食它们。而驯鹿也将自己的鹿角、皮毛等回馈给鄂温克族人，人与自然实现了和谐平衡的等价交换。

信息社会和现代文明，让众多部落文明出现式微的同质化，唯有位于大兴安岭北端根河的敖鲁古雅鄂温克族从来没有离开过驯鹿。他们是唯一至今还在为驯鹿的命运而牵绊的人群。他们世代生活在山林之间，为驯鹿的离去与归来年复一年地守候。他们以"撮罗子"（木棒为框，桦树皮和动物毛皮为顶的尖锥形木屋）为营，过得原始且简陋，在人类的文明链上，他们似乎处于链条的末端。

现代文明迫不及待地想要改善敖鲁古雅鄂温克族，真诚而施惠地将这支部落从荒寂的山上搬迁到繁盛的山下，善良地以为这样可以给他们更宽广的眼界以及更幸福舒适的生活。

殊不知，当一双黑色的眸子在丛林间闪动，当如同桦树枝的犄角从森林深处忽然探出，对于敖鲁古雅的鄂温克族人，这是多么巨大的感动和召唤。那些跳跃的精灵，每一次张望与回头，都是敖鲁古雅祈愿重返山林的初心。迟子建的《额尔古纳河右岸》，有鄂温克族人的呐喊："我不愿意睡在看不到星星的屋子里，我这辈子是伴着星星度过黑夜的……听不到那流水一样的鹿铃声，我一定会耳聋的……我的身体是神灵给予的，我要在山里把它还给神灵。"

位于根河市市郊3公里处的敖鲁古雅民族村，是一个由政府出资仿芬兰阁楼式民居建筑的鄂温克族猎民定居点，每户88平方米，非常漂亮。这些民居里开了许多商店，也有人在此开了民宿、烧烤店和小酒馆，这是一个游客可以稍微近距离了解神秘使鹿部落的地方，但这里十分的冷清，怎么也焕发不出寻常人间的热闹和繁华。

民族村里有鄂温克历史博物馆，里面有一些介绍这个民族的历史和民俗的实物、图片和宣传片，还有一些这个民族的名人介绍，比如鄂温克部落最后一位女酋长玛利亚·索（《额尔古纳河右岸》女主角原型）、著名画家柳芭和她的弟弟诗人维嘉。据讲解员介绍，驯鹿部落的最后一任萨满已经去世了。看着那繁复的萨满服，看着部落酋长玛利亚·索苍老的面容，让人感觉这个民族古老的史册仿佛已经翻到了尾声。酋长玛利亚·索年近百岁，也住在这个村子，但她在家人的陪同下，又回到满归的山林中，她离不开那些与她朝夕相伴的驯鹿，她觉得，自己的生命能够得以持久延续，是驯鹿给了她神灵般的佑护。

痴迷山林崇尚自然的鄂温克族人，他们对世界的要求简单而纯净，照片上玛利亚·索的脸庞皱纹如沟壑纵横，但眸子中那份坚毅依旧闪烁，我不知道这个民族最后的酋长会不会就是这位虔诚执着的老者。

或许此刻，失去凭依的驯鹿正在漫山遍野地寻找着敖鲁古雅，一股无可奈何的悲伤就爬上了整个村落。

好客的根河人热情地接待了我，朋友的朋友用山珍野味让我大快朵颐。最后一道美食是靓汤，主人神秘地对我说："一般人是吃不到这个的。这道汤里，所用的菌菇是白桦茸，漂在上面的白色肉圆是飞龙做成的。"味道确实鲜美，但其中却有一股我从未体验过的莫名惊栗。

回到宾馆，我百度了一下："飞龙，学名花尾榛鸡，国家一级保护动物","桦树茸,附于桦树主干上的食用真菌,又名白桦泪"。

我一惊,我吃的是用泪水蒸煮出的珍稀动物。

造孽啊!顿时,憋闷的肠胃开始翻江倒海……

到北极村找"北"

环行国境线，雄鸡版图最上端的鸡冠部位是非去不可的，那就是中国最北端的黑龙江省漠河县北极村。

北极村到处充满了"最北"这个高频词，这里有中国最北人家、最北超市、最北客运站、最北农贸市场、最北供销社、最北邮政局、最北联通发射塔……，到处以"北"为广告词的招牌让我把"最北"二字深深刻在心上。

最早知道北极村，是在1986年2月《人民文学》上看到一个中篇小说《北极村童话》，作者是一个叫迟子建的陌生人。既然是童话，他（误以为作者是男性）笔下的故事发生地肯定是虚构或虚幻的。

后来才知，作者是一个刚满22岁的女孩，乳名真的叫迎灯，和小说中的小女孩一样的名字，出生在大兴安岭深处，童年确实生活在外婆家住的北极村。

没用多少年,北极村火了,它不仅是北国边陲一个美丽梦幻的真实所在,还似乎是启迪人们寻找正确定位的具有人生坐标意义的启蒙圣地,"到北极村找北",成了很多人梦寐以求的掠美之旅、探索之旅、寻梦之旅和灵魂洗礼之旅。

"找不着北"是北京的市井俚语,是指做事没有头绪,找不清正确的方向。我北京的朋友孙君来看我,见我在乡镇整日忙于催税收款、招商引资上项目,讥笑我道:"你本该是个写作搞学问的主,怎么开始满足于做个柳宗元笔下'叫嚣乎东西,隳突乎南北'的乡镇悍吏呢?这样瞎忙活,你快找不着北了。"我反讽道:"拉倒吧,别以为你是北京人就以'北'为高、以'北'为主了。'北'是荒凉遥远,'北'是肃杀寒冷。'北风卷地白草折,胡天八月即飞雪','戎马关山北,凭轩涕泗流'。这些古诗词中的'北',讲的都是这么些个意思吧?"

孙君是中国传媒大学搞对外汉语交流的教授,没想到他竟开始跟我较真地理论开来:"你说的这些都没错,但'北'同时还具有空旷、辽远、霸气和豪迈这些崇高因素。因此,古来就有'面北称臣'之说,就连汉高祖刘邦在鸿门宴上,面对霸气的楚霸王项羽,也只能'北向坐'。古人在造'北'这个字的时候,取义于二人相背。这是一个方位,但不同于东、西、南,'北'是一个特别的方位。北极、北斗,是传说中天帝之所居,帝廷之所在,古人正是靠着它们来辨别方向。因此,找到'北'就预示着找到适合于自己的正确的目标和方向。这个'北',你真的找到了吗?"

我在一个盛夏的下午来到北极村,触目可及的"北"如乱花迷眼,我真能找得到么?

北极村是漠河镇政府所在地,面积约十六平方公里,只有200多户人家,一座座古老的"木刻楞"民居与水泥仿"木刻楞"房屋、木包砖建筑错落有致,还有屋尖锥立的俄式建筑与之相映成趣,给这里增添了中西合璧别样的乡村气息。

迎接我的路桥公司崔总是从老家那边过来的,是我发小同学的五哥,我也叫他五哥。五哥长时间在黑龙江右岸漠河到黑河一线从事道路、桥梁等工民建施工,对这一带的风土人情、族群部落、饮食文化都有深入的了解。他轻车熟路地把我带到停泊在黑龙江边的水上餐厅(其实就是一条木质大船)。

店主是一位美丽的少妇,她很在行地推介着她的美食:"我们漠河人请客的最高境界是吃江鲜,江鲜的最高层次叫'鲢鱼头,鲇鱼尾,鲫瓜肚子虫虫嘴'。"我不解地笑问:"什么样的虫虫嘴还能吃?"五哥跟她似乎很熟,笑着让她别在这里卖嘴皮子了,就让她按说的来。店主高兴道:"还是崔哥讲究。"五哥见我还是一头雾水,就对我解释道:"虫虫是一种名贵的冷水江鱼,学名叫重唇鱼,因嘴唇肥厚而得名。后来是渔民们叫顺了嘴,便成了虫虫,或者重重。"

我们品尝着美味的江鲜把酒言欢,蓝得发黑的黑龙江静水深流,悠缓地从我们所坐的船下流过。夕阳西下,对岸俄罗斯的丘陵断崖与摇曳多姿的白桦林散发着迷人的金光,宛如俄罗斯著名风景画家希施金笔下的一幅巨大的油画,将这段中俄边境的山水林木衬托得分外妖娆。江面上,一艘从东向西呼啸而来的边防快艇漾出一阵阵稍纵即逝的浪花。湛蓝的天空上飘着几朵淡淡的薄如蝉翼的白云,一只苍鹰定格似的悬浮于江上的高空,仿佛把大地、山峦、江河、鸟兽都置于它的锐目监视之下。

五哥为我预定的住处是"中国最北一家",它位于黑龙江边,在北极村最北部,是居住在中国纬度最北的一户人家。其居住房屋为"木刻楞"式的小木屋,面南背北,屋前有菜园和花圃,院内大门朝东。主人居住房屋三间,屋内有火炕和床,可供十多个人居住。住房西侧和北侧各新建"木刻楞"房一栋,我就入住在西侧的一间客房中。

五哥临走前为我把窗帘拉得严严实实,他说:"这里靠近北极圈,天亮得非常早,此地还有个节日叫'夏至节',黑夜也就那么一小会儿,千万别被外面的光欺骗。累了一天了,多睡会儿,明早七点我来陪你吃早餐。"又眯缝着眼仔细寻找着什么,然后对我说:"北极村的蚊子坏得很,咬人一口叫你永生难忘。当地人还当作广告词,说'北极村,一个连蚊子都让你此生难忘的地方'。"

盛夏的凉爽让我香甜入梦。不知睡了多久,突然有一阵钻心的疼痛将我惊醒,我赶紧亮灯,一只蚊子在我的头上"嘤嘤"盘旋,我跳下床来追着它双手拍打,怎奈孽蚊狡猾,上下左右和我周旋,见我气喘吁吁开始出汗,它才悠然高飞,马上就不见踪影。

第三章：北国杖量

  我颓丧地坐在床沿喘着粗气，看了看时间，只是凌晨四点多。这时，窗帘的缝隙中已有一丝光线进入，我拉开窗帘，外面已是亮堂堂可见远山近水。

  疼痛又开始提醒我，我走到卫生间的壁镜前，发现蚊子叮咬的部位是我的上嘴唇，此时已红肿翻卷，木木地肥厚真如双嘴唇。

  我顿时一惊，联想到昨晚被我们饕餮的那条叫"虫虫"的重唇鱼，被宰杀前，我好像发现它似乎很忧伤不甘地看了我一眼。这冥冥之中，是不是蚊子代表着大自然，对我们这些食物链顶端的人类的一种警告和报复？

  按照主人的指点，我在洗漱完毕便开始奔赴江边找"北"。我想知道那里究竟有多少"北"，主人笑着说："那里的石头上，草丛中，树干上，到处都是'北'，你要问我有多少个，我还真数不清。"

  穿过一片松林，我到了黑龙江畔的一片开阔地，这就是祖国最北端的一个广场——沙洲岛上的北望垭口。这时，一轮红日从正北方的俄罗斯方向冉冉升起，这可颠覆了我一直以为的"日出东方，日落西山"的固有经验，昨晚五哥还谈起，夏至那天，这里的太阳从北方升起，晚上也从北方沉落，晚霞与朝阳相抱同辉，在北方的天宇上交相辉映。可惜现在已过了那个难得一见的、在同一时间能欣赏到晚霞与朝晖并存的神奇"白夜"天象的时间点。

  广场近江的地方耸立着一座巨大的篆体变形的"北"字形金属艺术雕塑，设计者将它设计成立体的三角形，无论从哪个方向看，都是一个"北"。这个字的书写者是清代著名书法家邓石如（1743—1805年）。

　　银色的"北"直指蓝天，在朝霞的辉映下闪闪发光。雕塑基座中心有一个三角形的"北极锥"，锥面上写着：东经122°22′43.48″E；北纬53°29′52.58″N。我站在这里，一股中国主人的豪气油然而生，面南背北，呈现在我眼前的，便是整个中国！站在"中国鸡冠"之顶点，极目四望，繁木菁林，疏密有致，崇山秀水，壮丽优美，处处显示出祖国山河的富饶广博。一种临"极"之喜，不禁跃上心头，我感到了"北"的强大引力，体会到了找"北"的兴致和豪情。

　　找"北"的小径是一条通往丛林深处的木板路，由木吊桥、木板路组成，蜿蜒曲折，不时分岔。一路上，我发现了无数的"北"字，它的附着载体多为造型各异的石头，有花岗岩、大理石、石灰岩、泰山石、火山岩、灵璧石、太湖石，也有的刻在树段、木板上，还有一些金属雕塑，这些"北"字有的悬挂在树上，有的躲藏于草丛，有的蹲卧溪边，有的傲立于山坡，这个"北"是经典的颜体，那个"北"是正宗的魏碑，《曹全碑》上的隶书、王羲之的行书、米芾的狂草、唐太宗的敦厚、宋徽宗的瘦金、毛泽东的豪放……从古至今，几乎包揽了所有能找到的名家所书的"北"字。甲骨文、金文、战国文字、篆文、隶书、楷书、宋体、仿宋，各个历史时期的"北"在这里都能找到。

　　这里的"北"太多了，在这里找"北"不难，但找准不易。

第三章：北国杖量

北极定位广场是准确的"北"么？广场吸取中国古老的天圆地方理念，以罗盘为造型，正中为司南，罗盘刻有爱、财、智、寿、业、福、康、禄等内容，坐于勺中转动，勺柄所指便是自己祈福的福祉。

北斗七星桩应该是真正的"北"，它按北斗七星星组的造型及所含的吉祥寓意，演变成为北极大地的景点。游人可按自己的生辰找到生命星，在此祈福留念。七星桩按升序排列，预示祈福圆满步步高升。

我知道，这些都是带有明显祝福意味用来吸引游客的景点设计，和精神层面追求的"北"风马牛不相及。但这又有什么呢？找没找着"北"对我来说并不重要，重要的是我有幸来到祖国最北端的北极村，面对辽阔的祖国大地，领略到分外妖娆的北国风光，品味到豪情万丈的北国边民诗情画意的多彩生活，感悟到了尊重自然才能回归自然享受自然的生命法则！

黑河血泪

一城两国,缤纷中俄;新旧瑷珲,居江左右;将军名"山",一忠一奸;边城黑河,汤汤无言。

我在碧云天高五彩斑斓的十月中旬来到黑河。我先去了五大连池、锦河大峡谷、黑龙山,漫山遍野的五彩树开始惊艳撩人,金黄的桦叶和栎树发出阵阵呢喃的叹息,激情似火的山里红和枫叶沾满了相思的泪滴,红松、樟子松矜持深沉,越发的墨绿,沧桑愁苦的柞树将满身白褐色的麸皮爆裂炸起,一串串攀石绕树的山葡萄因无人采摘而染紫了岩石坡地。

黑河是多姿多彩而性格鲜明的,它美丽富饶,耿直刚烈,胸怀广阔,爱憎分明,民族和睦,热情好客,但它的底色却是英勇而悲壮。

我入住黑河国际酒店后,便徒步北行来到黑河市素有

"北方沙头角"之称的大黑河岛中俄边民互市贸易区,它是经国务院批准成立兴建的国家级边民互市贸易区。大黑河岛位于黑龙江主航道中方一侧,总面积0.87平方公里,与黑河市区以一桥相连。全岛四面环水,环境幽雅,风光秀美,地势开阔,便于进行封闭管理,其地域条件在整个中俄边境线上是绝无仅有的,具有开展跨国民间互市贸易和建立自由贸易区的良好条件。这里有众多俄人男女摆摊设点,来自义乌、苏州等江浙沪地区的商贩也在此用中俄双语吆喝叫卖。

此时正是下午三点,斜阳映照在江对岸仅有700多米的俄罗斯远东第三大城市布拉戈维申斯克,它是俄罗斯阿穆尔州首府所在地,是俄罗斯等独联体国家与中国7000多公里边境线上最大的城市。

我站在江边,用望远镜细细地从西向东缓慢地扫视着,对岸的街道、楼宇、行人和车辆清晰可见,那尖尖屋顶的哥特式建筑,不知是不是远东最古老的东正教教堂,隐隐约约矗立在空旷广场的雕塑是列宁么?彼岸的建筑再也见不到中国风格的四合院了。

要知道,在《中俄瑷珲条约》未签订之前,黑龙江是中国的内河,河对岸都是中国领土,布拉戈维申斯克那时叫"海兰泡",稍早则称"孟家屯",居民多为汉族人,他们大多是来自黄县(今龙口)、掖县(今莱州市)闯关东的山东人。

黑河历史上是满族、鄂伦春族、达斡尔族、鄂温克族等中国少数民族文明的发祥地之一,中俄界河黑龙江满族人称之为"萨哈连乌拉",鄂温克族人称之为"卡拉母儿",为

"黑水""黑江""黑河"之意，黑河之名由此而来。

黑河还有一个名字，它叫瑷珲。

我来黑河，就是奔着瑷珲而来的。

"瑷珲"地名之出，源于这里有一条瑷珲河。瑷珲是达斡尔语，有"可畏"之意。瑷珲河沿岸沼泽密布，蛇蝎出没，人兽涉足皆有灭顶之灾，被认为是一条可怕之河。

瑷珲有新旧两城之分。据《柳边纪略》记载，旧城为明朝奴儿干都司黑龙江忽里平寨，寨址在黑龙江左岸，今瑷珲镇二道沟村对岸之俄境。1685年，清政府鉴于瑷珲地处江东，与内地联系诸多不便，决定将黑龙江将军驻地迁至下游12里的江右岸，新城仍名瑷珲，即今天的瑷珲。

黑河有我很多闯关东过来的家乡人，他们早就融入这片黑土地，他们的盛情款待，让我在体味乡情、亲情的同时，也深深地爱上了这里。

朋友的侄婿是土生土长的黑河人，他是当地的一个官员，我从他递过来的名片上看到，他履职的单位是"黑河市爱辉区发改委"。我诧异道："怎么是爱辉区？不是瑷珲么？"他的脸上掠过一丝尴尬似的表情，"1956年，国务院更改生僻字地名时，把'瑷珲'改成了'爱辉'，改名的用意究竟是什么，谁知道呢。"

朋友说："别羞羞答答不好意思，还不是当年和俄罗斯签订的那个《瑷珲条约》给闹的。那是国之大耻，谁也接受不了，但改了名字就能忘记那段历史了吗？"

侄婿脸红道："我们不回避历史。2015年5月，省政府已批准将黑河市爱辉区爱辉镇政区名称用字恢复为'瑷珲'。就是为了铭记历史，继往开来。"

南非黑人领袖曼德拉曾说："生命中最伟大的光辉不在于永不坠落，而是坠落之后总能再度升起。"那个时代已经被打上深深的烙印，是战火，是苦难，是坠落，是离散。历史不能更改，未来已来，奔流不息的黑龙江给予黑河厚重的底蕴，人杰地灵的黑土地上积聚着大自然的馈赠，这座城再次鲜活，这片土地再次热血，如今，它高速强劲的发展势头锐不可当，已成为联结中俄的重要纽带，被称为"北国明珠""欧亚之窗"。

我驱车南行35公里，到达《瑷珲条约》的签约地瑷珲镇。这是一座普通得不能再普通的东北小镇，走在瑷珲的街头，很难看出这是一座各族人民抗击沙俄侵略者的历史名城，不进入瑷珲历史陈列馆，你根本想象不出世所罕见的丧权辱国的《瑷珲条约》竟会在这里签订，也感受不到这里曾是中国近代耻辱的见证地和中华民族的受难地。祖籍黑河的黑龙江流域历史和文化专家刘邦厚先生曾著文沉痛地说："没有了古城遗存的参照，总可以有书有史来自证人的种种记录可以借鉴后人去重新构建昔日城市，去真实地想象那极为丰富的瑷珲历史吧！没有，没有留下多少文字，有的只是传说。在难以辨认其历史容颜的时候，人们突然感到瑷珲竟是那么遥远，那么垂老。"是的，在这里所有的悲苦都寻找不到实物证据，沙俄所有的罪证都无影无踪。就连见证了沙俄一次次屠戮，我军民一番番复仇抵抗的地标建筑魁星阁，也在1945年被摧毁。瑷珲城南的松树林中，曾有九位清代瑷珲籍将军的将军墓，它们承载着瑷珲人守土有责宁死不屈的民族气节。

二百多年的瑷珲就这样无声无息地消失了，今天的一切都是新的，都是口口相传的想象和复制。

瑷珲镇瑷珲历史陈列馆，崭新得几乎没有什么史料、文物展出。展馆的设计颇具匠心，成方圆一体，主展厅大楼右圆左方，象征国土完整，却被一个大三角一冲为二，右圆形建筑被割出城墙，寓意不平等的《瑷珲条约》使中国的领土被沙俄割占了60多万平方公里。三角形的一边指向见证松（为记住耻辱而栽的一棵樟子松），另一边指向魁星阁（在旧址新建）。主展厅入门左侧的城墙颇有创意，上面是210平方米的大型铜浮雕《美丽富饶的黑龙江》，右侧是五面风墙，风墙上悬挂着大小不等的1858个风铃，在微风中铮铮作响，寓意是1858年签订的不平等的《瑷珲条约》。顺着风铃墙步入50米宽、6米高的阶梯，阶梯旁的侧面小广场上，一个母亲的两只抽象的大手，托着地球仪，有一个残缺的手指，寓意着祖国1000多万平方公里的领土被沙俄掠夺去了近十分之一。

陈列馆共分五个部分的内容，我的关注点主要放在第四、第五部分，即"十九世纪下半叶的黑龙江和中俄《瑷珲条约》"与"'庚子俄难'和'重建瑷珲'"。

文字介绍、绘画还原和雕塑蜡像的情景再现，让我重回那段不堪回首的屈辱而悲壮的峥嵘岁月。

《瑷珲条约》创造了世界丧权辱国条约的"四个之最"，

一是签约字数最少，条约内容三项，字数仅有 180 字；二是割让领土面积最大，多达 60 多万平方公里，相当于四个山东省，或德法两国的总面积；三是签订条约的双方代表最奇葩，黑龙江将军奕山并没有得到清中央政府授权，也无外交权力，竟胆敢签约，而代表俄国的条约签订者穆拉维约夫，也仅仅是东西伯利亚的总督；四是条约的文字版本最荒唐，条约所用文字为满、俄、蒙古文字，而没有中国的母语汉语文字。

恩格斯对此曾评论说："俄罗斯不费一枪一弹，就从中国夺取了一块大小等于法德两国面积的领土，以及一条与多瑙河一样长的河流。"

我不想重复条约签订的时代背景和过程内容，我只想说，奕山，这个走到哪儿丧权辱国条约签到哪儿的民族罪人，是谁给了他的权力让他一而再再而三地肆意妄为、卖国求安？

清道光二十一年（1841 年），第一次鸦片战争爆发后，道光帝将主持广东军务的钦差大臣琦善革职，任命奕山为靖逆将军。奕山以"粤民皆汉奸，粤兵皆贼党""防民甚于防寇"为由，另在福建招募未经训练的士兵，又日夜饮酒作乐，经历 57 天才行至广州。5 月 21 日，奕山所部在白鹅潭水域向英军发起夜袭，结果一败涂地，广州城外炮台尽失。清军退入广州城，不敢出战，南海乡勇和湖南乡勇为抢夺粮食而引发内讧，城内大乱。26 日，奕山派人举旗投降，与英人义律签订《广州和约》。道光大怒，于二十二年十二月将其圈禁在宗人府空室。因其为康熙玄孙，隔年八月即被释还，又赏给二等侍卫充任和阗办事大臣，紧接功封镇国将军，伊犁将军。

咸丰元年（1851年）7月，俄罗斯全权代表科瓦列夫斯基与中国新任伊犁将军奕山在伊犁谈判。俄方要求按照《恰克图贸易旧章》议定具体办法。奕山一味妥协退让，除喀什通商一事未允外，"接受了俄方的所有提议"。8月6日，双方在《中俄伊犁塔尔巴哈台通商章程》上签字，大片国土沦丧。

任人唯亲的清王朝，对宗室近臣的姑息纵容，导致清官场腐败成风丧权辱国，卖国无罪，高官任做。咸丰五年（1855年12月），奕山又被任命为黑龙江将军，这才有了《瑷珲条约》胆大妄为的随意签订。

就是这个奕山和他签订的《瑷珲条约》，生生把中国十几万同胞搁置于黑龙江对岸，名曰"享有永久居住权"。

到了1900年庚子年，视中国人为眼中钉、肉中刺的沙皇俄国，挥舞屠刀，向手无寸铁的江东同胞展开惨绝人寰的杀戮，史称"庚子俄难"。

1900年6月23日，沙皇尼古拉二世宣布阿穆尔军区进入战争状态。

7月17日，海兰泡市警察局把关押起来的中国人赶到黑龙江边，俄兵挥动战刀，把所有的中国人一直赶进水里。当妇女们把她们的孩子抛往岸上，乞求饶孩子一命时，俄兵却逮住这些婴儿，挑在刺刀上……尸体堆积如山。黑龙江水面漂浮着成片半死挣扎的人潮，一会儿便被江水吞噬，瞬间红波翻卷，江水呜咽。

第三章：北国杖量

据瑷珲副都统衙门笔帖式杨继功记述："遥望对岸，细瞥俄兵各持刀斧，东砍西劈，断尸粉骨，音震酸鼻，伤重者毙岸，伤轻者死江，未受伤者皆投水溺亡，骸骨漂溢，蔽满江洋。"

一个参与屠杀的俄兵这样记述："到达布拉戈维申斯克时，东方天空一片赤红，照得黑龙江水宛若血流。手持刺刀的俄军将人群团团围住，把河岸那边空开，不断地压缩包围圈。军官们手挥战刀，疯狂喊叫：'不听命令者，立即枪毙！'人群开始像雪崩一样被压落入黑龙江的浊流中去。"

同日，又一支沙俄侵略军扑向东面江东六十四屯，进行同样血腥的屠戮。

海兰泡和江东六十四屯两次大屠杀，共有7000多中国居民被杀害，淹死20000多人，两个地区中国人被悉数赶尽杀绝，所有中国人财产被无耻地掠夺。

海兰泡和江东六十四屯被害的中国居民的尸体壅塞在黑龙江水面，直到三个星期后还在江上浮游。

一个俄国上校军官日记写道："7月24日（按：公历8月6日），我们一行人又乘船继续向前航行，轮船很快就赶上一具溺尸，在它后面又出现了第二具、第三具尸体……在黑龙江整个宽阔的河面上，一具具尸体漂游着，仿佛在追逐着我们的轮船。……很显然，这是在黑龙江淹死的那些最不幸的人。在一个扁平的沙滩上，一下子冲上来很多腐败溺尸，一百三十、一百三十一、一百三十二。"

沙俄的狼子野心并未就此终止，他们越过黑龙江，一路杀向瑷珲，曾经的将军衙门，顿时血流成河，沦为一片废墟。

历史就是这么吊诡，享有江山社稷的清朝八旗子弟、宗亲大臣，面对国难，要么卖国求荣，要么望风而逃，而真正冒死抗俄最后血洒疆场的却是最后一任黑龙江将军袁寿山和五十九岁的瑷珲（黑龙江）副都统帮办杨凤翔，而袁寿山，又是死守山海关，让清军寸步难行的明代抗清名将袁崇焕的八世孙。

黑龙江水深波黛，滔滔东流。伫立江边，我的耳畔仿佛响起关汉卿《单刀会》第四折中【驻马听】：

水涌山叠，
年少周郎何处也？
不觉得灰飞烟灭，
可怜黄盖转伤嗟。
破曹的樯橹一时绝，
鏖兵的江水犹然热，
好教我情惨切！
这也不是江水，
二十年流不尽的英雄血！

东极抚远"落网记"

1

我到中国东极抚远只有两个目的,一是品尝时令江鲜大马哈鱼,二是到黑瞎子岛看照耀中国的第一缕阳光。

我一发小同学高中一毕业就到黑龙江沿岸打拼,修桥铺路搞建筑,年过四十才回到故乡。每当同学相聚,面对山珍海味,他总是举箸感叹:"再也吃不出人间美味大马哈鱼的味道来了。"我对此不屑:"你也太矫情了。那时你肚子缺,就像朱元璋吃的珍珠翡翠白玉汤,再让你吃,怕是没有那个感觉了。"他急眼道:"你又没有亲口尝,吃了恐怕你这辈子也忘不了。"大家哄笑道:"那还不简单,要么从网上邮购点来,要么再跑一趟去东北撮一顿。"发小失落地摇头道:"跟你们说不清。"大家都起哄让他讲。见大家有了兴致,他开始眉飞色舞起来:"我为什么这么说? 第一,网购过来的不是鱼干就是冻品,那还吃个什么劲? 第二,到东北吃的,肯定是城市宾馆饭店里做的,也是冷冻货,用的是自来水,调料都是大路货。这大马哈鱼,要在江边吃当地人做的刚从船上下来的新鲜货。它可不像这桌子上的淡水鱼,一年四季都可捕捞。大马哈鱼只有在白露以后的一个月才从西太平洋北部的海域沿乌苏里江洄游到黑龙江来产卵,鱼龄四年以内的平时都生活在海里,而海里的大马哈鱼和到淡水中绝对不是一个味。因此,要想吃纯正美味的大马哈鱼,要具备三个条件:一是要在对的时间去对的地点才能吃到新鲜正宗的,那就是去每年十月的抚远,那里是黑龙江和乌苏里江的交汇处,大马哈鱼远途进入淡水的第一站;二是要在江边用黑龙江的江水烹煮,原汁原味;三是要有当地的食材配料和当地的厨艺,最好是去赫哲族人开的小鱼馆。"

大家听了都感觉有些玄幻,为了一条鱼,抽出专门时间跋山涉水去那偏远边地,不值。发小的眼中就有了一丝神思远游的飘忽:"岂止是一条鱼,那里的黑土地肥得流油,秋天沿途的五花山景色美得令人流泪。每年春晚的东方第一哨的镜头就是那里。还有一般人根本上不去的黑瞎子岛。重要的是,就是真的秋天去,也未必吃到我当年那么多那么好的鱼了,人类对它们太狠了。"

第三章：北国杖量

2

我是在2019年10月9号中午到达抚远的。之前的几天，我独自驾着发小朋友的SUV，在伊春的汤旺河一代观赏美轮美奂五彩斑斓的五花山，又看了被网上瞎炒成所谓"空城"的煤都鹤岗，还到了"同三高速"的起始地同江市，参观了三江口和街津口，但心里始终惦念的还是东极之地抚远。

我在预约的友谊宾馆落脚后，就直奔江边。黑龙江江阔水平，江中间还有一些杨柳植物在水中飘荡。当地人说，今年夏季以来，上游降雨频发，江水暴涨，水位一直居高不下，江边的亲水便道都给淹没了。

此时江风送来一阵冰凉，对面的俄罗斯远东地区最大的城市哈巴罗夫斯克（当年中国的伯力）隐隐约约现出一些村镇和建筑。这时，从江中心驶来一条铁皮小船，几个当地人便奔了过去。船一靠岸，最先赶到的男子问船上的夫妇："咋样？今天有收获吗？"男人耷拉个脸："收获个屁，张了大半天网，只有这两条。"说着把落网的两条大马哈鱼连网带鱼扔到那人跟前。

那人从网中把鱼捡起："唉，这鱼本来一年就比一年少，还遇上今年发大水。"就把两条鱼放进蛇皮袋中。我问一条有多重，他说也就二三斤吧。

我顿起馋意，忙问："你是鱼馆老板吧？"他说是啊，就在前面呢。我又问："你是赫哲族人吧？"他愣了一下，"算是吧，我奶奶是。"我就和他预约，给我做一条，我今晚去吃，要做出当地的拿手风味，尤其要这今天新捕的。

那人就给了我一张名片，"赫哲族人不打诳，你要是不放心，到时从宰杀到下锅出锅，给你录个视频。但你得先付订金。"我给了他一百元。

抚远是个美丽的临江山城，也是中俄人流量最大的边境口岸。在这里经常会遇到独行或结伴同行的俄罗斯男女，他们有时会用蹩脚的汉语主动跟你打招呼。

在沿江路和佛山路交汇处，一处建筑吸引了我，那是黑龙江鱼博馆。我看时间还早，就进去专门参观一下此馆的当红主角大马哈鱼。在晚上美餐它之前，先了解一下它的习性和营养价值。

看着活体展品和图文介绍，我的心一阵阵紧揪和战栗，大马哈鱼是一种信念执着、冒死繁衍后代、具有伟大母爱的鱼类，我果断取消了今晚的饕餮计划。

黑龙江中的大马哈鱼属太平洋种属，它们出生在江河里，生长在海洋中，四到五岁鱼龄便长大成熟，就开始成群结队洄游向产卵地。在洄游的过程中，大马哈鱼的肾脏和其他器官必须做出调整，以适应海水到淡水的转变，从此开始停止进食，甚至不再饮水，只靠体内积累的营养和返回故乡繁衍后代的坚强信念去冲击逆流，搏击风浪，勇往直前。在漫长的迁徙途中，它们会遇到数不清的浅滩、暗礁和瀑布，还有许多捕食它们的棕熊、白头雕和人类的鱼叉、渔网。在这场义无反顾的艰难跋涉中，它们历尽了千般磨难，万般艰险，昼夜兼程，身心伤痕累累，尽管最后只有五分之一的大马哈鱼能够游回它们的出生地，但从踏上这条艰险的征程那天起，它们便凭着一种本能，一个执着的信念，朝着自己的出生地毫不动摇地冲游。可以说，世界上没有一种动物为了繁衍后代，为了种族的延续，为了使自己后代生命能够诞生在它们认为最安全最纯粹的地方而付出像它们那样的代价。它们明明知道有近百分之八十的生命都将葬送在这条险象环生的归途中，百分之百的生命都会终结在这次死亡之旅，可是它们为了下一代的出生、成长、延续，仍慷慨赴难，视死如归。

当剩下的那些伤痕累累的大马哈鱼终于抵达它们的产卵地，它们便寻找水流清澈、沙砾底质的河段作为产卵场所。雌性大马哈鱼修筑好产床后，把鱼卵排在产卵窝里，随后，雄鱼也将精液排在里面，等到鱼卵受精后，雌鱼则反复用尾鳍拨动起沙砾，将受精卵埋藏起来。

产完卵的大马哈鱼已是遍体鳞伤，血肉模糊，它们用垂死的生命看守着自己的后代，直到体力彻底耗尽死在这块它们祖祖辈辈完成生殖使命的地方。

大马哈鱼短暂而伟大的一生就此结束，那些受精卵在父母的以死为代价的呵护下，在冰雪覆盖的江河中度过一冬，在冰雪融化的季节，它们在父母生命终结的地方开始了新的生命，它们在出生的窝子里逗留约一个月便开始索食，吃到的不是母亲的乳汁，而是父母腐烂了的骨肉。之后它们会随流进入大海，在那里生活了四五年以后，等到性发育成熟，又像父母一样游回故乡的江河，进入到新的一番生命轮回。

鱼馆的老板打电话问我几时到，沉浸在感念中的我一惊，忙说我被朋友拉走了。对方要我去取押金,我说走远了。

3

回到宾馆,我向前台打听明早黑瞎子岛东极宝塔的日出时间和自驾前往的出发时间。她像看外星人一样看着我:"咋?自驾去黑瞎子岛?这是哪时候的事啊?黑瞎子岛封闭很长时间了,来时也不做个攻略?要是不封闭,这季节,我们这宾馆,早就排队拥挤了,哪像如今,门可罗雀。"

我的头"嗡"的一声,数千公里奔波前来,两个愿望一个都没实现。我忙问为啥封闭。她看了我一眼:"为啥?从八月初江水暴涨就没落过,那里的栈桥便道都浸到水里,几个景点都成孤岛,去也看不到什么,还怕有危险,所以封闭。"

我说我大老远赶来,不到祖国的最东端看日出那会遗憾终生的。她笑了:"那你明天一早就去乌苏镇看日出,然后站在乌苏大桥远远看看黑瞎子岛。"我长叹一口气:"我主要是冲着黑瞎子岛来的。"

我无限落寞地怏怏转身,她又把我叫回:"你真想上岛?"我说那还用问。她就打了一个电话,"我叫了个出租司机,你跟他谈。"没多会儿,一个胖乎乎的年轻人赶来,指着前台女孩说:"我媳妇。我姓张。"女孩说:"我们是一家子。"

小张说:"封岛已经两三个月了,开放时间谁也说不准。那里都是边防武警把守,市里领导都不好使,前两天外省的几个领导要去,副市长带队去通融都不行。"我说你有什么办法呢?他卖着关子:"明的不行咱来暗的,关键是你有没有这个胆子。"

我说:"胆子是有,但违法的事咱也不能干哪。"他笑着说违法算不上,顶多算是违反规定。他接着说:"明天天好,日出时间在五点左右。这里离黑瞎子岛30多公里,凌晨三点我们准时出发。三点半到后,进岛的唯一通道乌苏大桥岗亭没人值守,你悄悄进入后,沿着大路能走多远走多远,等到日出后,拍完照,观完景,武警起床上操发现了,批评一通,弄不好还能用车把你遣送出岛。放心,我一直在岛外等你,真有什么事我来给你摆平。"

他要价四百元,包括其他景点。我心里打着小鼓:"这事你做过吗?"他笑道:"刚开始做过几次,后来没人找我。再说谁像你这么执着非看不可。"

第二天三点不到,前台电话叫醒我。外面一片漆黑,深秋的寒意让我在星空下打了一个寒战,小张站在车前对我说:"你这红色冲锋衣进岛后要反穿,不然太醒目,监控抓得准。"说得我心里越发的慌张。

一路上没见到有早行的车辆,我心里惶惶地问道:"就没有别人也想这么干?"小张说:"之前有,现在封岛的消息旅行社都发布了,像你这样的独行侠没几个。"

从县道走了不到半个小时便拐向乌苏大桥的引桥,路下边亮灯的地方细看原是"黑瞎子岛游客中心",大部分区域黑黢黢空无一人。小张说:"要是平时,这里早就人头攒动热闹起来了。"又走了一会儿,车就停在桥头的岗亭前,一道自动升降杆横在路中间,一块大牌子立在前面,我打开手机照明,上面是黑龙江省黑瞎子岛建设和管理委员会《关于封闭黑瞎子岛的通告》,上写由于上游汛情,江水暴涨,景区设施受损,不再具备接待游客条件云云。我又看了看四周,到处都是静悄悄的黑暗,岗亭门都没锁,只有一张桌子,一把椅子。

小张催我赶紧进去,他要到车上再眯一会儿。我的腿开始打战:"这能行吗?要是被抓起来,我这晚节可就不保了。"他有些生气:"我能害你吗?这是咱中华人民共和国的神圣领土,面对你的是亲人解放军。真是!"

于是我战战兢兢从横杆底下钻过去,向着总长1600多米的乌苏大桥走去。

来到桥中央,我的心开始平静,对面的哈巴罗夫斯克下辖的小镇灯火通明近在咫尺。这时,东方开始出现鱼肚白,刚才还黑乎乎的天宇被一道道不规则银线分成众多区块,银线似乎不断放大着宽度和亮度。离日出的时间越来越近,我必须尽快向东迎接太阳。我打开手机,对着东方显光的地方按不同的光亮度不间断地拍摄着。

越走天光越亮,宽阔的柏油路大道两侧到处都是杨柳摇曳、芦苇丛生、禽鸟晨鸣翻飞的湿地。

黑蓝的东方开始出现紫红欲燃的光斑,像是内燃一夜的木炭被氧气催化,渐渐开始要冒出火苗,光束变得有些金黄,引发四周的天幕也开始黄灿灿地高贵起来,黑云一步步隐退,白絮开始簇拥刷新,天空中出现瞬息万变的多彩多姿,湿地中的景色也在移步中不断换形,呈现出迷人的景致。我边走边看边拍照,汗津津毫无感觉。不觉间来到了一个分叉路口,指示牌其中有一箭头指向东极宝塔。

我必须在太阳没升起之前赶到那里,那里才是中国的最东方,它离黑瞎子岛的中俄分界线也就一公里。

我开始一路小跑。东方大亮,在地平线处,无数道金色的霞光弥漫着辽阔的大地,高高耸立的东极宝塔马上就到我的眼前。这时,一轮红日探出半个笑脸,在金黄的底色映衬下红彤彤地娇艳金贵。我不停地变换角度和姿势拍摄着,等到太阳忽地跃出地平面冉冉升到空中,大地一片阳光普照,我已是头晕目眩,泪流满面。

我擦了擦眼,突然感觉身后有些异样,一转脸顿时头"嗡"地大了,三个荷枪实弹的武警官兵正坐在一辆电瓶警车上警惕地盯着我。为首的少尉对我说:"你玩得挺嗨呀。你知道你走了有多远吗?"我惊慌道:"不知道,我只知道走了有一两个小时了。"

三人下来检查了我的身份证,并让我当着他们的面把带有黑瞎子岛标识性字样的照片删除。我苦苦哀求有些不舍,少尉说:"请你理解并配合我们的工作。封岛通告带有强制性质,你这些照片传出去,证明我们执行不力,守卫失职。"然后又一张张检查完剩余部分,把手机还给我:"我们理解你们大老远跑来一趟不容易,祖国的大好河山谁都想看一看,但你们要关注这些地方的实时动态,贸然闯入还是不对的。作为惩戒,请你朗读一遍《封岛通告》。"

我接过通告大声朗读着,并不停地检讨道歉,表示马上原路返回。少尉说："你也是老同志了，走了一早晨，也累坏了。捎带你两步吧。"我再三感谢，他们一直把我送到桥头岗亭前。

小张从僻静处冒出来："怎么样？待遇不错吧？"我擦了擦冷汗："欣赏美景的同时，也是违规冒险。但此生有这一次，值！"

小张又带我参观了乌苏镇的东方第一哨、赫哲族人居住的抓吉镇，乘船绕着黑瞎子岛看了没能上去的东极广场、俄罗斯兵营旧址、东正教教堂、黑瞎子乐园，但最令我兴奋不已的还是独闯黑瞎子岛观看日出的经历。

爱恨情仇说虎林

1

你见,或者不见,
我就在那里,
不悲不喜。
你爱,或者不爱,
我就在那里,
不增不减。
……

这是一首歌,也有人说是情诗,地处乌苏里江左岸的虎林人用它来评价达半个世纪的中苏关系，倒是非常贴切。

我在撰写长篇报告文学《东方耶路撒冷——我的圣地抗日山》时，里面涉及世界反法西斯战争的最后一役。我知道的应该是1945年底，由新四军华中军区司令员张鼎丞、副司令员粟裕部署和指挥的收复里下河地区的高邮战役。为此，我还专程到高邮市熙和巷70号，参观了侵华日军向新四军投降处遗址，但在我去北京拜访和采访一些亲临那场战争的老将军和军事专家时，他们让我厘清一个概念，中国的抗日战争只是世界反法西斯战争的一个组成部分。高邮战役是抗日战争的最后一战毋庸置疑，但它和发生在黑龙江虎林的中苏两军、两国人民共同发起的"虎头要塞"战役相比，其战役规模、历时之长、战场之惨烈、影响之深远还不是在一个层级上。据他们介绍，2009年，虎林市已开始建设第二次世界大战终结地纪念园，迟浩田将军已为此题写了园名，建议我去看看。

临行前，我对虎林的前世今生进行了一番资料梳理，县级的虎林市，位于黑龙江省东部的完达山南麓，以乌苏里江为界与俄罗斯联邦隔水相望，由横贯县境中部之七虎林河而得名。七虎林，系满语"稀忽林"之转音，为"沙鸥"之意。虎林市总面积9334平方公里，总人口31.7万，地广人稀，是一个以农业、绿色食品产业、边境贸易、旅游业、医药等产业为主的新兴口岸城市。

去时正值盛夏，从哈尔滨开往虎林的绿皮客车都是夜间行驶，软硬卧铺票早就售罄，硬座车厢也是人满为患，东北的绿皮车没有空调，外面下着雨，车窗都被关闭，老式的摇头风扇搅卷起阵阵污浊和汗臭。

我在次日早上八点抵达虎林市区，根据攻略，我踏上了前往虎头镇的班车。

虎头镇地处虎林市东部65公里处的乌苏里江畔，与俄罗斯的达里涅列钦斯克市（伊曼）隔江相望。整个镇域就是一个大景区，它拥有大界江、大湿地、大冰雪、大森林等塞北自然风光和战争遗址、历史文物等旅游资源，被专家称为黑龙江省唯一一处"非城市中心型旅游资源集合区"。

我入住在"临江宾馆"，乌苏里江近在咫尺，触目可见的是满眼绿色，江两岸绿的树，绿的草，还有江面荡漾着的绿波，偶尔可见两国边防军的巡逻艇掠水而过，齐鸣汽笛互致问候，清凉的江风将窗纱舞动，酷热和劳顿随风飘逝。

午饭是在午休后吃的，江边一溜的烤鱼摊香气扑鼻，让人难以取舍。酒足饭饱后，我径直奔向虎头战役遗址。

2

虎头要塞是日本关东军在中国东北东部原中苏边境上的一个军事基地，它西起火石山，东至乌苏里江，与俄罗斯的伊曼隔岸相望，南起边连子山，北至虎北山。它恰好位于伯力（哈巴罗夫斯克）和海参崴（符拉迪沃斯托克）的中心点，不仅可以扼制苏联远东乌苏里铁路的咽喉，同时它又是远东苏军进入东北腹地的捷径通道，战略地位十分重要。

进入虎头要塞核心景区猛虎山，迟浩田将军题写的"第二次世界大战终结地"的纪念碑跃入眼帘，碑上手托和平鸽的少女铜像在日光照耀下庄严而祥和。

猛虎山地下要塞曾是整个要塞的指挥中心，与虎东山、虎北山、虎西山地下要塞成扇面布局，沿乌苏里江绵延16公里，纵深10余公里，区域广阔。为了将要塞打造成固若金汤的"东方的马其诺防线"，日军将虎头要塞所有的坑道和地下设施都浇铸了厚达3米的混凝土。走入幽暗阴凉的地下环形地道，这里有休息室、作战指挥室、弹药室、粮库、医院等，仿佛一个设施齐全的地下城市。各个阵地之间还有铁丝网和堑壕相连。工程浩大复杂，日军从中国关内召骗了20000多民工和战俘在这里施工，最后全被秘密处死。随处可见的万人坑和森森白骨，控诉着日本军国主义的禽兽暴行。

1945年8月，根据美、英、苏三国首脑签订的《雅尔塔协定》精神，苏联红军决定参加对日作战，迫使日本法西斯早日无条件投降！

8月9日1时30分，集结于乌苏里江左岸的伊曼地区苏联第一方面军第35集团军集中1000多门火炮，突然向虎头日军第十五国境守备队阵地进行了猛烈的炮击，虎头筑垒地域的道路、地面工事、通信设施、铁路和车站均遭到严重破坏，猝不及防的日军伤亡惨重。随即，苏军第57边防团、264师和第109筑垒守备队也先后进入中国境内。

日军迅速调整战位，守备队本部及其属下的步兵队本部、炮兵队本部、步兵速射炮中队、陆军兵员进入中猛虎山工事；

步兵一中队进入西猛虎山工事；步兵二中队进入虎啸山工事；步兵三中队进入东猛虎山工事；步兵四中队进入虎北山；三个炮兵中队各进入炮阵地，凭借要塞进行抵抗。

8月10日，苏军集中100架飞机、200多门大炮开始轮番轰炸虎头要塞。上万名苏军在"T34"坦克的掩护下冲上日军阵地，遭到了日军疯狂的抵抗。他们组织自杀队展开凶狠的反击，以肉身捆绑炸药包炸毁了多辆苏军坦克，并与苏军展开惨烈的近身肉搏。11日，苏军攻占偏脸子山和西猛虎山。

12日，苏军200多门大炮对日军的火炮阵地和要塞阵地进行地毯式密集轰炸，"图2"轰炸机和"伊尔2"攻击机投下了无数的燃烧弹，问世不久的"喀秋莎"火箭炮对日军阵地速射出火焰。苏军在"T34"坦克和"SU100"自行火炮的掩护下，攻占了851和506兵营。

13日，苏军攻克猛虎山，并向敌人的坑道灌入汽油和液体炸药，一部分日军被炸死。14日，苏军以战死150人的代价，攻克了日军山顶的巨炮阵地。15日，日军炮兵一个中队被全歼，步兵四中队开始向中猛虎山靠拢。

这天中午，日本天皇发布无条件投降的诏书，但日军认为这是苏军的攻心战，不予理睬。8月18日，苏军对日军采取劝降措施，派出军使进入日军阵地劝降。惨绝人寰的日军拒不投降，还残忍地杀害了苏军军使。

苏军决定对日军发起最后的总攻。彻底消灭负隅顽抗的杀人恶魔。

19日，苏军调集400多门各类火炮，对日军守备队司令部发起猛烈炮击，日军死伤惨重。苏军占领日军守备队司令部，中猛虎山和西猛虎山的日军一个步兵中队、炮兵司令部、步兵炮中队被全歼。日军转入坑道继续顽抗，苏军采用汽油浇灌坑道，随后点燃引爆的办法，逐个坑道歼灭仍在抵抗的日军。21日，苏军全歼西猛虎山日军步兵三中队。到26日，虎啸山日军被全歼。27日，中猛虎山日军被全歼。日军除53人不想战死的逃出阵地外，其余1348人全部被苏军击毙。

而苏军也付出了战死1000多名官兵的巨大代价。

至此，历时18天的虎头要塞惨烈战结束，第二次世界大战彻底落下了帷幕。

我伫立在高达9.7米的苏军烈士纪念塔下，看着暑假中到塔前拜祭苏军英烈的少先队员和众多游客，我们这个知恩图报的民族，从未忘记在危难之时对我们施以援手的国家和友人。

3

第二天，我来到了与虎头镇东北毗邻的珍宝岛乡。这是一个沿江湿地密布的东北亚僻地，300多平方公里的乡域面积只有3000多居民，他们以耕作、捕鱼为主业。要是没有1969年那场震惊中外的珍宝岛自卫反击战，恐怕不会有今日熙熙攘攘千里探访的猎奇游客，这个0.74平方公里的小岛，也不过是祖国万里边疆众多岛屿中的微尘一粒。

夏日的珍宝岛乡确实美不胜收，这里的湿地是东北三江平原地区少有的系统类型齐全的原始自然沼泽景观，它集河口湿地、沼泽湿地、森林湿地三个生态系统于一身，不仅景观清幽秀美，而且保持了北大荒独特的原始风采。它容纳了东北亚地区几乎所有的生物物种，濒危稀有物种国家保护动物东北虎、棕熊、黑熊等多达 21 种；丹顶鹤、东方白鹳、天鹅、白枕鹤、白尾海雕、金雕等珍稀鸟类 169 种；国家珍稀濒危植物胡桃楸、水曲柳、黄菠萝、野大豆、五味子、乌苏里狐尾藻、蜜源植物毛水苏和野生荷花都在这里顽强地生长着。此时正是湿地最具风韵的季节，湿地中水泽泡藻迂回环绕，与碧绿的青草交错排列，零星的树丛点缀其中，荷叶田田的令箭上开始绽放出映日荷花。湿地上空野鸭成群，鸥鸟翔集。远远望去，宛如一幅巧夺天工的水彩画，让人顿生远离尘嚣、回归自然的怡然和宁静，感觉仿佛回到温润的江南水乡。

我去时珍宝岛还不是正式开放的旅游景区，需要找关系才能上岛。我通过"黄牛"，登上了边防巡逻艇，瞬间就抵达岛上的小码头。

珍宝岛离岸不到 200 米，处在乌苏里江主航道中方一侧，东距俄罗斯江岸 300 米，长约 2 公里，最宽处约 500 米，因形似元宝，故称珍宝岛。

小岛无言，草木有情。岛四周江水碧澈，波光潋滟，岛上几幢新旧大小不一、款式功能各异的房屋、楼宇，代表着不同时期守岛官兵的生活和战备条件，纪念馆中，英雄们的肖像年轻威武，那被称作"英雄树"的核桃楸树身的累累弹洞，有的已被岁月的年轮包裹，炮台阵地似乎有反坦克炮弹的轰鸣，水泥浇筑的等人深战壕，我仿佛看到英雄们穿梭其间奋勇杀敌的身影，芳草萋萋、树林荫翳的路旁绿地，尚有很多难以排除的地雷，就像人体内无法手术根除的病灶，那块"勿入雷区"的醒目警示牌提醒我，战争的硝烟并没有飘散多远，战争与和平很可能就是正义与邪恶、喜怒的一念之间。

乌苏里江千年奔涌，狂放不羁不是它的本性，理智冷静是它流淌平稳的基调，和合有爱的乌苏里江仅仅是有形的界分之水，它会无形地滋润两岸，泽被子孙后代，而一旦撕裂成仇，则会成为阻挠情感很难在短时期弥合的心理鸿沟。

我想翻唱郭颂的《乌苏里船歌》：

乌苏里江来长又长，
蓝蓝的江水起波浪。
中俄共撒幸福网，
船儿满江鱼满仓。
……

去珲春"一眼望三国"

我朋友乔君从朋友圈得知我在虎林,就打电话给我,说他在吉林珲春,都是东北的,路不远,让我也赶过去和他会合。

我暗暗吃惊,这家伙又要折腾什么动静?他是一个虔诚而执着的动物保护主义者,特别是对遗弃的狗啊,流浪猫,比关心他的孩子都上心。他的微信、微博中,充斥的都是阿狗、阿猫们被虐待、求爱心人士收养等文章和信息。有一年,他带着几个同道之人赶赴广西玉林,把人家办的"狗肉节"搅和得措手不及。二十多年前,他找到我,让我收养一只母亲被偷走的未满月小狗,他噙着泪说:"这一窝七八个呢,没爱心的人我还不放心送养呢。这是纯种'德牧'。"他要我发誓,绝对要善待它,让它茁壮成长。

行者有疆

  这条蜷缩在掌心的肉团团,在我们家真的幸福快乐地成长成一条威风凛凛气质高贵的牧羊犬,女儿叫它"布莱克",意思是黑色的狗狗。布莱克成了我们的家庭一员,直到十四年后它老得站不起身,妻子整天给它挂水输送营养,还是没能留住它。妻子流着泪把它安葬,发誓再也不养狗狗了,它们的生命太短暂,离别伤人心。

  但再凶恶的狗狗,到了我们身边,瞬间就会温驯起来,我们很欣慰。乔君说:"狗狗是最有灵性的动物,它们可以观察和感悟到你们身上那种善良和对它们的善待,你们与布莱克相处十几年的信息已经传感到狗狗们那里。"

  我理解和钦佩乔君的大爱和良苦用心,但说真的,我没有他那么执着和持之以恒。为了救助可怜的狗狗,他可以丢下自己公司的业务,出钱出力,有时还会被狗贩子们羞辱甚至殴打,但他痴心不改,无怨无悔。如今他跑到珲春,那里属延边朝鲜族自治州,是朝鲜族人集聚的地方,吃狗肉是朝鲜族固有的饮食传统,在朝鲜和韩国,那是无可厚非的事,他去那里,千万别惹出什么民族矛盾事端。

  等我忧心忡忡风尘仆仆赶到珲春时,他和一拨当地朋友盛情地接待了我。原来最近几年,乔君在来这里收购东北大米的同时,结识了一些宠物保护者,他们先从保护温驯宠物狗开始,宣传劝说,不厌其烦地唤醒狗肉馆业者的良心善意,在他们苦心孤诣动之以情的努力下,这里的狗肉馆渐渐不再食用"萨摩""金毛""泰迪""博美"等宠物犬,开始采购一些养殖专业户饲养的肉犬,店名也很少见到"狗肉"二字,大都换上了"民俗"的字样。

我如释重负,开始询问起"珲春"地名的由来。在座的一位当地中学历史老师笑着介绍:"最早在《金史》中出现,那时叫'浑蠢',有人说是统治者贬低当地土著、满族祖先'肃慎'人'又浑又蠢'。其实不然,'浑蠢'二字是女真语,有'边地''边陲'之意,后来逐渐演化,最后音译汉化为'珲春'。"

"其实珲春在隋唐时期就有过第一次兴盛期,"那人接着介绍,"珲春的防川是隋唐时期'日本道海上丝绸之路',唐代的经济文化、民俗宗教大多都是由此传到日本,彼时的珲春已是享誉东北亚的著名国际商埠。我们即将要去的著名景点'一眼望三国',就在防川。"

所谓的"一眼望三国",讲的就是三个国家相邻、彼此都能相望之意。环视祖国边疆,这类地区也有一些,譬如前文所述的内蒙古满洲里是中蒙俄三国交界、新疆布尔津是中哈俄三国交界,还有西藏的亚东,那里是中印不(丹)交界,但那些地方大多为荒漠草原或崇山峻岭,像如此水草丰茂、森林面海、兽禽出没的美景胜地却只此一处。

赶到防川风景区时已近中午,我们在"东方第一村"防川村午餐。该村面积约十来平方公里,离日本海不远,海拔很低,据说是吉林省海拔最低的地方。粗略看了一下,村民也就几十户,人口不会超过两百人,行走其间的村民都着朝鲜服装,后来才知,村内所有居民都是朝鲜族人,仍保留着朝鲜民族生活的特色,民族文化浓郁,是吉林省为数不多的纯正朝鲜族村落之一。新建的村舍民居规划整齐，瓦脊明亮，朝鲜民族建筑风格十分鲜明。餐馆老板炫耀道："别看俺们这个村小，名气可大着呢。"

我们进入核心景区，登上最高处龙虎阁瞭望台，饭后悠闲，环望四周。从随处可见的图文并茂介绍中我们得知，防川风景区位于中、朝、俄三国交界的地带，面积约20平方公里，靠山傍水，临江观海，清澈天然的湖泊，原始茂密的森林，珍稀繁多的植物、鸟类，它是国家级森林公园，稀有濒危的远东豹在此受到一级保护。

烈日当空，暑意全无，来自日本海的习习凉风让人神清气爽，心旷神怡，俯视东北方，俄罗斯包得哥尔那亚小镇近在咫尺，其境内湖泡星罗棋布，水草茂盛，森林蓊郁，参差茂密，那里栖息翻飞着大雁、丹顶鹤等众多候鸟，据说还有虎、豹、鹿等多种野生动物林中穿梭，上千种野生植物杂生其间。转首东南部，是朝鲜的豆满江市，境内群山起伏，草木葳蕤，古旧的城郭掩映在柳绿江蓝之中，青绿的图们江水缓缓东逝，汇入蔚蓝的大海，临海的金沙滩在海风的吹拂下熠熠生辉，绿树环绕的沙丘旁，生长着图们江畔独有的古生植物红莲，俄朝铁路大桥横架大江之上，如同锁江的铁链。再向正东远处眺望，是一片平坦宽阔的濒海平原和沼泽湿地，大地的尽头，是蔚蓝的日本海与淡蓝的天际相连，中间有一条银色丝带跳耀飘浮于天际线，那是阳光照射海面反射的波光。我方一侧，有人工填筑的长888米、宽8米的洋馆坪大堤，有高耸入云碉楼宝阁形状的望海楼，有我们刚刚去过的民族风情浓郁的朝鲜族民俗村,有威武庄严的人物石雕像,也有清代勘立的中俄"土字碑"界碑。

在这里,我们可以尽情地感受群山抱江、海纳江流的包容之阔,饱览天之钟灵、地之毓秀的壮丽之美。

大家心情愉悦,笑逐颜开,兴致所至,就有人吟起"一眼望三国,犬吠惊三疆"的诗句来。

那位一直缄默不语的历史老师幽幽说道:"这句诗的意境确实优美,而下面两句却忧伤而心酸,那就是'边陲烽烟起,故土被分离'。"他见我们面带诧异不解,就说:"非我扫兴,这里虽然景色迷人,但透过历史云烟,我们可以发现很多近现代多方的利益纠葛和纷争在此汇集交织,剪不断,理还乱。"就有人拦住他的话题:"这个大家都知道,清政府满朝文武贪生怕死,腐败无能,割地赔款,丧权辱国,原来这片领土都是我们中国的。那又怎么样?历史不能改写,我们只能着眼现在和未来。"

他摇头道:"也不尽然,乱世出英雄,败朝有忠臣。等会儿我们看了'土字碑',可能会有新的认识。从鸦片战争开始,清政府与外国的谈判,每一次都是以割地赔款告终,唯一一次能够拿回土地的,除了在这里的吴大澂,也是没有谁了。"

中俄《北京条约》签订后,两国在珲春开始勘界立碑,清钦差大臣、户部仓场侍郎成琦草草以木牌应付,部分地区竟放心让俄国人代立。尽管如此,之后的沙俄还是通过毁坏、偷移界牌来混淆国界,蚕食中国领土。清光绪初年,沙俄竟派兵越界侵占了珲春南部的中国领土黑顶子（今珲春市敬信镇），设卡筑房，妄图长期久占并吞掉珲春全境。

清光绪十一年（1885年），都察院左副都御使吴大澂奉旨同宁古塔副都统依克唐阿与俄国特使巴拉诺夫共同查勘疆界。吴大澂作诗慷慨立誓："牛耳当年盟未久，犬牙何事气难降。分流溯至松阿察，尺地争回豆满江。"他用自己瘦弱的躯体和蹒跚的脚步，一次次丈量着原本属于中国的界地，面对强横的沙俄帝国，吴大澂义正词严，有理、有利、有节、有据，寸土不让，历时一年，终于达成协议，收回了被沙俄非法强占的黑顶子百余里领土，把被俄国人非法剥夺的出海权重新夺回手中，将"土字碑"立于现在地点，并将所有木制界牌换成石刻界碑。

"一眼望三国"，但愿能让我们透过逝去的烟云迷雾，望到扑朔迷离中的历史真相，不忘荣辱，继往开来。我们面前的这座有军人站岗的瞭望塔，上面竖行书写的"祖国的利益高于一切"，应该是我们坚持秉守的定海神针。

第四章

东海舟楫

随帅哥胶东趣行

二十多年前,我还在县委办公室工作。有一政府办的同事,是从部队回来的军转干部,年龄介于父兄之间,为人慷慨善良,豪爽而粗犷,他身材高大,嗓门洪亮,在一楼与人打招呼,五楼以上都有声回荡。他在部队当连长时,正好全国都在热映一部反映抗美援朝的电影《奇袭》,讲的是我志愿军侦察排深入敌后去炸美李敌军供应线上的咽喉康平桥,里面有句台词当时风靡大江南北,老少观众都会学着电影吼上那么一嗓子,那就是桥头岗楼上的敌人在探照灯的照射下,发现了我炸桥的侦察员,然后歇斯底里地高喊"桥下有人!"那天晚饭后,他和指导员到营房外散步,遇见一座生产桥,他突然想起那句电影台词,一时豪情大发,就扯着嗓子大吼一声"桥下有人!"炸雷一样的断喝后,就见桥下一农村女子提着裤子仓皇而逃,他的大嗓门把人家正解手的妇女给吓着了。

他姓张,分管县委和政府两个办公室的行政事务,平时一些群众上访、接待慰问这些事我们都推给他,他也不管累的、出力不讨好的,都乐此不疲从不计较。秘书和司机们私下叫他张大帅,我们这些同僚则称他"大帅哥",他亦欣然接受。他常对我们说:"我只是高小毕业,跟你们秀才不一样,脏活臭活都交给我,你们这些大笔杆子多给领导当好参谋出出思路。我给你们做好后勤。"

大帅哥有一缺点自己都清楚,就是喜欢仓促下结论,而事实上又常常出错,好在他并不执拗,别人纠正也不生气,只要是对的,他立马接受并更正。

大帅哥到退休年龄的那年春天,县里要组织乡镇和部门的领导到胶东地区学习参观,他主动请缨打前站,我和他带着一个秘书一辆车,开始了为期五天的胶东行。

第一站是潍坊的寿光,大帅哥曾在这里当兵十几年,海边、平原都留下过他的足迹,如今离开也有二十多年了。他不断慨叹变化太大了。已是团长、政委的两个老部下闻讯赶来,他俩抱着两鬓斑白的老连长嘴唇一撇居然哭了起来。兄之两眼也开始发红,但他硬是把泪水憋进眼眶,依然高声大气地训斥着老部下:"当兵的怎能随便流眼泪?都给我站好了。"两人赫然立正,给老连长恭恭敬敬地敬了一个标准的军礼。团长、政委提起当年兄爱兵如子、严格带兵的件件往事,我看到他的脸上溢出幸福和得意的表情。

文登的工业企业较发达，路上大帅哥对我和秘书说："那个地方发展工业的思路很清晰，注重产品品牌，他们开发的一款'黑虎'牌农用车在全国农机市场的占有率就很高嘛。"司机嘀咕道："哪有'黑虎'牌，是"黑豹"吧？"大帅哥呵斥道："放屁，豹子都是花斑的，你看到过黑豹吗？"然后转脸问我："你说说，豹子有黑色的吗？"我笑道："我也没看过老虎有黑色的。等会儿到厂里就知道了。"参观完他对司机说："你小子是对的。"然后又嘀咕道："红红火火的一个大企业，怎么不会起名字，豹子就是没有黑的嘛。"

到了威海环翠区，我们的参观重点是海岸景观设计和城市建设，大队人马晚上入住的宾馆叫"抱海"，我们把房间号和人头落实好，就到海边漫步。大帅哥在沙滩上指着海天一色的远方又发慨叹："山东老乡豪爽豪迈，但也会吹破天，就像刚才那宾馆，临海、面海、环海，叫什么都行，却偏偏搞个抱海，这海能抱？竹篮子打水都会一场空，两个手抱海，别说抱不过来，就是抱住了，也照样抱得一场空。"我和秘书不敢抬杠，只能附和着哈哈大笑。

荣成市和我们县关系密切了几十年，从1972年起，我们的"七二化工厂"所用的海带原料都是荣成供应，在海水养殖、海洋化工方面，两地互相支持配合，相互促进提高。近年我们和荣成不管是经济总量还是社会事业发展，差距拉大了。

荣成是我们此次的参观重点，市委办公室、政府办公室两个主任陪我们选典型，看现场，掏心掏肺把自己的发展经验无私向我们传授，最后来到全市重镇石岛镇，敲定了几个参观点和企业之后，他们就安排我们住宿在靠山临海的四星级石岛宾馆。

大帅哥的老毛病又犯了，他两手叉腰站在宾馆门口，面向涛声拍岸的蔚蓝大海对我说："看人家荣成，有思路，也有气派，一个镇子居然搞了这么一个高档宾馆，这背山面海的环境多好，特别是人家这朝向，正南直北的，方位正，风水好，住在这里就是舒服。我要是客商，能投能不投的，我都会投资到这里。"我正在怀疑自己是否迷糊转向了，荣成政府办公室的主任就笑着婉转纠正道："张主任，第一印象很重要，您可能转向了，这宾馆面向大海，门是朝东的。"

大帅哥摸了摸有些稀疏的秃顶讪笑道："噢，噢，对，对，这都下午六点了，太阳已在身后，是面朝东。不过门向朝阳，风水更好！"

烟台市下辖的长岛县是山东省唯一的海岛县，位于胶东半岛、辽东半岛之间，黄海和渤海的交汇处，由上百个岛屿组成，岛陆面积仅56.8平方公里，海域面积3541平方公里，海水养殖和海产品加工很发达。境内还有很多旅游景点，国家地质公园、庙岛古庙群、仙境源民俗风情公园、林海烽山国家森林公园、庙岛妈祖文化公园、北庄遗址等，规模都不大，但精致有内涵，美不胜收。

陪同和接待我们的是县委常委兼武装部政委，和大帅哥一交谈，原来都是一个部队的。军人的豪气也体现在酒桌上，连干三杯，他们叫"弄三炮"，但大帅哥真的不善饮酒，两杯下去就面红耳赤话语多了，站起身来说人家新兵蛋子有战斗力。我拽了拽他让他坐下，不能激动，他对我瞪了一眼："你老弟还不知我么？我是性中情人，老战友敬的酒能不喝吗？"大家哈哈大笑说老首长大帅哥幽默，把"性情中人"，改成"性中情人"，这酒场效果一下就出来了。只有我清楚，大帅哥真的不是搞幽默，他曾在酒场上把"笛子独奏"说成"独子笛奏"，"这么大个人连个话都不会说"说成"这么大个话连个人都不会说"。

我们的打前站工作做得很扎实有效，为大队人马的参观学习奠定了良好基础。回到家后，政府招待所所长为我们几个人接风。大帅哥如释重负："我们终于圆满完成了任务。"这时，服务员上了一道连汤带菜的砂锅，大帅哥拿起筷子很享受地吃起来，然后煞有介事地点评道："还是老家的菜好吃，在胶东整天都吃些大鱼大肉，哪有这个吃得舒服？特别是这道菜，小鸡炖粉皮。"服务员扑哧一笑："张主任，这是羊肉炖粉皮。"大帅哥眼一瞪："啊？我又错了？"然后笑了："是啊，真该退下来了。"

丹东，鲜血染红的东方热土

丹东作为中国万里海疆的起点（鸭绿江入海口）所在地，头上的光环实在是太多太多了，东北亚经济圈与环渤海、黄海经济圈的重要交汇点，一个以工业、商贸、港口、物流、旅游为主体的沿江、沿海、沿边城市，国家级边境合作区，全国沿边重点开发开放试验区，沿海开放城市，中国对朝贸易最大的口岸城市，国家特许经营赴朝旅游城市，亚洲唯一一个同时拥有边境口岸、机场、高铁、河港、海港、高速公路的城市，区域级流通节点城市，国家卫生城市，国家园林城市，中国优秀旅游城市，全国双拥模范城市……

但我每次到丹东，总会来到鸭绿江边中朝边境的断桥上，看着左侧百米另一座仍在运行的公路、铁路两用铁桥，想象着从1950年到1953年，135万英雄的中国人民志愿军随着"雄赳赳，气昂昂，跨过鸭绿江"的雄壮旋律，义无反顾地从这里走向异国他乡，560多万吨的军需物资也由此运往抗美援朝战场。战争结束后，却有近20万将士再也没能从此生还，这里就有毛岸英、邱少云、杨根思、罗盛教和黄继光。而丹东也有数万好儿女，牺牲在朝鲜战场和保卫这条生命供给线的后方前沿，每当想起这些，我都心潮澎湃，泪流两行。

丹东得名，应该是源于这场伟大的抗美援朝战争，铁血丹心铸道义，丹心赤忱保家国，这是一片英雄们用鲜血染红的东方热土。

所有的光环，都无法遮掩"英雄之城"这一伟大荣光。

然而，在1965年以前，丹东的名字叫安东。

安和宁，是中国人自古追求的一种生活状态和政治生态，平安是福，宁静致远，政通人和，长治久安。因此，疆域四极，中央帝都，统治者都乐于用安和宁命名，江宁、辽宁、西宁、东宁、南宁、淮安、长安、北安、安东、安阳、安庆，这些有吉庆祥兆的地名便青史留名。

"安东"一名源于唐总章元年（668年）设置的安东都护府，有使东疆安宁、安全并兼有安抚之意。

改朝换代，沧海桑田，安东都护府在历史的长河里仅为昙花一现，能留下的也仅为以其为名的辖区内的鸭绿江以西的土地和"薛礼征东"的评书故事。到清同治十五年（1876年），清政府设安东县。1937年（伪满洲国），安东正式设市，城市区域东起东坎子，西至安民山。此建制一直延续到新中国成立之后。

第四章：东海舟楫

作为兵家必争之地，安宁不是靠吉祥的良好愿望得来的。近代以来，安东几乎和关乎中华民族生死存亡的每一次战争都息息相关，甲午战争、日俄战争、抗日战争和抗美援朝战争，只有中国共产党和它领导的人民和军队，才能以战止战，长治久安。

我有一学生在大连海事大学任教，对辽东地区战略史颇有研究。前年秋天，他的长篇非虚构散文《血海泪江》出版，他邀请我去参加他的新书品赏会。会后，他驱车带我到丹东，他说："支撑我作品的骨架，大多都是在丹东。丹东，是我的精神故乡，老师来了，要请到家里看看。"

他把我径直拉到位于丹东市城东的鸭绿江畔的虎山。

虎山的山势并不巍峨，山两侧有两个并排的山峰耸立，远远看去，确像是机警的老虎竖起来的两只威风凛凛的耳朵。学生讲："早在汉代，这里就被作为王朝的东北疆大门。到了明朝成化年间，朝廷开始修建虎山长城并与山海关相连，在辽东绵延数百里。中学时期，我们的历史教科书一直认为万里长城的最东端是山海关老龙头，其实是在虎山。《明史·兵志》中记载：'终明之世，边防甚重，东起鸭绿，西至嘉峪。'然而长城再坚固，也怕腐败来掏蚀，明朝皇帝苦心孤诣构筑出的砖石堡垒自以为固若金汤，但最终也未能挡住后金大军的铁骑。虎山易手，变成了清军的边塞要冲。"

地处江海咽喉的虎山注定不会平静。1894年中日甲午战争爆发，日军攻下朝鲜义州后，渡过鸭绿江剑指虎山。虎山守军奋力抵抗，但孤守无援，最终虎山落入敌手。日军长驱直入，一举占领了九连城和安东县，在不到三天的时间里，清朝近3万重兵部署的鸭绿江防线全线崩溃，日军封锁了陆路交通，"龙兴之地"危在旦夕。

朝野震惊。1894年9月12日，北洋水师12艘主力战舰从威海出发，赶赴鸭绿江口的大东沟，护送陆军准备从此登陆。15日，北洋舰队与"以舰队决战夺取制海权"的日本联合舰队遭遇，腹背受敌，形势十分不利，但广大官兵同仇敌忾，越战越勇。提督丁汝昌身受重伤，仍坐在甲板指挥作战，"超勇"舰被敌炮击中，管带黄建勋和全舰官兵以死相拼，最后壮烈殉国。"致远"号官兵在管带邓世昌的指挥下，纵横海上，重创敌舰，中弹累累，受伤欹侧，炮弹打尽之时，恰与日寇主力舰"吉野"相遇，邓世昌对大副陈金揆道："倭舰专恃吉野，苟沉是船，则我军可以集事"，遂命舰向"吉野"撞击，无奈舰身中弹引发爆炸，最后沉没于大东沟，全舰官兵慷慨赴难。

邓世昌坠海后，随从刘忠跳入海中施救，邓世昌喝道："阖船俱没，义不独生。"随船义犬游至身边，以口衔臂，使之不沉，邓世昌衔泪按捺犬首，与之同沉于海，终年45岁。

大东沟海战历时5个多小时，北洋水师损失5艘战舰，死伤官兵约800人，日本舰队5舰遭重创，死伤239人。

我俩伫立虎山长城垛口，遥望东天，脚下的鸭绿江水奔流不息流入黄海，这条中朝之间的界江，发源于长白山天池，因江水颜色酷像鸭头上的绿绒毛而得名。远处入海口，殷红如火的海英草随萧瑟的秋风扶摇荡漾，仿佛是北洋水师先烈们的鲜血还在江海中不屈地激荡。

"弱国求安,焉能有安?"学生叹道,"1904年,日俄这两个境外的强盗竟在中国的土地上开辟战场,积贫积弱的清政府无奈地宣布中立,丹东九连城又成为日俄战争第一仗的主战场。战争以沙俄战败而告终,现在九连城的镇东山山顶,还耸立着一块高7米的日本碑,花岗岩砌筑,正面刻有'鸭绿江战绩'五个大字,背面刻有日军第一军司令官黑木写的纪念此次战役的碑文。这些战绩中,包括大量无辜中国人的血流成河。"

"只有抗美援朝战争,中国军民的鲜血才没有白流,我们赢得了胜利,赢得了和平。姑且不说朝鲜战场将士们惊天动地的惨烈,仅丹东军民保障军需供应线所做的巨大牺牲,在现代战争史上也极其罕见。"学生的眼中闪烁着泪光。

鸭绿江上的桥,没有一座是完好无损的,它们的桥墩框架,材质是丹东军民的铮铮硬骨,桥板铺筑的连接黏合,是前仆后继的滚烫血肉。

作为爱国主义教材的鸭绿江断桥,当年是志愿军和军需物资入朝的"铁血大动脉",美机先后出动一百多架次,倾泻上百吨炸弹,一次次的空袭受损,安东铁路分局的职工和驻军一次次地冒死修复。1950年11月8日,疯狂的美军集中多架次轰炸机轮番轰炸,终将大桥拦腰炸断,朝方一侧的八孔桥梁,全部沉入江中,我方剩下的四孔残桥,横梁弯曲,钢梁扭曲,钢板炸裂,桥梁之上弹孔密布。

残存在左侧100多米外的另一铁路桥更成了美军的眼中

钉，肉中刺，从 1950 年 10 月到 1951 年 8 月，敌机空袭这座大桥达 5391 架次，桥身越是靠近朝鲜方向，当年美机留下的弹孔越多。为了确保大桥的安全畅通，安东铁路分局职工和驻军部队，冒着敌机随时轰炸扫射的危险，拼死抢修大桥，有上百人的鲜血在大桥南北结痂。我防空部队击落敌机 22 架，击伤 75 架，使鸭绿江大桥成为炸不烂的钢铁运输线，为我军运送战争物资起到了重要作用。直到抗美援朝战争胜利后，大桥入口处被设置成了凯旋门，迎接从战场上胜利归来的英雄。

在距离丹东市 60 公里左右的河口村，还有一座断桥，它的建成时间比鸭绿江大桥还早一年。1950 年 10 月 19 日，中国人民志愿军总司令彭德怀元帅，乘坐着吉普车，只带着毛岸英和两名警卫员，从这座桥上奔赴抗美援朝战场。"万里赴戎机，关山度若飞"，"挥手自兹去，萧萧班马鸣"。1951 年 3 月 29 日，美军出动 30 余架飞机轮番轰炸，将这座连接中朝两岸的公路桥炸成了断桥。

我们来到位于振安区燕窝村的鸭绿江边，这里是省级文物保护单位"鸭绿江浮桥"遗址。静水深流的鸭绿江上，矗立着一排深褐色的木桩桥墩，60 多年的洪水冲刷，一个甲子的岁月风蚀，这上千根皮肉褪去、白骨森然的木桩，仍然稳立于江中，随着潮涨潮落，无声地带着人们走进那段战火纷飞的硝烟岁月。

这是一座木桩结构的列柱式铁路便桥。鉴于敌机不断对铁路主干桥梁的狂轰滥炸，为了保证志愿军增援部队渡江和运输作战物资，志愿军工程兵某部和安东铁路分局进行秘密勘测，选择了这段江面上有浅滩和小岛的地方，临时搭建一座木结构列柱铁路便桥，由东北军区工兵部队负责修建。工程于1951年1月1日动工，同年5月30日建成投入使用。铁路便桥共19座桥墩，由直径30至50厘米粗的圆木集群而成，每个桥墩用圆木111根，横排15根，纵排7根，左右各3根，每个桥墩下面由石块堆积加固，桥长500米，宽15米。铁路便线从金山湾站接轨，沿楼房、马家堡、套外村，紧贴东平大街山根经燕窝村过江，通过朝鲜五木里直达新义州。

学生说："一直以来，大家都误以为这些木桩桥墩就是浮桥，其实真正的浮桥遗址现在水底，浮桥建得很低，落潮时稍高出水面，涨潮时则没于水中，有较强的隐蔽性。整个战争期间，虽然也遭受过美国飞机的轰炸，但都得到及时修复。大批的增援部队和支前队伍以及物资多由此桥进入朝鲜前线，即使在江水漫桥时，也有大批的军人和民工从此过境。一个美国飞行员在战后回忆：'中国人太可怕了，他们能在水上健步如飞，让人不可思议。'人们所熟悉的《跨过鸭绿江》的历史照片，就是当时随军的战地记者在这一过江地点拍摄的。"

遗址岸边，新竖立起《送别亲人》两组雕塑，表达了当年丹东人民对最可爱的人无限敬仰的骨肉之情。据不完全统计，丹东人民共捐献东北币91亿元，献血58万毫升，腾出房屋2万余间，提供担架7300余副，大车4000余万台，出动民工27万余人次，收救朝鲜难民4200多人，难童18000多名。丹东人民将5万多子弟送向朝鲜战场，有2万多人献出了宝贵的生命。战火硝烟中，丹东卫生界全力做好救护和支援志愿军总医院医务工作。丹东市集中了全市最强的卫生力量，使志愿军伤员得到有效救治，大大减少了志愿军兵力的损失。为了彻底掌握制空权，丹东军民不舍昼夜，快速建成大孤山野战机场，有力地打击了美机的猖狂轰炸，我空军凌厉的攻势逐渐使美机处于被动地位，后勤补助线从此畅通无阻。

天下并不太平，和平需要实力保卫。目睹边境历史遗迹，感受丹东沧桑巨变，我更深切地感受到，落后就要挨打，强军才能安民，能战方能止战。

天下秦皇岛

在秦皇岛市北戴河区安一路九号，正对院门有座影壁墙似的大标牌，上面书有"中国作协北戴河创作之家"，为文坛泰斗巴金先生所题。小院占地九亩，长青松柏、核桃老树之下，有曲幽小径、喷泉流水，一座雅致小楼，几处餐堂书屋，到处文脉涌动，书香四溢。它是中国作家协会提供给会员们学习交流度假的地方，从正式挂牌接待那天起，已接待作家上万人次，其中有诗苑泰斗、文坛巨擘，也有如我辈默默无闻的基层作者。这里地处北戴河黄金地段，距离著名的老虎石海滨浴场步行也就几分钟。

2016年夏天，我有幸被推送去那里度假学习，结识了不少同道朋友，也真真切切地领略了秦皇岛的优美风光。

秦皇岛是一座历史悠久的文化古城。公元前215年，秦始皇东巡"碣石",刻《碣石门辞》,并派燕人卢生入海求仙,曾驻跸于此,成为全国唯一以皇帝帝号命名的城市。"大雨落幽燕,白浪滔天,秦皇岛外打鱼船。一片汪洋都不见,知向谁边?往事越千年,魏武挥鞭,东临碣石有遗篇。萧瑟秋风今又是,换了人间。"毛泽东主席的《浪淘沙·北戴河》又把它赋予崭新的诗篇。

秦皇岛之前虽也来过,但来去匆匆,没有此次深入。印象最深的是这里有很多的"天下第一"。

去"天下第一关"山海关,我们是组团去的,两辆大客车,拉着五十多位作家及家人,一下子让清晨游客不多的关隘城池热闹起来。

山海关未建之前,附近就有古长城的榆关、渝关、临渝关、临闾关。明朝洪武十四年(1381年),中山王徐达奉命修永平、界岭等关,他认为最东端的古渝关并非控扼之要,就在古渝关东六十里移建新关,因其北倚燕山,南连渤海,故得名山海关。

山海关城池实为一座小城,周长约4公里,城高14米,城墙厚7米。全城有四座主要城门,以威武雄壮的"天下第一关"箭楼为主体,辅以靖边楼、临闾楼、牧营楼、威远堂、瓮城、东罗城、西罗城等长城建筑,是一座防御体系比较完整的城关。

我们伫立城下,仰望城楼上这块举世闻名的"天下第一关"巨匾。它长约6米,宽超1.5米,这五个颜体正楷大字,虽无任何落款,但其笔力凝重,骨气遒健,气势豪壮,天下第一，名至实归。

　　登上城楼，极目远眺，万里长城宛如一条巨龙，穿过戈壁大漠，攀登贺兰山脉，翻越千里太行，自燕山而下，向渤海飞驰，在辽西走廊上拱起腰身，矗立起山海雄关，随之引颈向东蜿蜒入海，这入海的部分便是长城之首老龙头。它不仅是建造精巧的军事设施，也是万里长城唯一兼有关、山、海、色等诸多景观的绝佳之处。

　　老龙头地势高峻，明代蓟镇总兵戚继光在此建有"入海石城"，然最为著名的建筑当属有"长城连海水连天，人上飞楼百尺巅"之称的澄海楼。登斯楼也，则见"入海石城"吞吐海浪，激起飞涛如雪，东、南两侧，海天一色，横无际涯，巨浪奔涌，气吞海岳。清代数任帝王及文人墨客来此登楼观景，赋诗咏怀，以乾隆的"日光用华从太始，天容海色本澄清"楹联最为著名。

　　作为冷兵器时代的险要关隘，长城的御敌功能随着时代的变迁逐渐式微。"九一八事变"之后，国民革命军（东北军、西北军、中央军等）在长城的义院口、冷口、喜峰口、古北口等地，多次英勇抗击侵华日军的猖狂进攻。虽然据关守险，浴血奋战，但面对装备精良训练有素的日军，长城沿线仍然失守。

　　这座天下第一的山海雄关，与远在甘肃的嘉峪关东西呼应，构成了中华民族不屈脊梁的万里长城，长城，不仅是一个有形的世界七大奇迹之首，它更是一种精神和气节，这种精神包括团结统一、众志成城的爱国精神，坚韧不屈、自强不息的民族精神，守望和平、开放包容的时代精神。

在景区的孟姜女庙殿前，一副"天下第一奇联"让我们驻足长久，研读品评。此联十分奇妙，相传为明代著名书画家、戏剧家、诗人徐渭所创，上联是"海水朝朝朝朝朝朝落"；下联是"浮云长长长长长长长消"。这副楹联十分巧妙地利用中国汉字一字多音、一字多意的谐音通假特性，"朝"通"潮"，"长"通"涨"，进而形成了十八种读音。表面是根据海水潮涨潮落、流云常涨常消，来表明世界诸事万物皆为可变可迁，会有生生灭灭，具体到人和事，证明人世间也有不会改变的东西，那便是孟姜女对爱情的忠贞不会改变，孟姜女千里寻夫执着追求的精神长存。

敢为天下第一的精神一直渗透到秦皇岛人的血液里。作为旅游经济的发源地，它为中国的旅游事业发挥了巨大的滥觞和示范引导作用。

1896年，中国第一张旅游招贴画《仕女骑驴图》出自这里；

1898年，北戴河海滨在中国第一次被开辟为"各国人士避暑地"；

1917年，中国第一条旅游铁路专线——北戴河火车站至海滨铁路支线开通运营；

1921年，北京与北戴河之间的第一条旅游航线开通；

1925年，中国最早的导游书《北戴河海滨志略》问世；

1953年，北戴河第一次被选为中央暑期办公地；

1979年9月，全国首届旅游工作会议在北戴河召开；

第四章：东海舟楫

1982年，北戴河成为首批"国家级重点风景名胜区"；
……

争得这些第一，北戴河功不可没。而北戴河对岸的南戴河及与之相邻的昌黎区，在历史文化挖掘、自然景观开发、旅游经济发展方面，如今也厚积薄发，抖去陈积的烟尘，展现出后起之秀的风姿。

去南戴河和昌黎属于自由行，我和妻子早早自驾前往。我们从天马广场入海滨景区，重点游览了仙螺岛。之后便匆匆赶往昌黎。

在国家级5A景区石人山景区，我俩被高耸门前的"天下第一滑"招牌吸引。我们决定聊发少年狂，也去体验一把凌空飞腾、顺坡速滑的惊险与刺激。

"天下第一滑"实为人造石质滑道，全长2800米，借助山势的自然落差，依靠人体重力自然下滑。它自览胜台北下至白牛城口，盘旋曲折，分为六段，每段均在400米左右，滑道内槽用抛光花岗岩板铺贴，槽宽60厘米，扶手高40厘米，非常适合成人的体型特征，滑速可以自由调节，安全，舒适，刺激。我俩在工作人员的指导下乘坐滑道下行，既减轻了下山的疲劳，沿途还随心所欲或急或缓地观赏到二将军、聚景台、青龙背、西城将军、巨蛙峰、和合峰、北城门等著名景观。

秦皇岛，这座距北京最近的集山、海、关、森林、湿地于一体的滨海度假区，如今已成为举世公认的北方消夏避暑胜地，因其宜人气候、旖旎风光，而成为秦皇汉武、各国政要乃至共和国领袖们风云际会之所。近年的年旅游量达7000万人次，旅游年收入超千亿元。

秦皇岛的"天下第一"之多引起了很多人的共鸣。那天餐聚，安徽宿州作协的许兄说，他和夫人今天参观了民营文化观光园"圆梦园"，那里有一座"中国梦·天下第一碑"，采用纯铜制作而成，分为碑座、碑身、碑头三个部分，总高21米。青海的尼古拉老先生也去了昌黎，他去了"天下第一潟湖"七里海，那是南戴河新区南部沙丘带内侧的一个半封闭潟湖，为国内仅存的现代潟湖之一，在沿海湿地类型中具有较强的典型性和代表性。

长期从事民间文艺研究创作的高君来自本省张家口，他一直闷不作声在那儿倾听，此时幽幽说道："秦皇岛还有一'天下第一'，那就是'天下第一吹'。"大家都哈哈大笑，说为人要厚道，你不能说人家这些第一是吹出来的。

他急眼道："我可不是你们认为的那样。我说的第一吹是秦皇岛抚宁区的吹歌，这一传统民间艺术在冀东和东北三省久负盛名，吹歌乐曲异常丰富，传统曲牌分'大套曲''小套曲''杂牌曲'三大类，火爆，质朴，粗犷，把燕赵的慷慨悲歌演绎得淋漓尽致。抚宁区的吹歌艺术得到了较好的继承和发展，2006年1月就已在国务院立项，同年4月，中国民间文艺家协会正式命名秦皇岛市抚宁区为'中国吹歌之乡'，并在这个区成立'中国吹歌研究基地'。"

我们这才释然。高君的脸闪过一丝微红："作为河北人，我可能有些自卖自夸。但我还得补充一个,秦皇岛还有一'天下第一',昌黎的地秧歌'跑驴'号称'天下第一跑',被列入全国第一批非物质文化遗产。"

北大港，候鸟的屠场与天堂

2012年，我着手创作生态文学《致高天密林的精灵》，用诗歌的形式，通过拟人化来诗解一百只禽鸟和一百头野兽，凡200篇，每篇都由三个部分组成，即权威性科学诠释，艺术性诗歌解读，准确性彩图佐证。

我的创作设想和实践，得到了央视《动物世界》主持人赵忠祥老师的充分肯定和鼎力支持，除了亲笔为我题写书名，他还向我推荐了网名叫"花蝴蝶拍摄"的网友。该兄在摄影界以"打鸟"（拍摄鸟类）著名，我书中很多珍稀鸟类的图片都由他提供。当时我把选定的禽鸟名称发给他，他在微博中给我留言，他主要给我提供国内罕见的鸟类图片，其余建议我自己多拍一点，在秋冬之交的季节，到天津滨海湿地待几天，会有很大收获。

我深以为然。在立冬之后，便来到处在东亚－澳大利西亚候鸟迁徙路线咽喉地段的滨海新区北大港湿地。

天津市拥有153公里海岸线，上下滩涂浅海皆为淤泥质，海河、永定新河、潮白新河和蓟运河等近百条河流汇聚于此，流入渤海。入海口处，自然塘坑、人工鱼塘、大小水库、沼泽泥淖星罗棋布，形成了一片片规模巨大的滨海湿地。

滨海湿地地理条件特殊，湿地生态系统丰富多样。大量的浮游植物，既为海水带来了丰富的溶解氧，又养育了种类和数量繁多的底栖、浮游动物和盐生植物。此外，丰富的甲壳类、鱼类、两栖类、爬行类、鸟类和哺乳类生物密布于此，共同构成了滨海湿地结构复杂的食物网链。

在这中间，鸟类无疑是滨海湿地最引以为豪的瑰宝和骄傲。

滨海湿地的鸟类种类繁多，数量庞大，许多珍稀濒危物种在这里高频率出现，该区域常年记录到的鸟类就达数十万只，其中包括国家一级保护鸟类7种，国家二级保护鸟类31种，如白鹤、丹顶鹤、东方白鹳、黑鹳、遗鸥等。每年春季，多达4000余只的大小天鹅和数以万计的雁鸭类动物在滨海湿地停歇；进入夏季，以白额燕鸥、须浮鸥、黑嘴鸥为代表的鸥类，以黑翅长脚鹬、反嘴鹬、环颈鸻为代表的鸻鹬类，以斑嘴鸭、绿头鸭为代表的雁鸭类，以夜鹭、白鹭、牛背鹭为代表的鹭类等则在湿地繁殖；到了秋季，湿地又会迎来南迁的鸟群，包括数千只国家一级保护、世界濒危的东方白鹳；冬季来临，河口区域则成为成千上万只遗鸥的重要越冬地。

朋友孟超带着一拨家乡施工队在大港油田搞建筑,他派司机陪我,上车前叮嘱道:"你只管拍你的照片,别的不要过问。"司机跟我也很熟,见我不解,就解释说:"这里有很多毒鸟网鸟的本地人,他们横得很,招惹他们会挨揍。"

没走多远,我就发现一大奇观,有数千米长的大型钢管,沿着渤海湾被分割的海岸铺设。众多的管口对准被圈起的滨海湿地,像一门门昂首怒放的巨炮。伴随着海里大型吸泥船的轰鸣,褐色的泥浆从海底被抽出,沿着管道,被源源不断地喷射到指定区域里。司机说:"这是在吹填造地,然后经过排水和沉淀,这一大片湿地沧海就变成了平畴桑田,用不了多久,这里还会竖起高楼大厦。"而此时,一些东方白鹳、反嘴鹬、豆雁、银鸥等候鸟,正在这片即将消失的湿地中觅食,对自己的未来浑然不知。我诧异道:"湿地是城市之肾,是要保护的,湿地面积减少,这些鸟类以后怎么办?"司机笑着说:"鸟类?什么也没有赚大钱重要,操心多,烦恼就多。老板说了,你喜欢操闲心,有瘾。"

我笑着说:"他胡说,没听说操闲心还会上瘾的。"

摄影我是新手,只带来一部单反相机,连长焦距镜头都没有,但白鹳难得一见,我只好远距离对着正觅食的它们拍了一些,四周环境杂乱,画面效果不太好。司机说:"这个季节,里面的鸟多了,我带你进去,保管能拍到你满意的。"

我们弃车来到一个叫独流减河的湿地深处,发现不少四五米高的竹竿插在湿地边缘和水中,每根间距约有七八米,竹竿间挂有两三米高的白色丝网。司机说:"这是网鸟的,当地人叫天网,不管什么鸟,一不小心碰上,越想挣脱,网丝就纠缠得越紧,最后只有两条路,一是被捕鸟人活捉,再就是连气带伤活活疼死憋死。"

这些天网不是直线摆布,而是弯弯曲曲恍如迷魂阵,随着天网向草丛深处延伸,我不断看到一些挂在网上死去的鸟儿,有须浮鸥、黑翅长脚鹬、黑水鸡、美丽的翠鸟、小绣眼等,它们触网后,肯定有过奋力的抗争,有的羽毛脱落,有的羽翅折断,有的头颅被丝网绞断一半,血淋淋地挂在那里,惨烈的死状,看得我心都碎了。

这时,不远处的天网上,一只触网的猫头鹰,虽然奄奄一息到了它生命的最后一刻,仍然扑腾着做着最后的垂死挣扎。我跑上前去,小心翼翼地扯断束缚它全身的网丝,但它伤得太重了,它蜷缩在我的手中,渐渐老实得一动不动,黄中带黑的双眼一直圆睁着,直到死去也未能闭上。

网上还挂了很多或腐烂或风干的鸟尸,司机说:"前几天市里组织了一次大搜捕,一些捕鸟者被抓,这些死鸟可能他们没来得及收走。"我气呼呼地把那些竹竿踹倒,把一些网片扯烂。司机说:"别惹事,还有没抓尽的。"果然,我们没走多远,就有两个人怒气冲冲地看着我。司机和我装作漫不经心地走过,回头时,那些竹竿又被立了起来。

我们沿着幽僻的芦荡小径寻找我要拍摄的东方白鹳。这时,司机弯腰捡起几粒玉米:"看到了吧,这里芦苇茂密,不宜布网,他们就用药饵毒鸟。"还真是,前面草丛中有几只被毒死的鸥鸟。

"药不同的鸟,得用不同的诱饵。"司机说,"譬如野鸡,喜欢在林中出没,就用农药浸泡玉米粒,抛撒在林中小路边。水鸟分为食素和食荤两种。如果想药天鹅、大雁、野鸭,可以用玉米粒或谷粒当毒饵;尖嘴的水鸟,就用泡过药的小鱼小虾做诱饵。"

我感觉头皮发麻:"你小子不会也干过这个勾当的吧?业务怎么这样熟?"他脸一红:"我曾想过干这行,也了解一些这里的门道。你不知道,这里的鸟太多了,旺季你随便扔个砖头都能打掉一只。一只能卖200元,专门有人收,一天挣个几千块,玩儿似的,太有诱惑力了。"他说:"前面看到的张网靠工具的,多数是本地人,外面还有更专业的猎鸟者,他们沿着候鸟迁徙的路线一路投毒,什么季节,鸟在哪儿落脚,是什么种群,他们了如指掌,至于怎么投毒,是药死还是迷醉,他们有的是办法,再机灵警惕的鸟都逃不出他们的手心。"

"这些恶人如此猖獗,难道就没人来管?"我的火气头又上来了。

"怎么不管?又能怎么管?"司机感叹道,"整个天津湿地有3000多平方公里,就这滨海湿地就有1000多平方公里,管理人员和公安民警整天在里面跟猎鸟者打游击,茫茫湿地,深深芦荡,水陆都能走,到处能藏身,怎么抓?据说专业干这个行当的,就有近百人,还有像我们这样打着玩的、解馋的,防不胜防。再说了,也就是打个鸟,抓住了你又不能把他给毙了,罚点款拘留几天还得给放了。别的能怎样?"

我拍摄的兴致被这屠场的恐怖惨状和司机的话冲涤得一片索然。

司机理亏似的开着车往回走，再也不敢叨叨猎鸟的事了。

晚上，孟超把我带到滨海新区一家高档餐厅，他喊来餐厅经理，问有哪些珍稀的美味。经理小声说："也就孟总你来，有只白鹳，来时还没死，用网缠的，绝对不是下药毒的。"司机的脸色一变，忙对经理说："我们是奉公守法之人，从不吃那些玩意。"孟超马上接道："对对对，违法的事不能干，不吃那玩意。把菜单给我哥，看他喜欢吃什么。"我不想再待下去，我也照不出想要的东西。好在孟超闲来也喜欢捣鼓相机，他相机的内存中有不少我需要的禽鸟照片，特别是天鹅和白鹳，各种姿势造型，不同地域背景都有，还有一只火烈鸟，是这里的稀客，一般人是照不到的。我也算不虚此行。

《致高天密林的精灵》后由光明日报出版社出版发行，中国作家协会副主席叶辛先生欣然为之作序。此作以其文学性、科学性、趣味性、科普性得到广泛好评，尤其是里面那一张张栩栩如生的彩色图片，还吸引了众多小朋友的喜爱，当年被省委宣传部列入"农家书屋"必选书目。

我给孟超寄去几本，写上"良禽择木而栖，好人珍禽莫吃"，他笑着给我打电话："你瞎诌那句我懂了。从你走后，不仅我不再吃禽鸟野味了，我还跟弟兄们讲，谁要再去祸害禽鸟，卷铺盖给我滚蛋。"

2020年10月，我从沈阳经长深高速回家，快到天津滨海新区出口时，我打电话给孟超，问他还在大港不。他说在，正和新区禽鸟保护志愿者协会的王秘书长商讨研究迎接大规模候鸟来滨海湿地的食物补给和安全保护呢。

孟超一家如今都落户滨海新区，他还成为不知是哪一级的政协委员，税收贡献不小，如今又热衷于公益事业，令我十分感佩。

孟超亲自驾车带我去北大港湿地，他说："从2017年开始，天津市着手在滨海新区与中心城区间启动736平方公里的绿色生态屏障建设。与此同时，一系列更为宏大的生态项目也在同时展开，北大港、七里海、大黄堡、团泊4块总计875平方公里的湿地保护修复也已启动。如今的北大港湿地再也不是候鸟的屠场，已变成候鸟的天堂。"

天津市真的动了真格，加大了对北大港湿地的保护力度，湿地核心区实施了全封闭管理，专业巡护人员、辖区民警、志愿者流动值守，北大港湿地已建立"人防+技防"的野生动物保护模式，实现重点区域监测全覆盖。其中，重点点位都装有监控设施，包括道路监控摄像机、激光夜视仪、高清视频采集器和无人机飞行侦查等，湿地保护走向数字化管理轨道，能够实时掌握鸟类栖息及人为活动情况，坚决有效地打击了涉及野生动物的违法犯罪行为。

"捕鸟的天网不见了，保护野生动物的天网却编织得疏而不漏。"孟超有些自豪，他还列举了一组数字，这里彻底清退生产生活活动，共退渔11.6万亩，退耕1.3万亩，退苇12.4万亩，退企10家，退居24户。"这就让那些浑水摸鱼的人无处藏身，如今这里真的变成了无人区，常住居民基本都是禽鸟。"

北大港湿地自然保护区管理中心保护站的工作人员都认识孟超，他们对我说："要不是孟总，你是进不来的，就是专业摄影师和爱好者没有证件也不行。如今到这儿摄影的，再也没人说来'打鸟'的，不好听。"

我看了北大港湿地最新观测记录，目前北大港湿地的候鸟总量在20万只左右，上百只大雁先头部队近日已经抵达，东方白鹳、苍鹭、白琵鹭等也陆续聚集，预计本月底，北大港湿地将迎来候鸟迁徙高峰期，估计总数要超过35万只。由于大量人工鱼塘被清理，候鸟饵料相对短缺，保护区除了加大对野生动物的保护力度，还要在湿地人工投放饲料。孟超的公司五天前斥资20余万元，购买了数十吨鲫鱼苗和玉米对候鸟进行投喂。

北大港湿地又到了一年中最热闹的时节，东方白鹳、白天鹅、黑天鹅、白琵鹭、黑脸琵鹭、鸿雁、遗鸥这些珍禽异鸟，在这天堂驿站，时而歇脚觅食，时而翩跹起舞，于阵阵鸟鸣中，远远望去，海英草已是一片火红，与金黄的芦苇交相辉映，随风摇曳，一幅融合了生命与自然之美的生态画卷在这里徐徐展开。

日神的故乡成山头

旅游的要义在观赏风景。

风景是由光对物的反映所显露出来的一种景象,犹言风光或景物、景色等。

我们常片面地把风景局限在高山大川、荒漠森林、椰风海浪、雪原极地、鸟语花香这些未受人类影响的自然景观,其实风景还包含着反映特定区域独特的文化内涵,特别是出于社会、文化、宗教上的要求,并受环境影响与环境共同构成的独特的人文景观,譬如神话传说、历史文化、摩崖石刻、文物古迹、宗教圣地、民族风情、古代建筑等。

如果是自然景观和人文景观能够有机结合于一体的风景,那风景就不仅是靓丽,简直就是辉煌。

山东半岛最东端的荣成市海边,有一座三面环海、占地面积仅 2.5 平方公里的山头，群峰苍翠连绵，大海壮阔辽远，文化底蕴深厚，连中国古代最威风霸气的君主秦皇汉武都不约而同去做同一件事，到那里观日出，拜日神。窃以为，这里就非常符合风景的辉煌标准。

这个地方就是国家 4A 级景区成山头，又名"天尽头"，它地处东经 122°42'，比台湾东海岸还远 68 分，是中国海岸线最早看到日出的地方，距南北国际主航道仅 5 海里，与韩国隔海相望，仅距 94 海里。2004 年入选国家地理名片，2005 年被《中国国家地理》评为"中国最美的八大海岸"之一，与海南三亚的亚龙湾、台湾基隆的野柳一起名列三甲，2011 年被国务院批准为首批国家级海洋公园。

成山头，是日神的故乡。

日神，即太阳神，中外传统神话中都有提及。古希腊神话中的太阳神是赫利俄斯，传说他每日乘着四匹火马所拉的日辇，在天空中驰骋，从东至西，晨出晚没，让光明普照世界。在后世神话中，他与光明神阿波罗逐渐混为一体；而中国的太阳神，在传统神话、原始信仰、民间传说和宗教膜拜中却有数位，他们分别是：帝俊、炎帝神农氏、羲和、日主、东君、太阳星君等。

成山头的日神，就是"日主"，为姜太公子牙"封神"所赐。司马迁《史记·封禅书》记："八神将自古而有之，或曰太公以来作之。齐所以为齐，以天齐也。其祀绝莫知起时。八神：一曰天主，祠天齐。天齐渊水，居临菑南郊山下者。二曰地主，祠泰山梁父。盖天好阴，祠之必于高山之下，小山之上……三曰兵主，祠蚩尤。蚩尤在东平陆监乡，齐之西境也。四曰阴主，祠三山。五曰阳主，祠之罘。六曰月主，祠之莱山。皆在齐北，并勃海。七曰日主，祠成山。成山斗入海，最居齐东北隅，以迎日出云。八曰四时主，祠琅邪。琅邪在齐东方，盖岁之所始。"

姜子牙，姜姓，吕氏，名尚，字子牙，商末周初著名的政治家、军事家、周朝开国元勋。作为西周重臣，齐国的开创者，历史上的姜子牙确实有过"封神"之举，他借此建立了齐国八神的信仰体系，以此凝心聚力，使齐国在诸侯列国中脱颖而出。

齐地八神带有浓厚的原始自然崇拜色彩，八神中除兵主蚩尤外，其他七神皆为自然神。齐地自古属东夷地区，并非属某个单一民族，而是多支族群并存，且地形复杂，原始图腾崇拜丰富而多元，多神崇拜并存。姜太公于周初被封于齐地建立齐国，面对这种多元文化并存的背景，他采取了务实的治国策略，借助东夷之地的原始信仰传统，"因其俗"地建立起齐地八神的信仰体系，百花齐放而非一神独尊，各取所需，绝不厚此薄彼，很快就收拢了民心，使齐国境内政通人和，百业俱兴，为齐国位居"春秋五霸"、进入"战国七雄"奠定了雄厚的政治、经济、军事和外交基础。

建立齐地八神这一信仰体系，体现了姜太公宏大的治国视野，因为八神的分布不只限于最初的齐国封地之内，还覆盖了多个东夷国统治下的胶东半岛乃至更南地区，建立共同的信仰体系有利于日后的对外拓展，有利于吸纳民心。在八神体系当中，八神主中的日主、月主、阳主、阴主皆祠于胶东半岛，其中日主（太阳神）祠成山，因"成山斗（通"陡"）入海，最居齐东北隅，以迎日出云"。以正常的逻辑来考虑，如果祭祀日主，肯定以最早见到太阳升起的地方为最佳，成山位于山东半岛最东端，自然是地理上的不二之选。

成山最早的祭日仪式当为朝儛。《齐宣王见孟子于雪宫》："昔者齐景公问于晏子，曰：'吾欲观于转附、朝儛，遵海而南，放于琅邪，吾何修而可以比于先王观也？'"《孟子正义》释曰："朝儛，乃朝日乐舞之意。古人认为，成山所临东海是太阳之所在。当太阳每天从东海升起的时候，普辉之下成山的风光奇美，于是高兴地披彩作舞。"《山东通志》解释："朝日乐舞乃是古代礼日祭奠中的仪式。朝日在古代是指天子行祭日之礼。"《周礼·天官·掌次》："朝日，祀五帝，则张大次小次，设重帟重案。"郑玄注："朝日，春分拜日於东门之外。"《礼记·玉藻》："玄端而朝日于东门之外，听朔于南门之外。"《汉书·郊祀志》："十一月辛巳朔旦冬至，昒爽，天子始郊拜泰一，朝朝日，夕夕月，则揖。"颜师古注："以朝旦拜日为朝。"这里面的朝日，均是指举行祭日之礼的意思。显然，朝日乐舞的正确解释是指包括音乐、舞蹈在内的繁复正式的祭日仪式，至于朝日之礼的具体内容，《周礼·春官·大司乐》有记载："乃奏黃钟，歌大吕，舞云门，以祀天神。"

由此推断，自姜子牙开始封日主，祭祀日神，整个春秋战国时期，成山头就已经出现了十分隆重的祭日活动，这比秦皇汉武到成山礼日还早数百年，也许秦皇也是闻朝舞之音而来。

朝儛由朝日乐舞而来，而朝日乐舞又是一套复杂的祭日仪式，这仪式影响极其深远，汉武帝尚未即位时，司马相如的《子虚赋》已横空出世，其中有"观乎成山"。

"且齐东陼钜海，南有琅邪；观乎成山，射乎之罘；浮勃澥，游孟诸；邪与肃慎为邻，右以汤谷为界。秋田乎青丘，彷徨乎海外。"

"观乎成山"观什么呢？自然是观乎日出沧海之美，这亦成为成山由古至今的最大特色。

成山并不是巍峨高山，却屡屡出现在《晏子春秋》《孟子》《子虚赋》《史记》《汉书》等诸多古籍中，出现在姜太公、齐桓公、秦始皇、汉武帝、汉宣帝等千古雄才的视野里，出现在李白、杜甫、李贺、李商隐、刘长卿、苏轼等历代诗人的作品中。

2018年春末夏初的傍晚，我们从威海赶到荣成，在离成山头景区不远的荣泰宾馆住下，准备第二天一早看日出。

次日清晨，我们比日出时间提前了半个多小时来到景区门口。进入东天门，首先映入眼帘的是展现秦始皇东巡时壮观场景的大型雕塑。一代明帝，面向东方，擎香拜日，何其庄重肃然。北侧山坡上有一古庙，是由秦始皇行宫改建的"始皇庙"，始皇庙前殿是日主祠，为公元前94年汉武帝来成山头礼拜日主时建造，后殿是始皇殿。海风天雨，最早的庙宇废斋不存，眼前的为清朝道光元年（1821年）所建。

始皇庙东有一狭窄小径，十步九折。拾级而上，峰巅有一座望海亭。坐亭观海，心神俱阔。亭东南有一块"秦代立石"残碑。秦始皇于公元前219年第一次来"礼祀名山"时，命李斯手书"天尽头秦东门"六个大字，勒石成碑。清雍正《文登县志》载："秦始皇东游成山，有相斯篆秦东门天尽头、狱讼公所诸石刻……"始皇浩荡天威，把这里纳入版图后，竟莞尔称其为秦东门。迢迢帝都咸阳，遥遥千山万水，治大国若烹小鲜，将四海八荒的华夏疆域当作自家小院，不经意地把个东门放在这里，其豪放牛气，除秦始皇还有何人能之？

《史记·秦始皇本纪》中有两段关于秦始皇巡游齐地的记载：

"二十八年，始皇东行郡县，……于是乃并勃海以东，过黄、腄，穷成山，登之罘，立石颂秦德焉而去。"

"三十七年十月癸丑，始皇出游。……自琅邪北至荣成山，弗见。至之罘，见巨鱼，射杀一鱼。遂并海西。"

秦始皇两次东巡成山头，对这里产生的影响巨大而深远，荣成县名也因此得之。清雍正十二年（1734年），河东总督王士俊以"文登幅员辽阔，殊难管辖"为由，奏请裁卫设县，次年二月建议认准，雍正以"始皇尝射大鱼于荣成山，山在邑境内，故命名因之"，遂称新设县为荣成县。

走入天尽头的路径，步步陈列着威严，秦兵俑者从长安俑窟迢迢而来，都是因了始皇驾游。那一座座汉白玉雕饰的石像，世尘微微，有暗黄滋生。骏马奔腾，始皇端坐，皇权车轮沉重碾过，隆隆回响在历史的天空。

在秦始皇东巡成山后一百多年，成山又迎来了另一位风云大帝——汉武帝刘彻。据《史记·孝武本纪》《汉书·武帝纪》等古籍记载，汉武帝多次前往成山礼日。有意思的是，关于汉武帝的成山之行，除了可以在各种古代史志作品中找到相关记载，《汉书·礼乐志》还载汉武帝"太始三年（前94年），行幸东海，获赤雁作《象载瑜》"。

《象载瑜》为三言体，共十二句，诗句用词生僻，佶屈聱牙，至今无法全文解读，但是据此诗可以初步推断，成山附近海岸为胶东地区各种鸟类的主要栖息地，因而捕获赤雁之地在荣成无疑。

象载瑜

象载瑜，白集西，食甘露，饮荣泉。
赤雁集，六纷员，殊翁杂，五采文。
神所见，施祉福，登蓬莱，结无极。

汉武帝东巡途中除有作《象载瑜》，在礼日成山时还有作《日出入》。彼时，武帝站在三面环海的成山海岸，面对日神出入变化，春夏秋冬周而复始，感到生命之短暂而荣乐之有限，进而祈愿日神赐福，保佑自己能像日神一样乘龙御天，泛游四海。

日出入

日出入安穷,时世不与人同。
故春非我春,夏非我夏,
秋非我秋,冬非我冬。
泊如四海之池,遍观是邪谓何?
吾知所乐,独乐六龙。
六龙之调,使我心若。
……

来时晨曦明媚,此时有白雾丝丝从海中漫溢,听当地朋友介绍,成山头附近海域,每年有二百多天短时处于云雾缭绕之中,但除了阴雨天气,这并不影响临顶观日。惶惶中,我们盯着时针看着东方,海雾在空中升腾变幻,有的似蛟龙出海,有的像天马行空。渐渐海雾变白,变轻,变稀,最后一缕缕扶摇升空,脚下的海水拍岸之声仿佛也更加的清晰悦耳,顿时天光大亮,海中碧波在薄雾中荡漾,在大海的缥缈尽头,有一片红黄相间带着金边的水域尤其耀眼。我们目不转睛地盯住那里,发现水光越发的彤红,平缓的海面像是有潜物鼓出。刹那间,海水被顶出一个窟窿,一个宁馨儿半个头颅一样的红日滴着水滴露出海面,它的身子深藏在水中,跃出好像有些吃力,只是慢慢地,借助着碧海微澜和轻扬薄雾的涌动而摇晃上升,等到大半个身子露出海面,海水仍在依依不舍地撕扯着它,最后只剩下那凝聚底部的巨大一滴,但还是没能拉住它朝气蓬勃地向上升腾,那水滴只好"咚"

的一声，无奈地滴落海中，一轮耀眼的红日终于喷薄而出。

我终于领略到古人称成山头的日出为"朝舞"的意境，确实，这里的风光之美，连初升的太阳也乐于为之舞蹈，这可能与海雾密切相关，在轻雾中看日出，雾腾日动，真有点"太阳神旋舞"的美妙奇观。

"千山红树万山云，把酒相看日又曛"，我们登高临海风，把酒敬日神，祈愿太阳的光辉，永远普照万物，尤其是我们这些活着的人。

神话和现实的秦山岛

去过国内外很多知名而美丽的海岛，但最萦绕我心的还是故乡的秦山岛。

秦山岛在我的老家江苏省连云港市赣榆区东面15公里的海上。儿时海边没有建筑，也没雾霾，在春秋天高气爽的下午，我们在割青拾草的田野中就能远远地看到它，它的大头在东边，中间也鼓了个山包，有一根弯曲甩向正西的尾巴，在碧蓝的海面上，像一个浮在水上的蝌蚪。我们都叫它"奶奶山"。

岛虽然离岸不远，对我们来说却十分神秘，因为没有几个人能够上岛，只知道那里驻着解放军，防美蒋反攻大陆的。我们会在麦田草地中捡到空中飘来的反动标语，也有糖果之类好吃好玩的东西，开始我们都上交给学校或大队民兵。时间长了，我们就把花花绿绿的标语叠成纸牌玩具，好吃的都给抢去打馋虫了。

参加工作后，我居然到奶奶山所在的城东乡工作，那时部队早已撤防，留下两排营房和防空洞交给县武装部代管，武装部就委托给乡里，别让房屋破损倒塌，渔民上岛别破坏山林绿化。地图上、文件上标的都是"秦山岛"，老百姓多数还叫"奶奶山"。

管理挺难的。周围五六个沿海乡镇的渔民都会上岛，有的在上面休渔晒网，有的在上面住着秧海带、养紫菜，也有张大网的小舢板把腥鱼烂虾摊在岛上晾晒，垃圾、粪便到处都是，春夏秋三季，天天蚊子苍蝇满天飞，腥臭味扑鼻。就是冬天，也有一些砸海蛎子的女人因潮水或行船不便赖在那里过夜，天冷没住处就会钻进养殖户或者船夫的窝棚里，闹出不少治安案件和桃色新闻来，边防派出所的几个武警官兵接到报案都头疼，毕竟孤悬海里，去一趟不容易。

乡里和县水产局成立联合工作组上岛，我也随着上去两趟。小岛东西也就二里地，南北约200米，不到0.2平方公里。上面有不少碎旧的砖瓦，草丛中有不知倒塌多少年的烂屋基。"海办"主任老万从小长在海边还上过船，对岛烂熟，就说这里原来是奶奶庙。我就问起这岛为什么叫奶奶山。

老万笑了："这岛近几年突然香起来了，外地的、本地的文化人越来越多，他们说之所以叫秦山岛，是因为徐福陪秦始皇东巡到过这里，说还有一块'李斯碑'可能沉到附近海里,叫我们派人打捞,他们给工钱。至于为啥叫奶奶山,他们说东大头和中间的山包像女人的两个乳子,这就扯淡了。"

我笑着问那你怎么解释呢?这时潮水已经退到最底线,岛西面那条蝌蚪尾巴全都露出来,远远看去有五六里路。那就是传说中的神路。老万说到上面看看,那里风大,苍蝇还少些。

关于神路,这些年有不少文章出笼,说秦始皇来到海边准备登岛,无奈船只迟到,他一怒之下,挥舞马鞭,鞭石成桥。其实呢,这座岛原来挺大的,部队驻守时还有环岛公路跑汽车呢,海水侵蚀冲刷严重,环岛的潮流将砾石质岛岸侵蚀剥离后,经海水作用聚成了这道石坝一样的石路,潮复一潮的海水冲刷,磨砺,使七彩缤纷的秦山砾石堆蚀成一条蜿蜒绵长的海水潜径,洁白的萤石、染红的鸡血石、青艳的石英绿,还有橙黄、黑灰、紫蓝等等,组成了一条彩色神路。

我们边走边聊,偶尔还能捡到造型奇特、颜色瑰丽的奇石。老万说:"其实这条神路和奶奶山的名称由来是有关系的。小时候听大人讲,西王母奶奶到海边,一些渔民跟她诉苦,说东海龙王常会欺负他们,他们告状无门,天庭里的玉帝根本不知道。王母奶奶就对玉帝讲,我要造座通天塔,让老百姓有事好上天找你。玉帝不高兴,又不好回绝,就给她一夜时间,天亮前造不好就得把塔推倒。王母奶奶就调来众神连夜造塔,眼看就到了天庭,玉帝慌了,就派二郎神下凡,装成公鸡打鸣,顿时左右几十里的公鸡跟着啼鸣。王母奶奶以为天亮了,无奈之下只好推倒没竣工的通天塔,倒下的石块就是这条神路。老百姓为了念王母奶奶的好,在岛上建庙祭祀,把这座岛叫奶奶山。"

因为神话传说而得名,比起那些学究因形而臆想的要靠谱。至于鞭石成桥,山东的烟台、威海、青岛一带,凡是有此地质现象的,都用秦始皇来说事,他们言之凿凿,引用《艺文类聚》卷七十九引《三齐略记》:"始皇作石桥,欲过海观日出处。于时有神人,能驱石下海,城阳一山石,尽起立,嶷嶷东倾,状似相随而去。云石去不速,神人辄鞭之,尽流血,石莫不悉赤。至今犹尔。"此处再乱搜传说或野史散记来跟秦始皇搭嘎,就会有拾人牙慧、狗尾续貂之嫌。

据说有人在海州的将军崖岩画上得到破译,说是上古少昊时期西王母常常来此与东华帝君(木公)、瀛洲九老、蓬莱三星相会,谈论阴阳造化、世间祸福之理,并在秦山岛上亲建通天塔,与众神由此登天,当时海州先民感神灵庇佑,于是就在将军崖岩画中将此事刻画记录了下来,而海州湾也因受仙家灵气滋养而鱼虾成群,物产丰饶。

这和老万所讲还有一些契合。

通过规范整治,秦山岛四周一些开裂土石得到修葺巩固,不少地方还用钢筋水泥构件条石进行护坡加固,还栽植了大量黑松、朴树、枫杨等乡土树种,山上又现林密草深、幽僻清新的雅境,"奶奶庙""李斯碑""徐福井"被复制,一些雕塑石刻也于草丛树荫下隐约可见。天然独立巨石"大将军"傲立海中威风凛凛,东部临海岩体怪石嶙峋,石罅众多,随着潮水的大小和海浪急缓的冲击,这些石罅会发出或叮咚悦

第四章：东海舟楫

耳的琴声，或令人毛骨悚然的女人怪笑声。

秦山岛周围的海域海州湾，四季分明，海水肥沃，是优质鱼虾的繁衍生长地，尤其适应紫菜、海带的生长。日本一家紫菜企业多次前来考察洽谈，终于在岸上的下口村成立了一家中日合资企业——连云港秦山岛紫菜有限公司。

日方代表是一个叫义光的名古屋男人，跟我同龄，为人谦和，老百姓喊他"鬼子"，他也答应。接触时间一长，他也会和我开一些无伤大雅的玩笑。有一次我去公司，他正对养殖户发脾气，说紫菜质量有问题。

我也想到海上的养殖现场看看，就邀请义光一起去。他顿时慌张起来，忙摇头直呼"我不去，我不去"，不像是开玩笑的样子。我让翻译小盛问他怎么了，小盛告诉我，义光说秦山岛上有鬼。

他才是"鬼子"呢！我也没和他深究，就不高兴地走了。

没过多长时间，义光又带着翻译小盛到我的办公室找我，他面带歉意，说那天怠慢我了，说话可能伤了我们的感情。

我跟他开玩笑，我可不像你那样迷信，我是无神论者。

义光的脸上一红，对小盛"以哩哇啦"说了一通，根本不让小盛插嘴翻译，最后站起身对我鞠了一躬。

小盛见我一头雾水，就笑着对我说，那天义光就跟他解释了，刚才说得更具体。义光说他的爷爷曾是侵华日军，在连云港地区有两三年，对秦山岛一带很熟悉，就连发生在秦山岛海域的那场海上遭遇战他都参加过，差点让新四军给打死。

行者有疆

　　我心中一凛,那次遭遇战发生在 1943 年 3 月 17 日拂晓,新四军团以上干部、战士共 51 人赴延安学习,途经秦山岛附近海面时,与日军巡逻艇遭遇,新四军的将士们用手榴弹和驳壳枪打退了敌人一次又一次进攻,从凌晨一直坚持到黄昏。在这场战斗中,新四军三师参谋长彭雄、八旅旅长田守尧等 16 名中高级军官光荣殉国。如今,他们的忠骨还长眠在赣榆区抗日山烈士陵园中。

　　我长吁一口气,逝者已去,未来已来,那场日本军国主义发动的反人类战争,给中日两国人民都带来深深的伤害。我理解了义光对秦山岛的恐惧,那是他爷爷留给他的忏悔和敬畏。

　　也不全是因为这次遭遇战。小盛接着说,那次遭遇战之后,八路军加强了对秦山岛附近海面的武装控制,有个海防营在海面上对日军巡逻艇展开过三次激战,都大获全胜。驻扎在秦山岛上的十几个日伪军也被迫撤离。连云港的日军舰船再也不敢轻易踏入秦山岛附近的赣榆海面。

　　1944 年入夏以来,关于盟军可能在连云港附近登陆的消息在日军中不胫而走。这个介于日照和连云港之间的小岛的军事价值又凸显出来。

　　这年夏天的一个炎热的夜晚,驻守在连云港船坞中的一艘登陆艇装载着二十多名日军陆战队员和辎重给养悄悄起航。他们准备重返秦山岛,在那里安营扎寨,作为窥视盟军登陆的一个瞭望哨和阻击点。

　　义光的爷爷也在其中。

第四章：东海舟楫

夜黑漆漆的，海面上闷热潮湿，只有高远的天上眨动着几颗似要流泪的星星。日军舰长命令熄灭灯光，悄然前行，他目不转睛地盯着秦山岛方向，唯恐与海防营不期遭遇。

秦山岛的黑影已隐约可见，四周仍然静悄悄地沉寂，只有涌动的浪花翻着粼粼的波光。

突然，在秦山岛的东面，有一片明亮的火光直向登陆艇涌来。日军舰长大吃一惊，难道盟军提前行动了？他赶紧命令打开探照灯准备迎敌。但探照灯一亮，海面上的光亮顿时熄灭。

舰长以为这又是海防营搞的迷惑人的土把戏，就命令关掉灯光，继续前行。

然而灯光一灭，海面上的光亮又耀眼地向其冲来。舰长大惊，下令向光亮处开炮射击。霎时，日舰的所有火炮同时发射，海面上溅起十几米的水柱，就见腾起的水柱通体发亮，好像一个高大的女仙站立在夜晚的海水上。这时，秦山岛上又传来了一阵阵"嘎嘎"尖厉的女人怪笑声。

炮弹的一次次轰炸，那亮闪闪的女仙现形的次数就一次次增加，女人的怪笑声也一次次的更加凄厉恐怖。

笃信佛教的日军恐惧了，这是王母奶奶显身警告他们的多行不义。舰长率领所有士兵齐刷刷地跪倒在甲板上，"王母奶奶，我们不敢了"。之后就掉转船头，仓皇逃回连云港。

小盛活灵活现的讲述不知义光听懂了多少，他面带惊悚，对着我一个劲地点头，我也不知其中的真伪几何。

我曾就此事请教过一位海洋渔业专家，他笑着说："这很有可能。发亮的东西其实是一种生活在海州湾里的含磷的低级浮游生物。盛夏时,由于海水中的生物腐烂增多而得到充足的营养,所以它们就得以很快地繁殖起来,并在风平浪静的海湾附近集结。白天很难见到光亮,夜晚则会集群发出荧光闪烁在海面上。炮火激起的水柱很像人形,在荧光的照耀下很容易使人产生视觉上的错觉。舟山群岛附近,特别是普陀山的夏夜佛光,大多都是由此产生。至于女人的怪笑声,那是炮火激起的浪花冲击了岛下的石罅而产生的声音。"

> 秦人驱石处,此日漫临流。
> 万派鳞鳞涌,千帆叶叶浮。
> 天连三岛苑,日浴五云球。
> 怆目烟波际,人生并水鸥。

不管秦始皇来过与否,也遑论徐福是不是赣榆人,老百姓关心的是他们有没有为臣民桑梓做过有益的事。这首《海上》诗的作者叫樊兆程,江西进贤县人,明万历十四年(1586年)由举人知赣榆县,据说他多次登岛,他缮城兴学,整治赋役,浚近海支河,潮不上侵,得良田千顷,主修《赣榆县志》。至其去职,县人感而立"去思碑",后又建贤侯遗爱祠以祭祀。比起秦始皇云游四海,到处刻石勒碑以期青史留名,樊兆程所为,要亲民实惠得多。

"北上海"的麋鹿群

"北上海"不是上海北部的泛称，它是一块飞地，面积300多平方公里，在距离上海380公里外的江苏省盐城市大丰区，是隶属上海市的三个农场，即上海农场、海丰农场和川东农场。这里的居民手握上海静安区或宝山区户口，孩子可以参加上海高考，他们享受着上海市民同等的待遇。"北上海"是上海市粮食生产基地和规模化畜禽生产基地。

2015年9月20日，我受著名诗人姜桦兄邀请，赴大丰参加盐城广播电台"经典弦乐调频"组织的"浠沧月·湖畔诵读"黄海野鹿荡中秋诗歌朗诵会。会前茶聚，一条废弃的木制大船改造成的茶室横楣上，赫然书写着"北上海作家村"，孤陋寡闻如我者遂对"北上海"产生浓郁的兴趣，开始刨根问底细究之。

在座的几位盐城籍作家来了兴致,他们说,盐城女作家张晓惠对这个选题很有研究,她憋了一个大招,据说长篇纪实文学《北上海》近日就要出版问世,在江苏文坛肯定会引起轰动。

新中国成立初期,败退出大陆的国民党空军对上海实施不间断的饱和轰炸,60多万流离失所没有正当职业的战争游民,困扰着新生的人民政权。这其中,有从旧上海四马路来的乞丐、流氓,有国民党败退前从提篮桥监狱被放出的各类监犯,有长期流浪街头的"三毛"和孤儿院的孤儿,有从石库门、百乐门、十六铺出来的歌女、娼妓、小开……如何安置、改造他们,让他们成为自食其力、有益于社会的正常公民,也成为共产党能否站稳上海、建设上海的试金石。时任上海市市长的陈毅把目光投向了他曾长期驰骋杀敌的老根据地苏北盐城,在当时叫台北县(今大丰区)一望无际的黄海滩涂上,画出一片"飞地",建设横空出世的"北上海"。组织6万游民到那里垦荒改造,既为他们找到一个谋生的新职业,又为缺粮油、缺蔬菜、缺肉蛋、缺棉花的上海提供生活补给。

1950年3月18日,第一批上海垦荒者来到四岔河。茫茫海滩,河汊纵横,盐碱地上,除了稀疏的柽柳,就是咸涩的盐蒿和叶如利剑的芦苇,没有道路,没有淡水,吃住条件一片空白。来自上海市民政局、公安局的领导,大都是一些参加过长征,经历了八年抗战和三年解放战争的老革命,他们带头修路,挖井,垒坯筑墙,割芦苇苫房。热情的大丰人送粮送草送建筑材料，倾全县之力使他们尽快安顿并投入改天换地的创造中。同样，上海人的大城市理念、大城市手艺、大城市创造力、大城市生活方式，也潜移默化地影响了这里的乡风民俗和文化气质。随着一批批垦荒者的涌入，农场的建设轰轰烈烈，卓有成效。垦荒者们在这里与芦苇、荆棘、海鸟同生共栖，与苦难与命运抗争拼搏，泪水伴着欢笑，绝望中萌生出希望。束束金阳透过漫漫芦苇，洒在黄海滩头，绽放出丰收与喜悦。短短几年时间，昔日的盐碱滩变成了米粮仓，河汊成了养鱼塘，成行的绿树随风摇曳，棉花雪白咧嘴绽放。当年的《解放日报》报道："组织游民到苏北垦荒，是建设新上海的六大任务之一。这一工作取得了丰硕成果。"

18年后，又一批上海人来到这里，他们是响应毛主席号召上山下乡的知识青年，这里成了六万知青大军的第二故乡，之后不久，又有2万新疆的上海知青来到这里，参与农场建设。一个"城市里的农村，农村里的城市"的"北上海"从此成为城乡一体化建设的国家样板。黄海野鹿荡的管理者马连义先生是来自上海的老知青，也是上海知青纪念馆的创始人，退休前任大丰市委宣传部副部长。他介绍，如今"北上海"农场粮食年产量20万吨，占上海粮食最低保有量的20%；生猪养殖规模100万头，占上海生猪最低保有量的40%；奶牛养殖规模2.5万头，占上海奶牛存栏量的38.33%，年产鲜奶13万吨，占上海鲜奶最低保有量的50%；拥有水产基地8万亩，占上海养殖水面总面积的27.87%，年产淡水鱼5万吨，占上海淡水产品最低保有量的31.25%；养殖蛋鸡

50万羽，占上海蛋鸡存栏量的50%，年产鲜蛋6000吨，占上海鲜蛋最低保有量的10.34%。"北上海"真正成为上海人的米袋子、菜篮子、肉盘子、鱼篓子、蛋筐子。"海丰"牌大米、"爱森"牌猪肉、"光明"牛奶成为上海市民的首选优质食品。他说："我可不是乱讲啊，我这儿有上年的《统计年鉴》的。"

黄海野鹿荡，地处大丰国家级麋鹿自然保护区，曾是古长江的入海口，拥有1300多亩天然水面以及长江以北地区最大的野生芦苇荡，里面除了生活着235头纯野生麋鹿，还有天鹅、白鹳、丹顶鹤等各类珍稀鸟类，濒临灭绝的植物在此也能觅得踪影。见时间还早，作为诗会召集人的姜桦兄安排与会的诗人、作家和朗诵家登船去看野生麋鹿群，大家欢呼雀跃，很多人跟我一样，也是第一次来看被称为"神兽"的东方麋鹿。

麋鹿，是世界珍稀动物，属于鹿科。因为它头脸像马，角像鹿，蹄子像牛，尾像驴，俗称"四不像"。最早知道"四不相（像）"是通过阅读许仲琳的《封神演义》，它原为阐教圣人元始天尊之骑，后赠给姜子牙伐纣所用。我以为它就是作家虚构的现实中并不存在的神兽。

马连义先生一直陪同我们游览，这里河宽水碧，芦苇摇曳，竹木葳蕤，草青林密，在充分尊重自然、保持原生态风貌的基础上，这片土地倾注了马先生和他的团队的创造理念，疏浚水系，清淤垒岛，几十个因势造形的人工岛每座岛都有主题，有的种植郁金香，有的是紫得晃眼的薰衣草，秋风染红的日本红枫和北美枫香如火如荼,有的竟是鸟岛,上面有众多禽鸟栖息或盘旋翻飞,一座萤火虫岛引起大家的兴趣,马先生介绍道:"这座岛上长满了茵陈草,有一种特别的香味,而萤火虫最喜欢这种香味。所以,夏季夜晚来临的时候,会有成千上万只萤火虫在岛上飞舞,美不胜收。"他们还引进改良本土珍稀树种和野草种植技术,让本已被确认为有害外来物种的大米草变害为宝。区内的道路连接多靠船只和吊桥,所有车辆根本无法进入,麋鹿们却可以通过浅滩湿地自由穿行,方圆十几公里的野鹿荡,被营造成禽鸟、动物相对安全封闭的生存环境。

突然,快艇前有一群飞鸟"轰"地飞起,颇有"落霞与孤鹜齐飞,秋水共长天一色"的意境。这时,快艇放缓了速度,我们发现,水面上有一条长约米许的大鱼漂浮着,胸膛已经破烂。马先生说:"那些鸟是在蚕食大鱼的腐尸的。这大鱼可能是前几天被快艇的螺旋桨绞杀致死的。由于生态环境改善,这里的鱼类品种繁多,存量太大,还都是纯野生的。"

大家正"啧啧"惋惜时,突然有人惊呼:"快看,那边有一群麋鹿!"果然,在我们的右手边,在那片红艳如火的盐蒿丛中,几十只麋鹿一脸呆萌地看着我们,它们有的头顶桂冠似的鹿角,有的光秃秃寸角难找,有的高大威猛状如牛犊,有的体态玲珑十分乖巧。它们的眼神一律温驯清澈,全无防范和惊恐。马先生用手猛按快艇汽笛,它们骚动了一下,只是跑了几步,又心安理得地或悠闲漫步,或低头觅食。

马先生似乎有些忧虑,"麋鹿的野性和警惕性被岁月钝化了。几百年来，它们一直是圈养的宠物或供皇室捕猎的温驯动物，它们的抗争、避险基因逐渐式微，在这里它们虽然完全是野生状态，但由于人类的保护，加上没有虎狼熊豹这些天敌，它们依然没有忧患意识。七年前的夏季发洪水，下面又有海潮顶托，保护区成为一片汪洋，上千只野生麋鹿都逃难到村庄、工厂中。这里的人们早就把它们当作神圣之物，没有一个伤害它们，还喂食精美饲料，洪水退后，它们都舍不得离开，连狗都不怕。我们现在一直对其进行野性训练，提高它们的警惕性和风险逃避意识。"

麋鹿成了我们游览过程中关注的焦点和热议话题。

原产于长江中下游滩涂湿地的麋鹿，没想到竟是出口转内销的物种，它在20世纪的中国几乎绝种了一个甲子。

从春秋战国到清朝，有关麋鹿的记述不绝于书。它既是先人狩猎的对象，也是祭祀仪式中的圣物。《孟子》记述："孟子见梁惠王，王立于沼上，顾鸿雁麋鹿曰：'贤者亦乐此乎？'"这证明远在周朝，皇家的园囿中已有驯养的麋鹿。汉朝以后，野生麋鹿数量日益减少。元朝时，喜欢骑射的皇族把野生麋鹿从黄海滩涂捕运到大都（北京），供皇室贵胄骑马射杀。野生麋鹿逐渐走向灭绝。到清朝初年，中国仅有约二三百只的麋鹿圈养在210平方公里的北京南海子皇家猎苑。

1865年，法国博物学家兼传教士大卫在北京南郊以20两纹银买通猎苑守卒，盗走两只麋鹿，制作成标本寄到巴黎自然历史博物馆。从此，麋鹿在欧洲名声大噪，不亚于当今的国宝大熊猫，英、法、德、比等国的驻清公使及教会人士，通过明索暗购等手段，从北京南海子猎苑弄走几十头麋鹿，饲养在各国动物园中。麋鹿，成了西方列强动物园竞相炫耀的噱头和顶尖标配。

1900 年，八国联军攻入北京，南海子麋鹿被强盗们劫杀一空，麋鹿在中国本土彻底灭绝。

那些背井离乡的麋鹿在欧洲的动物园中因水土不服纷纷死去，种群规模逐渐缩小。1898 年，英国十一世贝福特公爵出重金将原饲养在巴黎、柏林、科隆、安特卫普等地动物园中的 18 头麋鹿悉数买下，放养在伦敦以北占地 3000 英亩的乌邦寺庄园内。作为奄奄一息繁衍后代的一炷香火，这 18 头麋鹿成为目前地球上所有麋鹿的祖先。

这些漂泊海外的麋鹿注定思念自己的故乡，它们经历了一战、二战的战火，一直不懈地梦回返乡之路。

1985 年，在世界野生动物基金会的努力下，英国政府决定，伦敦 5 家动物园向中国无偿提供麋鹿。1985 年 8 月，22 头麋鹿被用飞机从英国运抵北京，当晚运至南海子原皇家猎苑，奇兽重新回到了它在中国最后消失的地方。1986 年 8 月，39 头麋鹿从英国经上海运抵大丰，麋鹿重新回到它的野生祖先最后栖息的沿海滩涂。

回归故里的麋鹿得以有效繁衍，目前，全国已有麋鹿 3000 多头，仅"北上海"国家级麋鹿自然保护区已有麋鹿 2000 多头，有效种群已达到 50 多个，形成了世界第一家麋鹿基因库，麋鹿的遗传基因再无流失之虞。2003 年 3 月，世界第一头纯野生的麋鹿在大丰麋鹿保护区内出生，从此，一代代麋鹿再也不仅是动物园的专属,它们正回归野性,回归自然。

"白云深处几人家,竹掩松遮一径斜。横笛青牛卧童子,浣衣绿水戏娇娃。雉鸡麋鹿棠梨树,草屋篱笆粉豆花。宾主杯杯语难尽,夕阳声里听归鸦。"夜幕来临,在黄海野鹿荡的大门口,华灯高照,诗兴正浓,一个甜甜的女童正在吟诵着一首叫《做客农家》的旧体诗。

沈家门的门

1

我曾任职的海头镇与沈家门有着割舍不断的"师生情谊"。

2005年，我们把海头镇的区域精神定位为"海纳百川，勇立潮头"，把"海""头"两字镶入其中，以后虽经换届或人员更迭，"海头精神"却一直延续至今。

海头镇是海州湾畔的一颗明珠。我们在全国沿海寻找更高标准的学习目标，通过考察调研，我们把目标锁定在舟山群岛的沈家门镇。

沈家门位于浙江舟山本岛东南侧，面临东海，背靠青龙、

行者有疆

白虎两山，是中国最大的天然渔港，与挪威的卑尔根港、秘鲁的卡亚俄港并称世界三大渔港，年捕捞量12万多吨。它还是全国最大的海洋渔业捕捞基地，以海产品加工为主体的工业体系完备，为全国最大的水产品加工基地。同时沈家门又是全国最大的水产品集散基地，拥有近1000米的交易岸线和10万平方米的锚泊港口，中国最大的水产品交易市场中国国际水产城就位于沈家门。它和"海天佛国"普陀山、"海上雁荡"朱家尖、"海上仙山"桃花岛构成了东海旅游的金三角。民间流传的楹联"青龙卧镇沈家地，白虎伏视东海门"说的就是这里。

我们深知，越是发达地区，前去学习考察、招商引资的就越多，尤其是地处浙东改革开放前沿，又坐守佛教圣地普陀山的沈家门，真招商的，借招商游山玩水的肯定络绎不绝，谁来了都接待，估计正经事也不用干了。想到那儿见到真人，取得真经，收到实效估计是很难的。听说有些县市级领导到那儿，有时也就镇里招商办的工作人员出来介绍一下，像我们这名不见经传的小单位，进门恐怕都不容易。

出发前村支书对我说："不用担心，光我们村就有三四百人长期在那儿做海产生意，在当地影响很大，出了十几个大老板了，有的还在那儿被选上人大代表、政协委员。我到那儿，区里的领导都出面接待，何况你这大书记。"

盛夏7月中旬，我们赶到沈家门。海头水产商会的王会长带着十几个在那儿创业的老乡代表把我们迎到会所。大家都说不会让我们无功而返，他们把自己的人脉关系、商业信息都贡献出来，粗略算起，从接待到参观，走马观花也要七八天。我笑着对大家说："我们一不贪图排场搞花架子，二不为吃喝游玩给人添麻烦。主要是看市场，去企业，取真经，铺路子，把沈家门的平台和海头镇的优势对接起来。"

在沈家门三天，我感受到海头老乡在这里的贡献和能量。我们拜会了镇里分管海产的领导和行业协会负责人，参观了五六家大型海产品加工企业，走遍了海产品交易市场的每一个角落，熟悉了他们的进货渠道、销售网络和进销价格，所到之处，都是热情接待、真情介绍。海鲜餐饮协会的沈会长还陪同我们体验了沈家门的大排档夜市。他介绍道："沈家门依山傍海，这些年以观海景、尝海鲜、购海货为特色向世界推介自己。通过多年努力，沈家门夜排档在华东地区乃至全国均有一定的知名度，每年慕名而来的中外游客络绎不绝。今年全镇仅旅游收入就可达 30 亿，餐饮这一块估计占到两成。"此时夜幕降临，熙熙攘攘的滨江路上灯火通明，人声鼎沸，夜排档摊位绵延上公里，水中的客船餐厅也是人满为患，天上的繁星，陆上的街灯和海里的渔火交相辉映，十里渔港成为浮在东海洋面一道亮丽的风景线。

临行前的晚上，舟山市海洋与渔业局的领导、普陀区的一位副书记和沈家门的书记为我们送行。我把《海头镇投资指南》分送给大家，区委副书记饶有兴致地翻阅着，他对"海头精神"似乎产生了兴趣，若有所思道："你们也有很多东西值得我们学习。"

沈家门之行，收效斐然，浙江湖州张总投资的苏北最大海产品批发市场一下子就被沈家门来的客商租走了几十个摊位，出自海州湾渔场、渤海湾的海产品从这里源源不断发往沈家门，舟山渔场、南海的鱼虾贝也直通海头市场。

借鉴沈家门的经验，海头镇还把海产品销售推向电商平台，网上带货销售海产品每年都在50亿元以上，成为全国第一海鲜电商小镇。快手大数据发布的《快手上的幸福乡村》报告中显示，2018年快手上播放量前十强乡镇中，海头镇名列快手播放量首位，播放量为165亿。

这都是后话。

2009年初，王会长从沈家门回家过春节，他兴奋地对我说："舟山市委去年出台了《关于全面改善民生构建海岛和谐社会的若干意见》，提出要大力弘扬'勇立潮头、海纳百川、同舟共济、求真务实'的舟山精神，我听领导讲，他们也是受'海头精神'的启发，当年那位副书记后来提拔了，他在很多会议上提到'海头精神'。"是啊，他们"勇立潮头"的勇气，是源于"海纳百川"的气度。

沈家门，是智慧之门，财富之门。

2

作为渔、商、景兼备的综合港口，沈家门已有600余年的开港历史，是中外往来的航运通道和海上丝绸之路上重要的中继站。郑和下西洋曾经过这里，元代高僧一宁出使日本弘法，也是从这里出发。很多外国船只也时常来往于此并停泊补给，《乾道四明图经》记载："高丽、日本、新罗、渤海诸国皆由此取道，守候信风，谓之放洋。"

但沈家门的历史远不止于此。据《新唐书·东夷传》记载，公元748年，鉴真和尚东渡日本，就是经沈家门下莲花洋远航的，他给日本带去了大唐文化，传播了中医、佛学及盆栽技术等，也将豆腐、酱料、酿酒、茶叶等华夏饮食文化传到日本，并在那里扎根而源远流长。只不过那时的沈家门还是以"翁山县"僻岛示人。

沈家门之名出应在北宋，宣和四年（1122年），高丽睿宗王俣去世，宋徽宗特派给事中路允迪、中书舍人傅墨卿等人前去吊唁，擅长书画的徐兢作为随使同行。翌年，徐兢撰就《宣和奉使高丽图经》四十卷，其中海道卷中记述从定海至高丽的海上航路，这其中就有沈家门，"二十五日丁丑辰刻，四山雾合，西风作，张篷委地曲折，随风之势，其行甚迟，舟人谓之拒风。巳刻雾散，出浮稀头、白峰、窄额门、石师颜，而后至沈家门，抛泊其门。山与蛟门相类。申刻风雨晦冥，雷电雨雹欻至，移时乃止。是夜就山张幕扫地而祭……"

这是最早见诸史书的沈家门命名，而且还在这里"扫地而祭"，祭的是什么呢？作为航行者，也可能祭天祭地祭龙王，但在沈家门，这就不难理解了，这些朝廷特使，他们才不会逢庙必进，随意参拜的，要拜祭的，肯定是不远处的"海上佛国"普陀山（当时叫宝陀山）上的观音菩萨。

那时的沈家门笃定是荒无人烟，更遑论旅店驿站了，不然，他们也不会"就山张幕"搭建帐篷了。

而孤悬海上的普陀山已香烟缭绕259年了。

唐懿宗咸通四年（863年），日本高僧慧锷第三次来华礼佛，在五台山，他见到一尊观世音菩萨像后，尊崇之情让他流连忘返，他十分虔诚地拜祭多日，终于感动住持允其带回日本供奉。传说，当他所乘的航船行驶到沈家门附近的莲花洋时，突然狂风大作，天昏地暗。慧锷只能把船泊靠到不远处的一座小岛上。顿时，天色马上放晴，海上风平浪静。慧锷见此又命开船，意想不到的事情发生了，不仅天气再次变坏，洋面上还涌动起莲花状的大浪，且莲花似铁，击船砰然作响，航船一动也不敢动。凡三次，皆如此。慧锷见此，遂面向东瀛本土戚然祷告："菩萨不肯离去，就留在此处吧！"于是，慧锷经潮音洞登上普陀山，留下佛像让当地居民张氏供奉，并把这尊佛像命名为不肯去（日本）观音。到后梁贞明二年（916年），在张氏宅址上建起了"不肯去观音院"。这是普陀山历史上有记载的最早的佛教寺院。

朝廷命官因天气原因无法登岛尚且需"就山张幕"，黎民百姓及众多香客陷入此困境那就苦不堪言了。为此，元代普陀僧人如智就在沈家门增设一接待寺，为普陀山宝陀观音寺的下院，专为普陀进香而设。

《大德昌国州（舟山市）图志》对此有记述："至元十四年（1277年），住持僧如智捐衣钵之余，建接待寺一所，于沈家门之侧，以便往来者之宿顿，相属于道。"这既完善了沈家门本岛的进香接待，也为渡海上普陀山的香客免除了天气不好或者舟楫不便而无处宿顿的后顾之忧。同时也说明了元代前往普陀山进香人员之众，尤其是朝廷的遣使降香，"相属于道"是一队接着一队的意思，可见当时香火之盛。仅元代文人盛熙明在《补陀洛伽山传》中所记载的朝廷及王公大臣的降香活动就有九次之多。

有了接待寺，沈家门作为礼佛必经之地的地位便牢固确立起来，从沈家门津渡入莲花洋登普陀山，途中观"莲洋午渡"，成了历代礼佛观景的香客们梦寐以求的愿景。

至于莲花洋得名，《普陀志》云："宋元丰中，倭夷人贡，见大士灵异，欲载至本国，海生铁莲花，舟不能行，倭惧而还之，得名以此。"这里说的是不是对慧锷高僧的讹传，史家未给说明。但香客游人入海后，如果赶上晴天午潮，确能见到洋面波涛微耸，状似千朵万朵莲花随风起伏，令人叹为观止。若是遇到大风天，海上则波翻盈尺，惊涛骇浪。有渔歌咏道："莲花洋里风浪大，无风海上起莲花。一朵莲花开十里，花瓣尖尖像狼牙。"

沈家门，是开放之门，礼佛之门。

3

沈家门，还是海防之门，英雄之门。

沈家门位于舟山群岛最大的岛屿舟山岛东侧，东距公海72公里，东北有韩国、朝鲜、日本等国，东近日本琉球群岛，东南与台湾地区隔海相望，是浙东乃至华东地区的海上门户，同时，由于它水深港阔避风性能优异，附近还有众多水道、港口、小岛呼应，适宜兵船舰艇停泊、补给、集结、疏散、隐蔽和机动作战。据明胡宗宪《筹海图编》卷五引明朝都指挥戴冲霄之言："浙洋诸山，沈家门居定海之东相去二潮，乃宁绍之外乎也。陈钱、马迹、大衢、洋山尤为穷远，乃沈家门之外藩也。外藩设而门户固，门户固而后堂室安。"

但沈家门的战略位置真正得以重视是在明朝初期。

是时，常有倭寇侵扰东南沿海，洪武五年（1372年），朝廷命建造海船游弋海上以防倭患。二十年，舟山普陀境内设大展、路口岭两隘，赤石、接待、塘头、沈家门等烽堠，朱家尖设总烽火台，多拨旗军瞭望，在沈家门建宝陀巡检司城，周围44丈，上建谯楼。永乐七年（1409年）设沈家门水寨，自此，沈家门的军港地位确立。

由于明初海防严密，很长一段时间，倭寇不敢轻犯舟山境内。

宣德年间，沈家门水寨设施撤销，海防空虚，倭寇、海匪猖獗，不得已，朝廷又在沈家门重振旗鼓，全力肃患。嘉靖年间，抗倭名将俞大猷、戚继光在沈家门海域大败倭寇及海匪王直，从此倭患渐靡。

清初，沈家门成为南明军反清的一个重要基地。顺治八年（1651年），清兵占领舟山，设舟山协，配副总兵一人，辖水陆兵三营，实施海禁。

沈家门的宣武之战发生于道光二十一年（1840年）七月，英国侵略军20余艘军舰、3000余名官兵再次从沈家门

第四章：东海舟楫

进犯舟山，葛云飞、王锡鹏、郑国鸿三总兵率 5000 余名将士英勇抗击六昼夜，三总兵全部阵亡，将士大多英勇牺牲。

1996 年，为迎接香港回归，著名电影导演谢晋率队来到沈家门，在附近的桃花岛上搭建影棚"定海城"，沈家门的父老乡亲又从拍摄现场看到了当年那场惨烈与悲壮。

《鸦片战争》影片的重头戏"定海之战"，就是在这里拍摄的。1840 年 7 月 6 日，英军攻占定海城，在敌强我弱的情况下，定海城官兵顽强抵抗，在尸横遍野的阵地上只剩下知县姚怀祥，他慢慢地摘下顶带花翎，然后朝北三叩九拜，英军一步步向他逼近，知县抽出佩剑割颈自尽，以身殉城。剧情充分表现了中国人民不屈不挠、不畏强暴的爱国主义精神。

数万围观拍摄的舟山父老无不潸然泪下，义愤填膺。

以德对日的沈家门，却有着屡屡遭受倭患的惨痛史，民国二十八年（1939 年）六月二十三日清晨，侵华日军中国派遣军调集 1400 余名日军，在 7 艘日舰、多架飞机的掩护下，由海军大佐来岛茂雄指挥，先后兵分三路进攻定海，强行在舟山岛登陆。第一路由定海青垒头登陆，第二路由定海道头登陆，第三路由定海西乡盐仓螺头门强行登陆，一部在沈家门墩头强行登陆。日本侵华海军"出云号""八重"两舰炮轰定海城，当日定海城沦陷。

日寇侵占舟山，沈家门又成为日军通往上海等地的重要中转港口，日军"加贺"号航母、"龙骧"号主力战舰经常来此进行后勤补给。他们还在沈家门设立日华东海运局沈家门分局，作为日军侵略华东地区的物资转运站。

饱受欺凌的沈家门,终于见证了蒋家王朝的覆灭和回归人民怀抱的喜悦。1949年6月,大批国民党军队溃退到舟山,其中第八十七军军部驻沈家门。到10月,人民解放军连克数岛,直逼舟山本岛。次年5月,蒋介石和其子蒋经国泪别沈家门,所有国民党驻军全部乘军舰逃离舟山。

彼时,沈家门成为人民解放军的军港。

从此,沈家门成了维护和平之门,构建幸福之门。

到平潭追风

1

平潭人很幽默,每当外面的人微词那里的风多风大,他们会诙谐地辩称,平潭的风一年只刮两次,每次的时间也就半年,平潭的风不是太大,这里的女人照样减肥。

地处台湾海峡与海坛海峡之间突出部位的平潭岛,因"狭管效应"的影响,成为风的仓库和田径场,它在这里欢呼奔越,如马脱缰,昼夜不息,恣肆汪洋,所向无敌,凛冽昂扬,摧枯拉朽,惊涛骇浪,壮志凌云,斗勇逞强。它间或地稍息,也是对南非好望角和美国百慕大风速赛事的打探和张望。

平潭的风其速也烈，年平均风速在8.4米/秒以上，年有效风速4.5~25米/秒，并且每年长达200多天风力可达7级以上。

平潭的风其害也巨，"狂风过处风沙起，一夜沙埋十八村"，此事见《平潭县志》："清初，浦尾十八村，一夕风起沙拥，田庐尽墟，附近各村患之。"新中国成立后，还有89个村子因风沙压顶被迫搬迁，狂风把稀有的植被连根拔起，风吹沙扬，沙借风势，漫天风沙，狼狈为奸，四处飞扬，树倾禾摧。

平潭的风其功也伟，风力发电不仅满足本岛所用，还通过国家电网源源不断输送到四面八方，风筝冲浪、风帆竞速等与风有关的大型国际赛事纷纷落户平潭，让平潭登上了更为广阔的国际舞台。就连保时捷首款纯电动跑车"Taycan"也到平潭追风，其全球发布会就选择在平潭长江澳风力田举行，吸引了全球众多媒体的聚焦关注，保时捷全球执行董事会成员麦克·施德纳说："选择在平潭举办新车发布会，就是看中了这里丰富的风能资源。"

平潭人从惧风、恨风，到治风、友风、用风、爱风，谱写了一曲恨爱变奏的《大风歌》，从而引发了海内外投资商、运动健将和蜂拥而至的游客来此追风。

2

我到平潭追风，源于学生鲁统阳的真情呼唤和对他在平潭创业有成的礼赞。

第四章：东海舟楫

鲁统阳的金尊世家集团总部在厦门，旗下的福建金尊世家供应链有限公司在平潭澳前保税区，与法国、澳大利亚、智利、墨西哥、加拿大等国的酒类供应商建立了战略合作伙伴关系，每天有数十万瓶的各国红酒、冰酒、威士忌、白兰地在这儿加工灌装，源源不断走向各大消费市场。

平潭是一个海岛县，简称"岚"，俗称海坛。位于福建省东部，东与台湾隔台湾海峡相望，是祖国大陆距离台湾岛最近的地方，西隔海坛海峡与福清市相邻，由126个岛屿组成，陆地面积371.91平方公里，海域面积6000多平方公里，海岸线长399.82公里。主岛海坛岛是中国第五大岛，为平潭县政治、经济、文化中心，这里是全国唯一的拥有综合实验区、自由贸易区、保税区"三区合一"的开放型经济区和风光奇异的海岛旅游观光地。

我们从厦门驱车前往平潭，一路上被闽东南优美的自然风光、开放的经济建设成果、丰厚而独特的历史文化底蕴所深深鼓舞。从沈海高速拐入福清市东瀚镇，汽车便驶入连接平潭的跨海大桥。鲁统阳深有感触，他在初到平潭时，还要排队通过轮渡上岛，自大桥建成后，天堑变通途，祖祖辈辈的平潭人告别了渡船，出岛到大陆不用十分钟。

我曾豪情满怀地穿越过逶迤如龙的青岛胶州湾跨海大桥，也曾又惊又喜地行驶在气贯长虹的杭州湾跨海大桥，两年前还曾站在珠海此岸眺望着正在兴建的一眼望不到头的港珠澳大桥，这座看似不长的跨海大桥并没有激起更多的兴奋。鲁统阳笑着说："老师，这座桥是福建省第一座真正意义的跨海

· 245 ·

大桥，双向四车道，别看这桥仅有五公里，它的建设难度却远远高于长它几倍或者更长的跨海大桥。"

见我不以为然，统阳很专业地介绍道："我们脚下的海峡，是与百慕大、好望角并称世界三大风口的海域，具有风大、浪高、水深、流急等特点。每年6级以上大风超过300天，7级以上大风超过200天，最大浪高有9.69米，曾被称为神仙也难下手的'建桥禁区'，建设条件十分恶劣，尤其是受波流力的影响，建设难度是常规江河桥梁建设的10倍以上，加上地质条件复杂，建造风险十分巨大。建设者们克服了一道道难关，吸收新技术，研究新工艺，利用新材料，终于创造出这一世界桥梁史上的奇迹。同时也为平潭的另一条更长、更宏伟的公铁两用桥提供了经验，奠定了基础。"

为了让我更真切地感受平潭日投资一亿元以上的基础设施建设场面，统阳直接把我带到海坛海峡北口，全长16.323公里的平潭海峡公铁大桥正在紧锣密鼓地进行扫尾施工，该跨海大桥线路北起福州市长乐区松下收费站，上跨元洪航道、鼓屿门水道、大小练岛水道，南至平潭苏澳收费站，跨海段长11.15公里，其中上层为双向六车道高速公路，设计速度100公里/小时，下层为双线铁路，设计速度为200公里/小时，项目总投资额为147亿人民币。目前已完成全部桥梁合龙工程，大桥全线贯通，将于2020年10月1日进行公路段通车试运营。

我参观了统阳的金尊世家供应链，被他的生产规模、经营效益和税收贡献深深震撼。统阳笑道："平潭是一座积蓄改革、创新、创业、增效的利益风源地,我也仅仅是众多前来追风者之一。"其言也实,就在他的企业隔壁,平潭台湾商品免税市场就有近百家台商在此追风经商,这里离两岸直航的澳前海峡客运码头大约1公里,是名副其实的"直通台湾"之地,为台湾特色商品提供展示、销售平台,并以此为基础,发展成为集休闲购物、体验消费、观光旅游于一体,彰显平潭自贸区优势与特色的两岸经济文化交流的重要平台。中新社福建平潭4月21日电(闫旭)报道:时值福建自贸试验区挂牌三周年,平潭综合实验区管委会21日透露,在平潭自贸片区成立的"虹吸效应"下,平潭的台资企业数量由2015年初的160户,增至2018年初的875户,同比增长4倍多。

3

我们入住的是龙凤头海滩景区边上的海悦酒店,临窗望海,虽是金秋时节,在白浪滔天的波峰浪谷中,仍有弄潮儿在那里逐风踏浪,巨大的彩色风筝下,健儿们在窄尖的踏浪板上随风起伏,像勇敢的海燕在海面上搏击着风浪。海岸上,那一片片高大蓊郁的绿树,宛如一道道天然的挡风屏障,吹到我们身边,竟然有了惠风和畅的暖意。

我们在酒店的露台上饮酒赏月。平潭的秋夜微凉纯澈,夜空蔚蓝高远,而悬在空中的银河却似乎离我们很近,密密麻麻拥挤在一起的大小星辰发出幽幽的银光,满天繁星之下的海神仿佛进入了梦乡,海浪不再咆哮,间或传来呢喃的梦呓。一眼望去，天空与海水交接成一线，星辰在其间漫步，巨大的天幕之下，我们被包裹在其间，恍惚间觉得天也近，星星也近，似乎一伸手就能摘下几颗。统阳说："这是平潭的风将空气中的尘埃粒子吹走，平潭的夜空才如此纯净寥廓。"这时，在不远处的海上，一轮圆盘似的大月亮"咕咚"从水底冒出，在白浪的推动下，不断升高并向我们走来。我突然想起宋代诗人孙锐的七绝《平湖秋月》，略改几字成《平潭秋月》：

> 月冷海面凝不流，
> 棹歌何处泛归舟。
> 木麻黄立西风里，
> 一色波光万顷秋。

那傲立西风的木麻黄，曾被英国小说家毛姆（小说集《木麻黄树》的作者）视为"灰暗、粗鄙、悲哀"的植物，竟成了改善平潭烈风的英雄树。

自古以来，平潭岛上的植物生态非常脆弱，风来沙起，沙助风威，被风搜刮得光秃秃的土地，不是盐碱沙土，就是石漠化山地，人们常常礼赞的南方树种，不管是高大婆娑的榕树、馨香葳蕤的芒果还是花开似火的木棉，在这儿都难见踪影，就连北方那些司空见惯的杨柳在平潭也很难栽植，成活率极低。盼绿荫、爱绿树，视树木如生命的平潭人，从20世纪60年代起，就开始广泛引种不怕盐碱又能防风固沙的木麻黄。

木麻黄树，原产地在澳大利亚和太平洋岛屿，它性喜高温、高湿，同时又较耐寒，适应性强，主根深长，侧根发达，根瘤菌密集，树干、树枝都会形成不定根，具有耐盐碱、耐沙埋和耐海潮浸渍的特性。小枝纤细且光滑，树冠均匀，透风性良好，抗风力强。10级以下大风不受害，形似松树，针状的叶子指向天空，挺直高耸，器宇轩昂。无论土地贫瘠，沙土稀薄，还是台风暴虐，海水倒灌，只要有一点土壤，就会扎根生长，最后长成参天大树，挺起坚强脊梁，形成道道树墙，阻挡狂沙巨浪，筑起一道捍卫海疆的绿色长廊。貌不惊人的木麻黄，它是绿色葱茏的天使，美化着平潭四季的容妆，更是生态文明的记者，书写着治沙防风的华章。

木麻黄在海风一线织起密密的林网，让城区的生态环境大为改善，如今，榕树、香樟、黑松、椰子、芒果、棕榈等优良树种也纷纷落户平潭，全岛的森林绿化率已达35%以上，岛上一些石漠化的山地上，放眼望去，是一片郁郁葱葱的翠绿，如今的平潭综合实验区，已被评为全国28个国家级森林城市之一。在闽工作期间曾20次到平潭调研的习近平总书记，2014年11月来平潭实验区视察时一下车就问："风还大吗？"之后又问："防护林、环岛路怎么样？"如今，平潭人可以自豪地向总书记汇报，平潭的风依然很大，但成了平潭走向世界的闪光标签，防护林、环岛路建设卓有成效，生态环境越来越好！

4

风大,并不一定不好。平潭的风太适合发展风电了,因为这里的风始终欢呼雀跃,不知疲倦,风能取之不尽,用之不竭。在巨大的风轮的转动下,风把平潭吹成了一块硕大无朋的蓄电池,不管怎么用,风永远不离不弃为其充电,仿佛在为自己犯过的错误忏悔救赎。

我们参观的长江澳风电田,地处海坛岛东北部的海湾内陆,受台湾海峡"喇叭"的影响和长江澳烟堆山、虎头山山脉的影响,形成"二次狭管"——"弄堂风"。世界银行的专家考察时,盛赞这里的风况条件极佳,可与素有"世界风场"之称的美国加利福尼亚风场相媲美。专家估算,这里的风能有1000万千瓦的装机容量,如今安装的六十台风车,虽然它的发电量多年前就可以满足平潭岛的用电需要,而且并入国家电网,还向岛外输送电力,但只是可开发量的一个零头。这里的海上风能和潮汐能发电更是一个更大更精彩的世界,据闻目前海上风能发电也已经开始建设。目前,平潭已建成长江澳风电一期、二期以及平潭青峰风电场等3处陆上风电场,总装机容量15.4万千瓦。风电不仅带来滚滚的经济效益,也引来了游客的"风车游"。一座座白色风车让藏于深闺中的长江澳广为人所知,吸引了众多游客来此拍照打卡,蔚蓝的大海,滔天的白浪,巨大的风车,搭配美丽的日落,形成了鲜明的剪影效果,国内外众多摄影爱好者纷纷前来蹲守捕捉这美丽的瞬间。平潭的风像一把打磨粗粝的锉刀,把岛上的原始裸石雕琢得千奇百怪，仪态万方。石牌洋是岛上著名的景点，亦称"半洋石帆"和"双帆石"。在一块圆盘状的大礁石上，托着一高一低的两块花岗岩碑形石柱，酷似一艘大船上鼓起的两面风帆。东侧的石柱宽 9 米，厚 8 米，高达 33 米。西侧的石柱高达 17 米。两个石柱的底部都近似四方形体，矗立在礁石上。据地质学家考证，这是世界上最大的花岗岩球状风化海蚀柱，与此齐名的还有"海坛天神"，被称为平潭岛"奇石双绝"。这是一巨型灰白色花岗岩，是天然的象形裸体石人。它头枕沙滩，足伸海中，光头凸肚，双臂平直，下身斜斜地翘起一柱状风化岩体，有明显的男性特征，相传渔妇只要触摸它，就可生个传宗接代的大胖小子。海蚀地貌的仙人井、形态各异的南寨石林及君山的锣鼓响石，这些原本普普通通的石头，在风的磨砺下，也成为一道道世之罕见的美丽胜景。

在背靠君山、面朝大海的北港村，我看到了海子的诗句矗立在村头，成为装点这里的文化广告，"建一所房子，面朝大海，春暖花开"，而这里鳞次栉比、高低起伏的房子，都是用石头所建，当地人称之为石头厝。石头厝一身上下全是石头，它用石头奠基，用石头垒砌墙壁，用石头压住屋面的瓦片，每块瓦片上都有一块形状略小的长方体石块，远远望去，整个村庄房舍上，星罗棋布着或排列规整，或随意为之的石头面包，这些用来防止大风掀翻瓦片的石头，成为平潭石头厝建筑形式的点睛之笔。2016 年，来自台湾少数民族的王美珠结缘了北港村，对这座风能十足的海岛一见倾心。两年后，她把孩子们从台湾带到北港村生活，并打造了"风中旅行"文创工坊，一时间，一句"我在这里等风也等你"红遍了微信朋友圈，"等风来"民宿成为网红的金字招牌。

　　劲吹吧，平潭的风，因为你，不少海上运动项目也随风而至。国际风筝冲浪节、国际帆船赛、世界风筝水翼板金杯赛、全国风筝精英赛等与风相关的大型赛事纷纷落户平潭，极大地助力了平潭国际旅游岛的建设，特别是每年9—10月间的国际风筝冲浪比赛，至今平潭已连续成功举办了八届，每一届都吸引了国内外众多风筝冲浪爱好者前来参赛。

　　平潭的风，吹出了喷薄的海上红日，吹走了雾霾和尘埃，吹来了崭新的理念和鲜活的思想，把海水心事一样吹皱。试想，没有风的大海，也就是一大潭浩瀚无垠的死水，是风给了它生命、雄气和尊严。

　　海上风正劲，扬帆适逢时。"风"度翩翩的平潭正乘风破浪，御风而行，我和众多追风者一样，来此追风，收获满满，如沐春风。

海丰的执念

1

执念是信仰，执着是性格，人一旦有执念，就会变得很执着。

2020年6月底，我随友人到广东汕头出差，大家都忙着看工地、谈项目、叙友情，而我心里却惦念着早就仰慕的粤东革命圣地海陆丰，那里离此不远，是一个充满马列信仰的红色之都，如今归属汕尾市。

海陆丰革命根据地是由彭湃领导创建的，地域范围包括广东省海丰县、陆丰县以及惠阳县、紫金县的部分地区，其核心根据地就在彭湃的故乡海丰县。

大家都理解和感佩我这份情怀，于是在"七一"这个特殊的日子里，我开启导航，独自驱车赶往海丰县，拜谒中国共产党的早期领导人，被毛泽东誉为"中国农民运动大王"的彭湃先烈。

海丰县北倚莲花山脉，南临南海。莲花山主峰位于海丰境内，它俯视海丰全境，山脉逶迤，犹如潜龙入海，是文天祥抗元、戚继光抗倭、革命军东征、苏维埃政权诞生的重要阵地。

对海丰的认识，始于我四十多年前看到的朱道南撰写的革命回忆录《在大革命的洪流中》以及以此为蓝本改编的电影《大浪淘沙》，为改造旧世界豪情满怀的热血青年，投身大革命风起云涌的峥嵘岁月，为创造新生活不计得失的无怨无悔，追随共产党舍生取义的英勇牺牲，让我对"八一"南昌起义、广州起义失败之后，中国共产党在白色恐怖笼罩下，依然信仰坚定、前仆后继、英勇不屈地领导人民坚持武装斗争，产生了无限的钦佩和敬仰。

南昌起义后，新诞生的中国共产党领导的革命武装为何穿越千山万水，冲破敌军层层围追堵截，奔向千里之外的南海一隅海陆丰？到了海丰我才释然，这里有中国第一个红色苏维埃政权，这里有一群理想崇高、信念坚定、信仰明确的优秀的共产党人和他们领导、发动、团结与依靠的广大人民群众，这里有一股任何凶残的敌人都无法战胜的正义力量和浩然之气。

当年的海丰，天红、地红、人红，红旗漫卷的红色浪潮澎湃激荡，汇成大革命的红色海洋，红宫、红场的四周和街道墙壁都刷成红色，县城也因此被称为红城。大革命失败后，红宫、红场及所有的红色建筑物曾一度被国民党反动派漆上黑色，但红色的信仰基因已经深入人心，老百姓仍把县城海城叫红城。如今，全球仅有的两个红宫、红场，一个在俄罗斯首都莫斯科，一个在革命圣地广东海丰。

2

海丰地处粤东，位于河海交接之处，远离广东省的中心城市广州，特殊的地理环境成就了这里的人们善于经商的传统，使这里成为吸纳粤东甚至闽西南、赣南货物的集散地。他们"耕地如绣花"的细致作风也被其带入经商活动，历史上，海丰一带基本自给自足，"虽少千金之家，亦无冻饿之人"。

然而，这是一片崇尚信仰、极富变革创新的土地，在推翻清帝、建立共和的斗争中，很早就有海丰人敢为人先的身影。咸丰年间，海丰人黄履恭、黄殿元、叶仰曾等人，成立以"反清复明"为宗旨的天地会，以"洪武"的洪字为代称，对内称"洪门"，洪字有三点水偏旁，故又称"三点会"。这是一个"太平天国运动"以外重要的反清组织，它反清的革命影响，一直延续到辛亥革命并扩展到海外华人中。涌现出一批反清义士，如"反清急先锋""共和将军"、中国致公党创始人陈炯明，刺杀广州将军凤山的英雄少年李沛基（李援），著名的"黄花岗七十二烈士"之一的陈潮等。

很多地方很多人，都是因为饥寒交迫才去谋求改变闹革命，而海丰的很多革命者，大多生活优渥，衣食无忧，尤其是彭湃，乃钟鸣鼎食的地主阔少，他竟能抛弃万千家产，把千顷良田分给农民，将自己变为无产者，去为中国最广大的农民求自由，谋利益。

这里涌现出一大批充满共产主义理想的优秀共产党人。

这是理想的力量，信念和信仰的力量。

我来到海丰县海城镇桥东社彭湃故居。前来拜祭英烈的人流熙熙攘攘，有年长的老人，有身穿校服的中小学生，也有前来进行入党宣誓的新加入党组织的男女青年。英烈的雕塑前，农会旧址的广场上，党旗、团旗迎风猎猎。

彭湃故居的主建筑是座坐北向南、面临海丰母亲河龙津河的清末小楼，建筑风格带有明显的西式特征，主楼双层，楼板加铺花砖，风火式山墙迷蒙了一层历史的烟尘，像是回忆着小楼主人当年的殷实富足。里面一幅幅被岁月征尘染黄的照片，让我一次次泪奔。一楼正堂屋悬挂着彭湃母亲周凤的照片，这位被毛泽东称为"革命母亲"的老人，哺育和奉献了一代代披肝沥胆、为了信仰而抛头颅洒热血的优秀儿孙，堂屋东西两侧的墙面上，是她的七位牺牲亲人照片和新中国成立后颁发的烈士证书，分别是儿子彭汉垣、彭湃、彭述，丈夫正房妻之子彭达伍，两个儿媳妇蔡素屏、许玉馨（又名许冰），孙子彭陆（彭汉垣之子）。那一张张发黄的照片，依然洋溢着他们血气方刚的精神气和对未来理想社会的憧憬和向往。

痛失七位亲人的周凤,并没有被凶残的敌人吓倒。她用孱弱之躯挑起抚养遗孤之任,孙辈被抚养成人后,她又陆续把他们送到革命队伍中。抗日战争爆发后,周凤先后把孙女彭平,孙儿彭士禄、彭锡明、彭洪、彭科、彭潮送到抗日战场。这些英雄儿女,秉承了父辈的革命遗志,信仰弥坚,勇往直前,为中国的革命解放事业做出了杰出的贡献。

这位出身婢女、目不识丁、质朴而伟大的母亲,她所做的这一切,源于二儿子彭湃对共产主义的矢志信仰和对党、对人民无限忠诚的感召。

彭湃为了执念的信仰所从事的斗争和实践,是无私而彻底的。

他是衔着金汤匙来到这个世界的。他在《海丰农民运动》(1926年出版)一书中这样描述自己的家庭:"每年收入千余石租,共计被统辖的农民男女老幼不下千五百人。"但他并不满足于馔玉炊金的剥削者生活,而是思索着如何改善那些食不果腹衣不遮体的贫苦百姓的生活,他深知自己的一己之力很难施救天下苍生,他要寻找一条救国救民的崭新道路。

20世纪初的日本,社会主义学说兴盛一时。1918年,彭湃告别慈母,考入日本早稻田大学政治经济科。早稻田大学是日本最早传播社会主义的摇篮,李大钊、陈独秀都曾在此求学。彭湃对友人敞开心扉:"我选定此类专业,为的是将来研究我国的政治经济,与同道者一起,竭尽全力,秉志改革。"他在那里如饥似渴地研究马克思和俄国十月革命,最终接受了马克思主义，他把变革中国社会、建立社会主义、实现共产主义当作了毕生的崇高信仰和为之献身的革命事业。

1921年彭湃回国，在广州加入中国社会主义青年团，积极宣传马克思主义和社会主义。彭湃把变革的重心放在农村，选择了农民作为革命的同盟军和解放生产力依靠的力量。1922年，他在家乡成立了中国第一个县级农会——海丰县总农会。为了取信于农民，和农民打成一片，他脱去西装革履和长袍马褂，换上粗衣草鞋，有时打着赤脚和农民一起下田，同时将自己的田产分给农民，成为农民信得过的"彭菩萨"。海陆丰农民运动在他的领导下，迅速成为广东乃至全国农运的一面旗帜。

在故居东侧的红砂岩烧田契浮雕前，我仿佛回到1922年11月彭家门口的龙舌埔。彭湃搭起戏台，对外宣称有戏演出，让新成立的农会成员到各乡通知农民前来观看。人山人海前，彭湃跳上戏台，举着一大捆田租地契高声宣布："彭名合（彭家产业商号）的田不是彭名合的，更不是彭湃的，这些田是农民兄弟起五更睡半夜终年辛勤劳动的成果。"说罢，便一张张宣读田契所记的佃户姓名、地点和亩数，然后当场烧毁。那些对彭湃和农会一直心存疑虑观望的农民终于相信，这位将自家田产无私还给农民的地主阔少，不是嘴里说说的，他把自己变成彻底的无产者，把自己的一切都投身到解放农村生产力、让农民翻身过好日子的伟大事业中。他不断为农民兄弟争取权益，推广农民教育，开办农民医院药房，努力实践他亲自起草的《农会章程》中的奋斗纲领："图农民生活之改造，图农业之发展，图农民之自治，图农民教育之普及。"1924年彭湃在广州加入中国共产党，同年7月至1926年9月，在广州主持举办了六届农民运动讲习所，前后培养了754名农民运动干部。其中，第一届至第五届农讲所的所长和主讲人都是彭湃，第六届由毛泽东任所长。

1927年2月，国民党中央常务委员会决定兴办的中央农民运动讲习所，实际上是毛泽东首倡发起、中国共产党人领导的国共第一次合作时期培养领导农民运动以及各地武装起义和工农武装割据骨干的重要阵地。彭湃多次受邀来讲习所为学员上课，用海陆丰的革命实践启发动员全国各地的学员。他和毛泽东精神契合，惺惺相惜，两大讲习所主旨相因，《海丰农民运动》和《湖南农民运动考察报告》一先一后相继写成，共同成为指导中国革命的法宝。

大革命失败后，彭湃赴南昌，和李立三、恽代英一起，参加了以周恩来为书记的党的前敌委员会，参与领导南昌起义。在党的"八七"紧急会议上，他当选中共中央临时政治局委员，后兼中共中央南方局委员。10月底返抵广东，策动广东的秋收起义。11月，海陆丰再次爆发武装起义，建立了海陆丰苏维埃政权，实行土地革命，没收分配土地，并整编南昌起义军退到海陆丰的部队，实行武装割据，进行根据地的各项建设。

1928年春，彭湃率领工农革命军将以海陆丰为中心的革命根据地扩大到东江南部地区。同年11月，他当选中央政治局委员，奉命赴上海，任中共中央农委书记、中共江苏省委军委书记、中共中央军委委员。

1929年8月24日，彭湃因叛徒白鑫出卖被捕，被关押在上海龙华监狱。面对各种酷刑，彭湃坚贞不屈，英勇斗争，绝不背叛革命："只要我还有一口气，我就要为共产主义事业奋斗到底！"他深信："不久的将来，一定能够推翻反动的统治，建立全国的苏维埃政权。"这位马克思主义的忠实信徒，用自己的生命维护着毕生追求的崇高信仰，"为了我们的子子孙孙争得幸福的生活，就是献出了自己的生命也是在所不惜的"。1929年8月30日，年仅33岁的彭湃被敌人杀害于龙华监狱。

同为海丰人的著名作家、民俗学家钟敬文早年在一篇回忆彭湃的文章里，称彭湃是"一个生死于理想的人"，他靠理想活着、工作着，最后也为理想欣然死去。

3

在海丰革命烈士暨革命斗争史纪念馆，在海丰县烈士陵园，一组组血淋淋的数字，一段段沉甸甸的叙述，让我对这片英雄的沃土有了更深入感性的认识，这里的每一寸土地都被烈士的鲜血浸染过。据不完全统计，第一次国内革命战争期间，海丰为共和国捐躯的烈士就有四万人之巨，像彭湃烈士一家那样为人民共和国捐躯三五人的家庭数不胜数。绝大多数烈士连名字都没有被人记住。一些著名的烈士，如红军十一军政委颜汉章、副军长彭桂，中共广西省委书记梁秉刚，他们都是土生土长的海丰人。尤其令我震惊的是，活动在香港的中共南方局、广东省委、两广省委、香港市委，居然有那么多牺牲了的领导人来自海丰。

大革命失败后，党团组织在省内难以立足，中共南方局决定利用香港的特殊环境开展活动，把香港作为保存实力、沟通上下关系和联络海内外的秘密阵地。

1931年1月至1934年9月，在三年多的时间里，港英政府与国民党反动派加紧勾结，达成了粤港侦破引渡协议，多次破获设在香港的南方局及省委领导机关。一大批在香港工作的海丰精英人物几乎悉数蒙难，他们面对敌人威胁利诱和残酷折磨，不出卖，不妥协，不投降，把自己的青春热血和殷切情怀献给了自己崇尚的信仰，自己为之奉献一切的中国共产党。

这其中就有1931年牺牲的曾任中共海丰县委书记、海陆惠紫特委书记、广东省委常委、农委书记兼省委组织部副部长、南方局常委兼组织部长陈舜仪，牺牲时年仅28岁。曾任中共潮梅特委书记、东江特委书记、广东省委常委兼宣传部长、南方局常委兼宣传部长等职的林道文，牺牲时年仅27岁。曾任中共揭阳县委书记、大埔县委书记、东江特委委员、香港市委书记等职的张家骥，牺牲时28岁。

1932年牺牲的两广（广东、广西）省委书记彭承泽年仅26岁。曾任中共紫金县委书记、曲江县委书记、北江特委书记、广东省委巡视员等职的彭承伦，牺牲时35岁。1933年牺牲的历任中共赤石区委书记、紫金县委书记、陆丰县委书记、惠阳县委书记、中共两广工委组织部长陈允才，牺牲时仅30岁。历任中共惠阳县淡水区委书记、惠阳县委书记等职的刘高，牺牲时29岁。

这批经受过海陆丰革命圣火锤炼、在香港从事革命工作被捕的海丰优秀儿女，无一叛变投敌和出卖同志，他们大多数英勇牺牲，仅有林德隆、陈仕民、刘志远等少数人后来被营救出来。

回眸这些共产党人的求索之路，一路洒满艰辛的汗水和牺牲的血泪。他们面向马克思主义的明灯，初心不改，无怨无悔，其前赴后继的英雄气概和追求信仰的坚定信念，是我们践行新时代担当精神的引领动力！

4

新中国成立后，海丰人更是继承先烈遗志，秉承信仰，为了祖国的强大而披肝沥胆，砥砺前行。

央视网 2017 年 10 月 26 日 18:11 消息：2017 年度何梁何利基金颁奖典礼前一天在京举行，本年度共有 52 位科学家获奖。其中，最高奖"科学与技术成就奖"授予我国著名核动力专家彭士禄院士和我国核潜艇总体设计专家黄旭华院士。

彭士禄和黄旭华，分别是我国第一、二代核潜艇总设计师，他俩矢志报国，毕生致力于国防建设。黄旭华为造核潜艇隐姓埋名30年，殚精竭虑，是世界上首位亲自参与核潜艇极限深潜试验的总设计师。

这两位享誉全球的"核潜艇之父",他们都是生于斯、长于斯的海丰人;曾参加西北核试验的黄旦群将军、曾参加我国原子弹试验的叶道德、曾参加我国第一次远程导弹试验监测的王盛烈、曾获"国防工业技术改进成果"二等奖和"航天部科技成果"一等奖的刘仁谋等中华楷模,这些蜚声海内外的国之栋梁,都是海丰人。

海丰是著名的侨乡,旅居海外的侨胞和港澳台同胞有60多万人。共产党人为国为民的信仰情操同样激励和感召着海丰籍海外侨胞和民主人士,他们心系祖国和故乡,与祖国同呼吸共命运,和共产党荣辱与共,肝胆相照,共同谱写着忠心爱国、振兴中华的历史篇章。由海丰发起的海外天地会(三点会)演化而来的中国致公党,五任主席或副主席都出自海丰,他们分别是第一任主席即创始人陈炯明(1931年10月创办致公党),第二任主席陈其尤(1892年—1970年12月),第三任主席黄鼎臣(1901年—1995年),还有两个副主席:伍禅(1904年—1988年12月)和伍觉天(1910年9月—2007年11月30日),特别是新中国成立后,他们高举爱国主义和社会主义两面旗帜,团结全体党员以及所联系的归侨、侨眷和海内外亲友,发扬爱国爱乡的光荣传统,共同为实现统一祖国、振兴中华的宏伟大业而做出卓有成效的努力。

海丰,不仅是"南海物丰"之地,更是精神富有之乡。

祝福海丰!

后　记

观古代士子《行吟图》兼谈诗与远方

　　画家朋友陶君还是个大学问家，他赠我一幅《屈子行吟图》，画中的屈原，面容清癯，眉头紧锁，伟岸的身躯，宽大的袍袖，在秋风中飞扬着无限的忧思。他行吟于汨罗江边，周围的环境苍凉孤寂，几块怪石，两支芦花，洁身自好、忧国忧民的高洁情操跃然纸上。

　　我视其为珍品。陶君笑曰："行吟图乃中国画中常见的展现古代士子高洁情怀的表现方式，从古至今，说作品数以万计都不为过，可也确有很多流传千古的不朽佳作。"

　　我打开百度，还真是，数百幅的"行吟图"几乎涵盖了

后　记

古代知名的风流名士，屈原、诸葛亮、李太白、杜子美、白香山、苏东坡、李清照、陆放翁、辛弃疾、文天祥、郑板桥等等，他们形象各异，且行且吟，表现的都是思君念民、忧愤不已的家国情怀。宋代梁楷的《泽畔行吟图》与《太白行吟图》、明代大家陈洪绶的《屈子行吟图》及沈周的《溪山行吟图》在苏富比的拍卖中都是天价，现当代的张大千的《浣溪行吟图》、傅抱石的《高士行吟图》也都堪称国宝。

古来行者多寂寞，唯有吟者留其名。

那些锦帽貂裘、千骑卷平冈的皇室贵族、达官贵人，他们也会纵情山水，为何不见其行吟？

陶君说："行而不吟叫瞎逛，吟而不行叫胡诌，这两者都不是有趣的灵魂。当然，行而吟者，除了有屈原'长太息以掩涕兮，哀民生之多艰'、范仲淹'先天下之忧而忧，后天之乐而乐'等忧国忧民的赤子真情，也有欧阳修这样'临溪而渔，溪深而鱼肥，酿泉为酒，泉香而酒洌'的'醉能同其乐，醒能述以文者'，更有'余力铺写景物，片言只字，妙绝古今'的郦道元（清刘献廷语）和'达人之所未达，探人所之未知'的探幽寻秘并著《徐霞客游记》的徐弘祖，这些圣贤先哲驰骋江湖，寄情山水，且行且吟，言之有物，他们的灵魂不仅高洁高尚，也是生动有趣的。"

我哑然，灵魂也有趣。如今的网络用语流传真快，英国杰出的戏剧家、作家王尔德的唯一长篇小说《道林·格雷的画像》已问世一百多年，真正知道它的能有几人？没想到其中一句"漂亮的脸蛋太多，有趣的灵魂太少"被人诗化，变成一句"好看的皮囊千篇一律,有趣的灵魂万里挑一",传到网上却风行海内外华语世界,似成当今颜值至上红尘中的一股清流。

我不禁汗颜,这些年我一直自称执着的行者,我几乎走遍祖国的名山大川、新宠古镇,甭管是骏马秋风冀北,还是杏花春雨江南,我既领略到"大漠孤烟直,长河落日圆"的西部壮美,也品味到"东南形胜,三吴都会"的钱塘繁华。

熟悉我的人说我,不是观景,就是在观景的路上。

他们还说我,读过万卷书,如今要行万里路,采风积累素材,他日必定能憋出大招,写出大作来。

我其实没有他们想的那么心存功利或者志向高远,我就是一个闲不住又干不成大事的忙忙碌碌的穷游过客,走多远,去哪里,全凭兴之所至,财力能及。我常常对着公鸡状的中国地图发呆,遥想着那些没有去过的地方该会是什么模样,搜索着那地方有无久违的同学和朋友,想象着相遇后把酒言欢的欢欣愉悦。一个经常关注我的朋友曾幽幽地对我说:"我给你算过命了,你的后半生是在路上。"

痴迷于外出行走,我认为是被高晓松的心灵鸡汤灌迷糊了,他在我失意落拓惆怅的时候,适时地抛出了他的"诗与远方"说,我觉得他在鼓励我和与我相似的那些人,要想摆脱眼前的苟且,就必须到远方去寻找想要的诗意。

而所谓的诗意,其实就是那些闻所未闻、见未所见的美人(不仅仅是女人)、美景、美食以及奇闻、奇观、奇遇。

余秋雨在《文化苦旅》中《西域喀什》一文有这样的论

断——"我们对这个世界,知道得还实在太少。无数的未知包围着我们,才是人生保留迸发的乐趣。当哪一天,世界上的一切都明确解释了,这个世界也就变得十分无聊。人生,就会成为一种简单的轨迹,一种沉闷的重复。"

我以为然。至少这世界有无数未知未见的美景还在包围和诱惑着我,我要趁着尚有迸发求知的乐趣和能力,在它们还没有被人解释并全面呈现出来之前,去探究,去欣赏,去体味,不要在不知何日的弥留之际才悔悟自己的人生是如此的无知、无聊和无趣。

于是我在有闲的日子,独自踏上了去远方的路。

然而,去时的豪情万丈,归来时却是空空的行囊。

我知道,一万次的旅行也拯救不了无趣的平庸,无聊的人,不能天真地想通过旅行来改变自己的精神状态,能改变自己的不只是沿途的风景,而是观景过程的经历。旅行箱不是神奇的百宝囊,它无法解决你全身散发着腐朽和萎靡的庸常生活,旅程中更无万能的钥匙,它没有能力打开你已经生锈的脑锁。无趣的灵魂是没有办法靠棕榈海滩、雨林冒险、大漠孤烟来击退萦绕于身的无聊和颓唐的。

读万卷书而无为者,只是一个陈腐的破书箱,行万里路而不知游之乐、不能分享人之乐、不能述以文者,不管你走多远,也无异于飘荡在人世间无声无息的幽灵。

我自以为不是以上两类人。

我也不想做这样的人。

我不想在若干年后某个眼花老迈、记忆衰退的黄昏,翻看着陈年相册,面对灵山秀水、雪域高原,竟想不起当年的所见所闻所思所想所苦所乐,要是有文字记录,一切都会迷雾涤荡,豁然开朗。

我想在有生之年做个清醒有趣的人,在感知乐趣、享受乐趣、分享乐趣的过程中,将自己的灵魂变得生动有趣起来。

有趣的因子开始繁衍,我生锈的脑洞渐渐出现松动活泛。

用宋丹丹小品中的一句话说:"我想写本书,记录自己游历过程中那些罕为人知的异地山水及有趣的人和事。"

小说家、编辑家、文化学者陈武先生鼓励我趁着记忆还好,要快点写,书的主旨就是有趣的灵魂去远方。

我不想续写名家大咖多次写腻的文化高地、多朝古都、千年古镇和名山大川,我只想记录那些边陲小镇、国境僻岛、高原古寺、孤寂荒原和国界线上的潺潺小溪,在独自远行的孤独中,探究古贤今人的喜怒哀乐、隐遁或出世、颓唐或豪迈、无为和有为,寻找悬浮于历史的天空中那些或隐或现的史实真相,激活心灵深处的乐趣验证码。

孤独,有时也是一种有趣。

这不知是否关乎诗与远方。

我力图在我的文字中,能够体现出寻找美的历程,发现美的欣悦,表现美的多样,创造和维护美的艰辛甚至惨烈。

虽然,美的定义很难一言以蔽之,但它肯定是有趣的。

鲜活有趣的灵魂未必不是生根发芽于寻常细屑的光景,它同时也能开花结果于平淡日常。我不想用远方厚重的历史、多彩的文化来堆砌玄虚宏大的诗意,我只想通过平凡人、日

后 记

常景、寻常事、古传说来彰显有趣的人生,至于更深层次的哲学的、思辨的、能够上升到民族文化走向的,那是要靠文坛大家来把控的。

我以祖国边境为游历横线,分成"西域辙印""南疆屐痕""北国杖量""东海舟楫"来表现华夏山河的壮美和优美、各民族的风土人情及独特文化,兼写抗敌御外的悲剧之美。

至于能否实现创作初衷,就交给万能的读者来见仁见智了。

感谢亦师亦友的著名作家、文艺评论家李惊涛教授,他既是我走向文学创作之路的引路人,也是本书每个篇什写成后的第一读者,先生给我很多指点和帮助,还欣然为本书作序,宜春无他,唯有写出更多更好的东西以报答仁兄的提携指导之恩。

2021年春于"满庭芳"谐趣园